# Tone Almhjell

# La llave

Ilustraciones de
Ian Schoenherr

Traducción de
Juan Elías Tovar Cross

**OCEANO**exprés

**LA LLAVE**

Título original: *The Twistrose Key*

Copyright © 2013 by Tone Almhjell
Copyright © 2013 by Ian Schoenherr

"La canción del Margrave" © 2013, Tone Almhjell (letra)
"La canción del Margrave" © 2013, Eivind Almhjell (música)

Traducción: Juan Elías Tovar Cross

This edition published by arrangement with Dial Books for Young
Readers, a division of Penguin Young Readers Group, a member of
Penguin Group (USA) LLC. A Penguin Random House Company

D.R. © 2017, Editorial Océano, S.L.
Milanesat 21-23, Edificio Océano
08017 Barcelona, España
www.oceano.com

D.R. © 2017, Editorial Océano de México, S.A. de C.V.
Eugenio Sue 55, Col. Polanco Chapultepec
C.P. 11560, Miguel Hidalgo, Ciudad de México
Tel. (55) 9178 5100 – info@oceano.com.mx

Primera edición en Océano exprés: junio, 2017

ISBN: 978-607-527-265-8

Impreso en México / Printed in Mexico

*Para mi amada hermana, Line.*

*Con sangre en las espinas, atraviesa muro y bruma.*
*Cuando ya no hay esperanza, se llama a una Girarrosa.*

## Capítulo Uno

El viento no podía tocar la tumba que Lin le había hecho a su amigo. Arriba, el rosal empapado se azotaba y rasguñaba la pared con sus espinas. Pero la cruz de ramitas e hilo no se movía. Más bien, una veta de escarcha había subido por la madera cubriéndola de blanco. Tiempo después, Lin Rosenquist recordaría esto como una señal, la primera.

Quizá hubiera podido detectarla entonces, de no haber estado tan ocupada viendo la tormenta. Venía del norte y rugía río arriba, torcía entre las calles empedradas de Villavieja y hacía que el ocaso cayera por entre las casas de madera más temprano esa tarde. Lin estaba de pie junto al arriate de flores de la señora Ichalar, con la mano en el bolsillo, sonriendo para sí. ¡Al fin, una tormenta más prometedora! Se acuclilló para murmurarle a la cruz:

—Hasta luego, pequeñito.

La puerta principal emitió un gruñido cuando la abrió. La casa que sus padres le rentaban a la señora Ichalar asomaba sobre el río, apoyada de un lado sobre pilotes cubiertos de chapopote. Como las demás casas estrechas apretujadas sobre la orilla, la construcción estaba toda torcida por siglos de amarga niebla. Hasta olía a torcido. Efluvios de madera podrida y productos químicos flotaban de piso en piso para esconderse detrás de las cortinas.

Lin colgó su abrigo junto al reloj de pie del recibidor. Una grabación ronca de voces recias y violines llegó de la cocina. Su madre estaba trabajando.

—¿Lindelina, eres tú por fin? —la música paró y Anna Rosenquist apareció en la puerta. Al ver el abrigo empapado de Lin, su rostro se nubló de preocupación—. ¿Otra vez te fuiste a parar junto al rosal? ¿Con este clima?

—No me mojé tanto —mintió Lin mientras se quitaba las botas, chapoteando—. Sólo tengo que subir y…

—No subas todavía —se apuró a decir su madre—. Hice arroz con leche, tu favorito.

El postre antes de la cena. Mala señal.

Lin siguió a su madre a la cocina, que también hacía las veces de estudio. Su madre recopilaba canciones viejas que de otra manera morirían con las últimas personas que las conocían. En agosto, inesperadamente le habían ofrecido un puesto para dar clases en la universidad. Eso significaba que podría transmitir todas esas teorías sobre los caballeros afligidos y los trasgos conocidos como *bergfolk*. Pero también significaba que los Rosenquist se habían tenido que mudar de Lomaverano, la granja donde Lin había vivido sus once años de vida, donde los campos olían a tierra recién arada y las montañas abrazaban las estrellas entre sus cumbres.

—Qué espantosa borrasca —su madre quitó unos cuadernos para hacerle espacio al esponjado postre y la salsa de frambuesa. La receta del arroz también era antigua, una tradición de Lomaverano con almendras confitadas picadas—. Aunque a lo mejor nieve después de esto —agregó su madre—. ¿No te gustaría?

En efecto, a Lin le gustaba la nieve, pero no estaba segura de qué tanto le iba a servir estando aquí. En casa, ella y su mejor amigo, Niklas, jugaban guerras de nieve hasta que los dedos se les ponían azules y ya no los sentían, y tenían que calentarlos en las tazas gigantes de chocolate caliente de la abuela Alma. Y cuando el crepúsculo se deslizaba por las laderas, hacían linternas de nieve, pequeños iglúes con una vela dentro, que arrojaban rayos de luz parpadeante por el arroyo congelado.

—Para ahuyentar al enemigo —se reía Niklas, y Lin también se reía, mientras oteaba la orilla del bosque en busca de ojos.

—Me temo que aún no habrá nieve para usted, señorita Rosenquist —su padre entró tranquilamente en la cocina, se sentó a la mesa y enterró la cuchara de servir en el arroz con leche—. Va a seguir lloviendo por lo menos otra semana.

—Seguro que no será toda la semana —dijo su madre, pero sabía que sí. Harald Rosenquist tenía un pluviómetro, cuatro termómetros y nada menos que tres barómetros en marcos bien pulidos. Llevaba el registro de las temperaturas y consultaba el pronóstico varias veces al día. Así que si él decía que iba a llover otra semana, así sería.

—Hoy oí una de tus canciones, Lin —dijo su madre y tarareó animada mientras servía un montón de arroz en un tazón.

Ella conocía la melodía, era la del cabello. Lin le debía su nombre al mayor hallazgo de su madre, las baladas de la bella Lindelina, que cultivaba manzanas encantadas, rescataba príncipes e hilaba sus rizos en oro. "Mi hija merece ser el héroe de una canción", le gustaba decir a su madre. Pero ella no había tenido que pasar las primeras semanas en una escuela nueva explicando por qué tenía un nombre tan raro.

Lin tomó su cuchara y dijo:

—No es exactamente mi canción, mamá. Y mi cabello es lo opuesto del oro.

—¿Recuerdas lo que te dije sobre cómo interpretar canciones? Oro no siempre significa oro —la boca de su madre se torció en una sonrisa—. Tu padre y yo tenemos noticias emocionantes que queremos compartir. Mi clase para el siguiente semestre ya está llena. Quieren que me quede, por lo menos hasta el próximo verano —vio la cara de Lin y corrigió a—: *Sólo* hasta el próximo verano. Un año más, cuando mucho.

Un año más en la casa con patas de esqueleto de la señora Ichalar. Lin bajó su cuchara. Retumbó en la mesa.

Después de un breve silencio, su padre carraspeó.

—¿Saben qué? Creo que es hora de un acertijo —era su pequeño ritual, que a Lin le encantaba cuando era más pequeña. Todas las noches, con té y panqués en la cocina de la Casa de los Guindos, descifraba poemas mal escritos o se enfrascaba estudiando mapas del tesoro y acertijos hasta que daba con la respuesta correcta—. ¿Estás lista? —le guiñó un ojo—. ¿Cómo deletreas una ratonera mortífera de sólo cuatro letras?

—¡Harald! —su madre se puso pálida—. No...

—¿Qué? ¿Está muy fácil?

La mano de Lin fue al bolsillo izquierdo de su suéter. Su padre tenía media cabeza metida en la novela que estaba escribiendo y la otra mitad en el arroz con leche, y se había olvidado de Rufus. Pero Lin no tenía ganas de hablar de eso, así que respondió:

—G-A-T-O.

—Perfecto —rio su padre—. ¡Un punto para la señorita Rosenquist!

—Si quieres, el sábado podemos ir otra vez al museo —dijo su madre—. ¿O a la biblioteca? ¿O a la catedral? ¡Y te puedo hacer unas galletas de nuez con pimienta! Son tus favoritas, ¿verdad? ¿Sabes? Son del color de tus...

—De mis ojos, ya sé —Lin retiró su silla—. En realidad estoy empapada. Voy a cambiarme —sus padres empezaron a hablar en voz baja en cuanto salió de la habitación.

Al subir las escaleras, se saltó los escalones que rechinaban. Le gustaba moverse de manera sigilosa por esta casa, para que los relojes de pie y los pesados muebles no la oyeran venir. La cajonera en el rellano del primer piso se veía especialmente maligna. Lin siempre se paraba enfrente, para probar que no le tenía miedo. Su madre se había dado cuenta y la había adornado con una carpeta de encaje y dos de las fotos favoritas de Lin.

La primera foto: Lomaverano desde las montañas. De lejos se veía tan pequeña, sólo unos retazos de pradera y campos de papa hilvanados alrededor de un granero, un olmo antiguo y las dos casas. Niklas vivía con su abuela y su tío en la alargada casa principal, que era blanca, con muchos cuartos sombríos en fila, demasiados para una familia tan pequeña, decía siempre la abuela Alma. Por lo tanto había invitado a los Rosenquist a vivir en la casa roja del huerto de guindos, para que Anna pudiera trabajar en su compilación de canciones y Harald pudiera trabajar en sus novelas, y Lin pudiera salir por la ventana de su cuarto directo al cerezo dulce, para perfeccionar su técnica de escupir huesos con Niklas.

La segunda foto: Lin y su padre sentados en las laderas de Cumbre Mantequilla. Él está sonriendo, ignora por completo la treta de la que es objeto, y Lin está frunciendo el ceño, con los labios y el bolsillo izquierdo bien cerrados para proteger su secreto.

Rufus.

Lo acababa de encontrar cuando tomaron la foto. Estaba tirado en la hierba, cerca de la entrada de una madriguera. Su pata izquierda estaba sangrando y jadeaba tan fuerte que su lomo color teja y sus costados grises temblaban. Un ratón cachorro, había pensado Lin, y aunque sabía que debía llamar a su padre para que acabara con la agonía del pequeño, lo que hizo fue levantar con delicadeza al ratón y meterlo en su bolsillo. Cuando volvió a su cuarto, le dio de comer migas de pan y cortezas de queso, y estuvo atenta a que sanara su herida. Pero Harald Rosenquist no tardó mucho en descubrir su secreto.

—¿Se *da cuenta*, señorita Rosenquist —había dicho en su tono de sermoneo más serio—, de que este ratón no es una mascota? Es más, ni siquiera es un ratón, sino un *Myodes rufocanus*, un topillo de Sundevall. Su lugar está en la naturaleza, no en la recámara de una niña. Es imposible que te quedes con él.

Al final fueron sus padres los que se tuvieron que *dar cuenta* de que Lin no pensaba renunciar a Rufus. Insistieron en una jaula y ella estuvo de acuerdo, y hasta puso la jaula junto a su cama. Pero Rufus nunca vivió allí. Vivía en el suéter de Lin, el azul abierto que le había tejido la abuela Alma, y que era su favorito, donde se acurrucaba en el bolsillo izquierdo y mordisqueaba las borlas del cordón de la jareta del cuello. Cuando salían al bosque, iba siempre en su hombro, con los bigotes bien abiertos y las garras bien enterradas. En la granja, se mantenía oculto de todos, menos de Niklas, y tenía un don especial para meterse corriendo en la manga de Lin dos segundos antes de que su padre cruzara el patio. En la ciudad, Rufus había sido su único amigo, su único vínculo con casa. Dormía acurrucado en su almohada, y cuando lo rascaba, se le recargaba en los dedos para decirle que entendía.

Pero cuando los árboles perdieron sus hojas y las tardes se volvieron sombrías, Rufus cambió. Dejó de escabullirse a sus expediciones nocturnas y ya no asaltaba el plato de Lin en busca de queso. Una vez se cayó del hombro de Lin y se golpeó fuerte en el suelo, y después de eso empezó a quedarse en su bolsillo, hasta cuando estaban solos. Un fresco martes hacía cinco semanas, Lin no sintió en su mejilla el roce de los bigotes por la mañana. Rufus se había arrastrado silenciosamente a su jaula para dormir, y Lin ya no pudo despertarlo.

Enterró la caja de zapatos debajo del rosal porque ése resultó ser el único tramo de tierra sin empedrar de toda la calle, y había pasado tantas tardes allí que a sus padres les había dado por merodear en la ventana de la cocina como lunas.

—¿No quieres invitar a alguien? —le habían preguntado, todos alegres y esperanzados, como si fuera fácil—. ¿Quizá alguien de la escuela?

Lin cerró la puerta de su cuarto en el ático. Fue directo a su clóset, en el que tenía tal desorden que nadie se molestaba en acercarse. Su trampa, el clip en la manija, seguía en su lugar. Debajo de sus gastados pantalones de montaña, encontró la cosa que la había apartado de la tumba de Rufus.

El cofre para cazar troles.

Sacó la caja tallada y revisó su contenido: una lupa, para intensificar los rayos del sol y atravesar las armaduras de corteza y savia; un rollo de mapas que había dibujado, donde estaban marcados los tres robles preciosos; y un frasquito de bellotas recolectadas cuidadosamente, la única arma capaz de matar a un trol de manera efectiva.

Todo había empezado con un frasco como éste, que Lin y Niklas encontraron entre el viejo equipo de pesca de la abuela Alma en el desván de Lomaverano. La etiqueta desdibujada decía Veneno para troles. De esa semilla había crecido la caza de troles: un delicioso juego tras otro, hacia el bosque de Lomaverano y hasta la cima de las Montañas Troleanas.

Lin desenroscó la tapa, lo que liberó un efluvio de aire acre. Era su preparación especial. Puesto que la luz de sol convertía a los troles en piedra, y dado que las quemaduras de sol y las ronchas que dejan las ortigas son muy parecidas, curar las bellotas en una infusión de ortigas y hoja amarga las volvía aún más letales. Pero no se las llevó. Las bellotas eran para los troles de Lomaverano, troles de bosque que dormían bajo las rocas y olfateaban debajo de los árboles. Los troles de Villavieja vivían en las cloacas y el limo, así que las bellotas no funcionarían contra ellos. Su veneno sería otro, algo que se encuentra naturalmente en la zona, algo muy poco común. Sólo que aún no descubría qué era.

Hojeó los rollos de mapas. Eran seis, todos dibujados después de que su padre mandó a Lin y Niklas a agregar detalles al mapa del bosque de Lomaverano. Lo necesitaba como investigación para su novela. Pero desde entonces, Lin había creado sus propios mapas para la caza de troles, con signos para marcar avistamientos y guaridas. Tomó su obra en proceso —un mapa de Villavieja— y volvió a guardar el cofre en el ropero.

Su suéter tenía franjas de humedad en los hombros, pero se lo volvió a poner sobre la pijama seca, amarró la jareta y se encaramó en el marco de la ventana. Lin desenrolló el mapa y lo giró para que correspondiera con la vista. Había marcado con lápiz algunas guaridas potenciales, pero no tenía ningún avistamiento, pues en los tres meses desde que se habían mudado a la ciudad no había visto un solo trol. Pero ahora venía una tormenta, y bastante formidable. Eso siempre hacía salir al enemigo, a contestarle los rugidos al viento.

Lin se acercó más a la ventana, asomándose entre las gotas de lluvia que golpeaban el vidrio.

—Vamos —murmuró—. Estoy lista.

Al final de la calle, al pie del puente, hubo dos destellos.

Lin se enderezó de golpe para mirar con ojos entornados hacia los pilares rojos. Seguro había sido una coincidencia, un faro de bicicleta partido en dos por un poste del puente o reflejado en un letrero. Pero no. Ahí estaban otra vez, dos destellos seguidos, ahora en la ventana de la cafetería cerrada de enfrente.

En la cacería de troles, ésa era la señal más fácil y rápida de todas, porque era también la más desesperada: Peligro. Troles cercanos.

Pegó la frente al vidrio y contuvo la respiración para no empañarlo. ¿Se había movido algo en la violenta cortina de lluvia, había ondeado alguna tela, había pasado velozmente una forma por el empedrado? La tercera señal apareció donde Lin sólo podía ver su halo: justo debajo de ella, en los escalones de la señora Ichalar.

Lin saltó de la ventana, metió los pies en sus pantuflas y corrió a la escalera. De allí a Lomaverano mediaba un largo y caro viaje en autobús, y en su última carta Niklas no le había mencionado que fuera a venir. Pero seguro que había venido, porque sólo él conocía la señal.

No había pasado de la cajonera del rellano cuando oyó

que el buzón de la puerta rechinaba y se cerraba. Al bajar corriendo el resto de los escalones lo vio por primera vez: un pequeño paquete plano, tirado boca abajo en el gastado tapete de entrada de la señora Ichalar.

El aire mojado la embistió cuando abrió la puerta de golpe. Miró calle arriba y calle abajo. Estaba desierta.

—¡Niklas! —gritó—. ¡Sé que estás ahí!

Pero al parecer él seguía jugando, pues no salía de las tinieblas. Un cuadrado de luz tenue iluminaba la tumba de Rufus y la hacía destellar. La delgada capa de hielo ya cubría casi por completo el arriate de flores. Después de todo, sí estaba descendiendo la temperatura.

Temblando, Lin retrocedió al recibidor para examinar el paquete. El papel áspero era del color de una ladera abierta de montaña, atado con hilo empapado. Le dio la vuelta y una mano helada le agarró el corazón.

Este paquete no podía ser de Niklas. Ni de nadie.

No tenía ninguna estampilla ni dirección al frente. Había una sola palabra, no escrita con pluma ni lápiz sino rajada en el papel mojado con un cuchillo.

"Girarrosa".

## CAPÍTULO DOS

Los relojes de pie sonaron la media, uno por uno y a destiempo. El de la recámara del segundo piso fue el primero, el del baño de arriba el segundo, y el del recibidor el último, como siempre, tras un esfuerzo reticente de susurros y clics.

A Lin le temblaban las manos al sostener el paquete bajo la pantalla de seda café de la lámpara. Pensó que las letras cambiarían a la luz, que sus ojos se adaptarían y el error sería corregido. Pero por mucho que contemplara la palabra rasgada, no cambiaba.

El paquete era más pesado de lo que parecía. Cuando lo agitó, algo se deslizó dentro con un tintineo. Se detuvo un momento a escuchar. En la cocina, los violines habían reanudado sus berridos, y del primer piso llegó el tenue barullo de un público de televisión, lo que significaba que su padre había dejado de escribir y estaba gritando las respuestas en un concurso de conocimientos.

Rompió el papel y vació el paquete en su mano.

Salieron dos llaves. Una estaba mugrosa y tenía una etiqueta de plástico anaranjado que decía Sótano. La otra era grande, del largo de su mano, y renegrida, como si hubiera nacido de cenizas y tierra. Su cabeza tenía forma de pétalo, y el tallo era el de una rosa, con tres espinas curvas y filosas. Grabada en el pétalo, estaba otra vez: Girarrosa.

En la cacería de troles siempre usaban nombres clave. Por años, Niklas había sido Caballero Verano y Lin había sido Ortiga, por su infusión especial de ortigas. Pero para la caza en Villavieja había adoptado un nombre nuevo, inspirado por el rosal sobre la tumba de Rufus.

Un día, había notado cómo enganchaba sus espinas en la pintura de la fachada, estirando sus ramas hacia el cielo. Le recordó los juníperos que se aferraban a las Montañas Troleanas con furibunda determinación; nunca se soltaban, por cruel que soplara el viento. Y allí fue cuando lo pensó: el nombre clave perfecto para una cazadora de troles que estaba exiliada de momento, pero no para siempre: Girarrosa.

Lin había querido esperar hasta que volvieran a jugar para decírselo a Niklas, así que no lo había mencionado. Ni a Niklas ni a nadie.

—Y bien, señorita Rosenquist, ¿qué tiene ahí?

Lin volteó de inmediato, al tiempo que guardaba el papel doblado y las llaves en sus bolsillos. Típico de su padre saberse los escalones que rechinaban. Traía puesta su cara de acertijo, ésa con la barbilla levantada que usaba cuando algo le daba curiosidad, y Lin supo que una mentira no iba a funcionar.

—Un paquete —dijo—. Pero es para mí.

Él ladeó la cabeza.

—¿De un amigo?

Lo cual desde luego era una excelente pregunta. Con la señal de los cazatroles, quienquiera que hubiera entregado el paquete se había asegurado de que Lin lo recibiera. Y el nombre Girarrosa sólo podía significar que era para ella, y nadie más. Pero ¿con qué propósito? Lin se encogió de hombros fingiendo desinterés lo mejor que pudo.

—Todavía no lo sé —dijo.

La cara de acertijo se suavizó.

—Un poco de misterio. Ya veo. Señorita Rosenquist, puede proseguir —le dio una palmada en el brazo del suéter que seguía escurriendo, antes de volver a subir por la escalera—. Pero si su misterio la saca a la tormenta, sé que puedo confiar en que se pondrá el vestuario adecuado.

Sólo hasta que lo oyó gritar "¡El círculo polar ártico!" desde la sala, se atrevió Lin a sacar las llaves de su escondite. Se adentró más en el recibidor e ignoró su abrigo, pues no tenía intenciones de salir de la casa. Iba a ir *debajo* de ella.

La puerta del sótano al final del recibidor había estado cerrada desde que se mudaron, pese a los intentos de su padre de exigirle la llave a la señora Ichalar. Allá abajo podía haber cualquier cantidad de problemas potenciales, había argumentado él, incendios e inundaciones e infestaciones de roedores. La señora Ichalar había dicho que no encontraba la llave y que necesitaba ese espacio para almacenar todo el equipo de su pequeño pasatiempo, ahora que vivía en un hogar para ancianos.

—¿Qué clase de pasatiempo? —había preguntado su padre, pero por una vez en la vida, sus preguntas no le sirvieron de nada. Lin sonrió. Si Harald Rosenquist supiera que el "poco de misterio" de su hija tenía que ver con la llave del sótano, no habría cómo pararlo. Pero no lo sabía.

Lin giró la llave del sótano en su cerradura y abrió la puerta lentamente. Aire frío y húmedo fluyó desde abajo, cargado de podredumbre y químicos. Lo único que alcanzaba a distinguir era una linterna abollada en la pared, y tres escalones que se estrechaban y desaparecían en la negrura. Descolgó la linterna de su gancho, la encendió, y cerró la puerta tras de sí, amortiguando los violines.

Abajo, podía oír el río que pasaba farfullando, soplando rachas de aire helado por el cubo de la escalera. La corriente era tan fría que el aliento de Lin hacía nubes de escarcha. Con un escalofrío siguió el rayo de luz moteado de polvo escalera abajo. En el rellano, la linterna iluminó un cráneo de animal en el barandal. Tenía dientes quebrados y grandes cuencas de ojos rasgados. Lin titubeó un momento. ¿Qué clase de persona clavaba cráneos en su barandal? Pero siguió adelante, y cuando llegó al último escalón y descubrió la verdad sobre el "pequeño pasatiempo" de su casera, todo cobró sentido.

Cientos de ojos la miraban.

Entre el amontonamiento acostumbrado de cajas y baúles, había animales por todas partes. Gatos enroscados sobre barriles, hurones asomando entre abrigos mohosos, y halcones colgados bajo las vigas del techo. Todos estaban acomodados para mirar amenazantes a Lin con sus ojos de vidrio, y todos estaban muertos.

La señora Ichalar era taxidermista.

La mesa de trabajo de la anciana estaba junto a la escalera, atiborrada de ganchos y gurbias y sierras para cortar hueso, y varias botellas de un líquido transparente que quizá explicaban el olor químico. Lin aspiró profundamente el aire helado, molesta por lo mucho que estaba temblando. ¡Una cazadora de troles no se rendía por un poco de miedo! Los animales disecados se veían siniestros, pero no podían lastimarla.

—Tranquilízate —murmuró para sí—. ¡Invita a tu cerebro a la fiesta! —es lo que su padre decía cuando Lin se impacientaba con un acertijo, y tenía razón. No iba a poder resolver el misterio si no mantenía la lucidez.

Con ambas manos en la linterna, volvió a mirar, con más detenimiento, y dejó que la luz recorriera la habitación. Si las dos llaves llegaron juntas, tenía que ser por algo. Una para abrir la puerta del sótano, y la otra…

El rayo de la linterna dio en la pared del fondo. Estaba cubierta de raíces pálidas, mojadas, fantasmales. Habían atravesado el muro cerca del techo y bajaban enmarañadas, desmoronaban el mortero y partían los ladrillos. En el centro de la pared, las raíces se abrían para formar un círculo descubierto, donde dos fisuras se unían en una grieta de extraña forma. Lin podría haber jurado que parecía el ojo de una cerradura.

Desde luego que ella esperaba encontrar la cerradura en una puerta, o un armario o un cofre pintado. Pero oro no siempre significa oro. La extraña grieta merecía por lo menos ser vista más de cerca. Atravesó el piso de tablones, donde el río se veía entre las rendijas. Todas las cajas que se habían amontonado al fondo estaban tiradas en el suelo, empujadas por las raíces. Lin las hizo a un lado para poder ver el arbusto entero.

Las raíces no eran pálidas ni estaban mojadas en realidad, sino cubiertas de escarcha. Lin volteó con el ceño fruncido a ver los agujeros, donde las raíces habían atravesado el ladrillo. Si sus dotes cartográficas no le fallaban, este muro estaba directamente bajo la puerta de entrada… y el rosal de afuera. Por primera vez esa tarde, se le ocurrió a Lin preguntarse por qué el arriate de flores de la señora Ichalar estaba cubierto de hielo.

El frío parecía irradiar del hueco circular. Lin se acercó a estudiarlo. Sí. Su primera impresión había sido correcta: la grieta de extraña forma definitivamente parecía una bocallave grande e irregular. ¡Un punto para la señorita Rosenquist! Levantó la llave girarrosa para medirla.

Las raíces se movieron.

Lin dio un grito y se echó hacia atrás, tropezó con una caja y se pinchó un dedo con una espina de la llave. Una solitaria gota de sangre brotó. La chupó mientras miraba fijamente la pared. Las raíces se podían mover, ¿no? Tal vez había parecido que trataban de agarrarla, pero tenía que haber alguna otra explicación. ¿Quizá la tormenta? ¿Quizá había sacudido el rosal tan fuerte que los temblores llegaban hasta el subsuelo? Se puso de pie y volvió a alzar la llave, ondeándola frente al arbusto a una distancia segura. Nada.

Echó un vistazo hacia atrás, hacia los animales disecados y el barandal con su triste cráneo. Si quería, podía volver arriba. Podía contarle a su padre sobre la llave del sótano y el pasatiempo de la señora Ichalar y la curiosa invasión del rosal. Pero entonces la llave sería confiscada y el misterio —toda la aventura— habría acabado.

Un tenue rumor de música le susurró al oído. Seguro que venía de arriba, de la cocina, excepto que no eran los violines roncos de siempre, sino un tarareo suave que la hizo pensar en Lomaverano y en profundos bosques y en mapas secretos. Se le hizo un nudo en la garganta. No quería que la aventura terminara, aún no. Sin pensarlo dos veces, apretó los labios, dio un paso al frente y metió la llave girarrosa en la pared.

Encajaba perfectamente en la grieta. Cuando la giró no hubo ningún clic, pero sintió que algo se deslizaba adentro. No. Mejor dicho, que algo se dislocaba, como si hubiera separado por la fuerza algo que nunca debió desunirse. Aire gélido pegó en sus dedos, junto con un resplandor de luz azul radiante.

Lo que fuera que había detrás de esa pared, no era la orilla del río.

El miedo le entró de golpe en el cuerpo con dolorosos tumbos. Quiso darse la vuelta y correr, pero las largas raíces se estiraron de golpe y la agarraron, enredándose fuerte en sus brazos y arrebatándole la linterna de la mano. Los ladrillos se partieron con un crujido tremendo. Un torrente de aire helado salió a recibirla. Las raíces se apretaron y la jalaron hacia la apertura, pero Lin estaba tan asombrada por lo que veía pasando la pared que no opuso demasiada resistencia.

No había más sótano, ni tampoco la orilla del río. En vez de eso, contemplaba un desolado valle montañoso glacial, donde el crepúsculo invernal pintaba la nieve de azul y severas cumbres se alzaban hasta el cielo. Había una criatura agazapada en la nieve frente a ella, que miraba hacia el otro lado, pero tan cerca que la podía oler: un aroma almizclado. Ahora volteó a verla. Lin observó impotente cómo aparecía una cara alargada. Dos dientes como agujas relucieron en su boca, y un par de líquidos ojos negros le devolvieron la mirada.

Luego la criatura salió disparada hacia ella. Con garras firmes jaló a Lin y la liberó de las raíces, para darle un oloroso abrazo.

## Capítulo Tres

El viento se calmó y un frío lacerante tomó su lugar. La cara de Lin estaba sepultada en un pelaje grueso y sedoso. No se podía mover, pues la criatura era fuerte, y la apretaba tanto que sus pantuflas colgaban en el aire. No obstante, Lin sintió que el pánico que había sentido iba saliendo de sus miembros con cada respiración. Era ese olor, tan extraño y tan conocido a la vez. Ahora que la envolvía, descubrió que el almizcle estaba salpicado de otros aromas: nuez moscada y heno dulce y humo de leña. Pero volvió a respingar cuando la criatura habló.

—Estás aquí —exhaló en su suéter, con voz medio quebrada—. ¡Empezaba a temer que no vinieras!

El abrazo se desenvolvió y Lin cayó en la nieve hasta la rodilla. Trató de retroceder, pero la criatura la agarró de los hombros. Era un roedor de metro y medio de alto, con bigotes que le rozaban las mejillas. La criatura la contemplaba con tanta intensidad que Lin sintió que estaba a punto de zambullirse en sus ojos como de tinta, en lo alto de un rostro que se estrechaba hasta un hocico café.

Era una cara que había visto mil veces.

Rufus.

Aparte de su tamaño y de la larga bufanda verde alrededor de su cuello, se veía exactamente como él: la franja color teja en su lomo y los costados suaves y grises; las orejas redondas, tan finas y delicadas que se translucía el crepúsculo. Un topillo de Sundevall gigante.

Con manos temblorosas Lin alcanzó el cuello peludo, bajo la barbilla. Era grueso y brilloso, el pelaje de un animal joven y sano. Enterró los dedos y él se apoyó suavemente en su mano.

—¿*Pequeñito*? —murmuró.

—No mucho —respondió él, levantando su labio leporino para revelar sus largos dientes frontales en una sonrisa—. Ya estoy de tu tamaño. ¡O más alto, si cuentas esto! —dio un coletazo en un arco elegante y luego sostuvo la cola en alto para que Lin la viera. Era tan gruesa como su muñeca.

—Deberías alegrarte de que aún la tenga —continuó Rufus—. Llevo horas esperando. ¿Tienes idea de lo *mucho* que es eso aquí? Se me hubiera podido congelar la cola y…

Lin lo interrumpió con otro abrazo. Estaba tan atolondrada que tenía todos los pensamientos revueltos.

—¡Rufus! ¿Cómo? Digo, estás tan… Estás tan…

—¿Guapo? —sonrió—. ¿Elocuente? ¿Vivo?

—¡Sí! —rio Lin—. ¡Todo eso! —giró en círculo. Del viento no quedaba más que una ondulación en la nieve. Las huellas de Rufus llevaban a la entrada de una pequeña madriguera, donde las últimas brasas de una fogata se apagaban, junto a una mochilita. Las pisadas de la propia Lin aparecieron de la nada, y el muro y las raíces se esfumaron—. ¿Dónde está el sótano de la señora Ichalar?

—Desapareció, y qué bueno. Una vez bajé, ¿sabes? ¡Un sótano lleno de animales desollados y disecados! ¡Con razón el lugar huele a crueldad! —rápidamente Rufus se puso en cuatro patas y pateó un poco de nieve sobre la fogata, que chisporroteó. Luego agarró su mochila y se paró en sus patas traseras—. Ven. Me muero de ganas de enseñarte esto.

La guio por una corta pendiente; parecía perfectamente cómodo de caminar en dos patas. Lin avanzaba con dificultad entre la nieve, batallaba para que no se le salieran las pantuflas. Por poco se le fueron los pies al vacío cuando la cresta de la pendiente se abrió ante ellos.

Estaban al borde de un valle profundo de lomas y pendientes cubiertas de bosque. La nieve yacía sobre las laderas como un manto resplandeciente. Un río desnudo, congelado, corría por el fondo como un listón de acero, y al final brillaban las luces de un pueblo cercado por árboles cargados de nieve en tres lados y un lago de hielo azul en el cuarto.

El pueblo estaba rodeado de un cálido resplandor. Lin alcanzaba a distinguir una multitud de pequeños chapiteles, una torre altísima y esbelta en medio del pueblo, y un palacio blanco con una sola cúpula. De todos los valles nevados que Lin había visto, ninguno podía presumir de semejantes torres y domos.

Pero lo que más la confundía era el cielo. Sus colores eran los de un crepúsculo invernal, un azul suave con bordes teñidos de oro que hablaban de la puesta del sol detrás de las montañas. Sobre las elevadas cumbres al final del valle colgaba una luz extraordinaria, que veteaba el cielo como un cometa o una estrella fugaz suspendida en el aire. Una aureola de hojas curvas giraba alrededor de su cabeza, y su cola danzaba como la aurora boreal.

Lin apoyó su mano en el brazo de Rufus, sin saber qué decir.

—El Valle de Plata. Impresionante, ¿verdad? —Rufus volvió a lanzarle una sonrisa leporina—. Vi subir la estrella desde mi campamento. Es un extraño fenómeno llamado la Vagabunda, y hoy en la noche habrá un gran festín para celebrarlo. Las campanas sonaron la tercera hora justo antes de que llegaras, así que nos tenemos que apurar o…

A lo lejos se oyó un largo y tembloroso aullido. Lin sintió cómo se erizaba el pelo de Rufus bajo sus dedos y lo apretó fuerte. Sólo podía pensar en una criatura capaz de aullar así.

—¡Lobos!

—*No* son lobos —había una nota nueva en la voz de Rufus, callada y tensa—. Los he estado oyendo desde que salió la Vagabunda. Andan en alguna parte en lo profundo de las montañas, pero se están acercando. Y no puedo evitar pensar si no tendrá algo que ver con que tú hayas venido —oteó las cumbres a sus espaldas, con los bigotes bien abiertos. De repente se puso la mochila en la espalda y giró abruptamente a la derecha—. Nos tenemos que ir.

Arrancó por la cresta casi corriendo y Lin lo siguió a trompicones. Sus pantuflas se empezaban a congelar alrededor de sus dedos y la pijama le pesaba por los trozos de nieve que se aferraban a la tela. Volteó a ver los restos del campamento. ¿Cómo se suponía que iba a regresar a su casa? Y ¿qué podía ser peor que los lobos?

—¡Rufus! —le gritó—. ¿Cómo es eso de que tiene algo que ver conmigo?

Rufus no aflojó el paso. Aunque arrastraba un poco su pata mala, iba lo suficientemente rápido para que el aire le lastimara los pulmones a Lin.

—No estoy seguro —dijo él sobre su hombro—. No sé los detalles porque a mí nunca me cuentan esos secretos. Pero he visto las estatuas y he oído las historias, así que sé que es algo grande —saltó con agilidad sobre un surco poco profundo en la nieve. Esas depresiones se veían inocentes, pero Lin sabía por sus salidas a esquiar con su padre que a veces ocultaban grietas en las laderas. Si no tenías cuidado, te podías romper una pierna, o algo peor. Bajó la velocidad para medir su salto. Rufus volteó a mirarla—. Ten cuidado. La última vez por poco me caigo. Yo también llegué por aquí. Aunque a mí no me dieron ninguna llave ni un portal elegante. Un momento estaba acostado en la jaula, oyendo tu respiración, y al siguiente estaba parado aquí en esta cresta.

Lin sintió que la garganta le dolía más.

—Lo siento tanto…

Rufus se encogió un poco de hombros mientras la llevaba a jalones hacia un pequeño pliegue oscuro en el paisaje.

—En realidad no fue tan aterrador. Después me sentí ligero, como si se hubiera aflojado una correa que traía en el pecho, y lúcido, como si se hubiera despejado una neblina en mi cabeza. Había despertado. En ese momento no supe cómo llamarlo, pero me había convertido en un Mascotín.

—¿Masco… tín? —jadeó Lin. Esto de vadear rápido con la nieve hasta las rodillas la había agotado en poco tiempo.

—Así es. Casi todos los que vivimos aquí en Platelia alguna vez fuimos la mascota consentida de un niño humano, así que nos llamamos Mascotines. Excepto los Silvestres. Sus costumbres son un poco diferentes. Ya lo verás cuando entremos al pueblo.

La cabeza de Lin giraba con preguntas, pero estaba demasiado agotada para hacerlas, así que sólo apretó la mano de Rufus para hacerle saber que ella también lo había extrañado. Rufus la miró de reojo y aflojó un poco el paso.

—Conozco esa cara —dijo—. Te prometo que pronto tendrás más respuestas. Pero de veras tenemos que volver a Platelia antes de que caiga la noche. No es sólo por los aullidos. Teodor nos espera hace horas, y no le gusta esperar. Por eso te traje aquí.

Rufus le soltó la mano. Habían llegado al oscuro pliegue, que resultó ser un matorral de junípero aferrado al risco bajo un lomo de nieve. Lin apoyó las rodillas para recuperar el aliento mientras Rufus se puso a buscar algo bajo las ramas espinosas.

—Ay, esta cosa se te mete en el pelaje —pronto volvió a salir con un cabo de cuerda azul oscuro en la boca—. Encontré esto la última vez que estuve aquí. Ayúdame a sacarlo.

Plantó bien las patas y jaló. Los roedores eran fuertes; el padre de Lin le había enseñado eso. Era sobre todo su tamaño lo que los ponía en desventaja contra sus enemigos naturales como los zorros, búhos y linces. Así que a Lin no le sorprendió que Rufus no necesitara su ayuda para nada. Con una lluvia de ramitas y agujas de junípero rotas, lo liberó: el trineo más grande que Lin había visto en su vida.

Rufus caminó alrededor del trineo, silbando entre dientes.

—Mira nada más, ¡pero si eres una belleza! —y lo era. Tenía asientos bajos de madera impecablemente pulida y patines de hierro forjado que se enroscaban en extravagantes espirales en ambos extremos. La cuerda azul estaba atada a la barra transversal plateada al frente del trineo, y hasta tenía una pequeña linterna. Hermoso, sí, pero Lin supo de inmediato que no lo podrían usar. El patín izquierdo estaba roto, trozado del frente.

—Qué lástima —dijo—. No lograremos bajar esta colina con el patín así.

—Cierto —Rufus abrió su mochila—. Pero vengo preparado. De todas formas tenía planeado regresar. No soportaba la idea de que esta cosa maravillosa se quedara abandonada a oxidarse sólo porque está un poco averiada. Así que mandé a hacer esto.

Levantó una pieza de metal, rizada en espiral de un extremo y hueca del otro. Una punta de repuesto.

—Vamos, amigo —Rufus se agachó para poner la punta en su lugar—. No es tan hermosa como la original, pero te lo dice un experto: cualquier pata es mejor que ninguna.

El repuesto entró como hecho a la medida. Rufus festejó con un pequeño grito. Pero su entusiasmo palideció un poco conforme arrastraron el trineo hasta la orilla de la colina.

—Está un poco empinado —masculló, mordisqueando las borlas de su bufanda—. Pero me tomó siglos bajar esta colina a pie, y Teodor dijo "con toda la velocidad posible". Además, tú has hecho esto infinidad de veces, ¿verdad?

Lin se asomó hacia abajo, al valle. Era verdad que había pasado mucho tiempo en el trineo y que las laderas de atrás de Lomaverano no eran aptas para cardiacos. Pero esto no era una ladera. Era una caída casi vertical que se nivelaba hasta allá donde se perdía de vista, bajo las ramas del bosque, muy abajo. Ni siquiera Niklas sería tan temerario.

Sin embargo, Lin se encontró subida detrás de Rufus, con los brazos alrededor de su cintura y agarrada de las riendas. La nieve crujía como arcos de violín bajo los patines cuando asomaron sobre el borde del acantilado, pero Lin no tenía miedo. Hasta se asomó para ver mejor, porque tuvo la tranquilizadora idea de que en realidad no iban a bajar por la colina en absoluto, sino que saldrían flotando serenamente hacia la estrella fugaz suspendida hasta que despertara de este extraño y maravilloso sueño. Y si no, la caída se encargaría de todo.

Rufus temblaba, sentado delante de ella, pero si tenía miedo fingió que no.

—Muy bien —dijo, echándose hacia delante—. ¡Vamos a ver a Teodor!

Se arrojaron al salvaje traqueteo de la caída y Lin sintió una patada en las tripas que se las subió al pecho. Cerró fuerte los ojos y esperó a que la sacudida la despertara. Pero no la despertó. En vez de eso las sacudidas siguieron. La ladera los pasaba tan rápido y el trineo se zarandeaba de tal manera que era imposible distinguir arriba de abajo. Oleadas de nieve le salpicaban la cara.

Lin se resguardó detrás de Rufus y abrió los ojos. Una sombra ancha y borrosa crecía frente a ellos. Iban a pegar en la frontera de árboles a toda velocidad.

Cuando el bosque los engulló, las ramas les azotaron la espalda y las varas se enredaron en el pelo de Lin. Pero el trineo siguió a tumbos entre los troncos en una serie de escapes milagrosos, hasta que pasaron un gran roble y salieron a un claro en el bosque.

El trineo iba directo hacia un tocón gigante que sobresalía de la nieve. No, no era un tocón, sino un pozo de piedra oscura, con la tapa rota y tirada a un lado. No tenía cubeta, sólo una cuerda deshilachada, que colgaba del travesaño enchapopotado como una horca. Lin apretó los puños en el pelaje de Rufus, aguardando el choque, esperando no romperse dedos ni piernas.

Sin embargo, justo antes de que se estrellaran con el pozo, el trineo debió saltar por una rampa de nieve, porque de pronto estaban en el aire. Lin soltó las riendas y salió volando del trineo. Aterrizó de cara en un pequeño montón de nieve que amortiguó su caída. La cabeza le resonaba con un extraño zumbido, pero por lo demás estaba ilesa.

—¡Rufus! —dijo, levantándose sobre sus rodillas—. ¿Estás bien?

Rufus no respondió. Ya estaba parado en dos patas y, con la boca abierta y los bigotes extendidos, miraba la cabaña en medio del claro. No era más grande que el viejo cuarto de leña al fondo de los campos de Lomaverano, con un techo de pasto hundido bajo un manto blanco.

—El Aventador —dijo Rufus—. Pero Platelia está protegida. Es segura. ¡Es que no puede ser cierto!

—¿Qué? —Lin buscó señales de peligro en la cabaña. Los troncos relucían de escarcha, al igual que el destartalado porche que salía de la esquina izquierda. No había humo saliendo de la chimenea, y las toscas ventanas estaban oscuras. Y sin embargo sentía que había alguien allí, susurrándoles.

Una puerta rechinó a la vuelta.

Rufus se volvió hacia Lin. Se le veía lo blanco de los ojos y su voz era un chillido quebrado.

—¡Corre!

## Capítulo Cuatro

Rufus se puso en cuatro patas y salió disparado hacia los árboles, cruzando el claro. En el porche rechinaron pasos. Se acercaban.

Pero las piernas de Lin no se movieron. Sus articulaciones parecían haberse congelado, y tenía los pies demasiado fríos para levantarlos. Antes de que pudiera correr a ningún lado, tropezó y cayó. Tirada de bruces en la nieve volteó hacia atrás para ver la cabaña.

En el porche había una figura encorvada y encapuchada, negra contra la nieve resplandeciente. Levantó el brazo. De lo profundo de la capucha se oyó un graznido chillón.

Lin quería levantarse, pero todas sus fuerzas la habían abandonado. ¿Por qué no podía despertar y ya? Bajó la cara hasta la nieve.

La zambullida helada no la despertó, pero sí revivió sus piernas. Las recogió y echó a correr para atravesar el claro hacia Rufus, quien la esperaba a la orilla del bosque. Bajo el cobijo de los árboles, la nieve era menos profunda. Pronto iban galopando como caballos asustados, esquivando ramas y troncos, corriendo sobre piñas y huellas de animales, hasta que dieron con un camino.

Sólo entonces Lin se dio cuenta de que uno de sus pies estaba descalzo. En algún momento de su frenética huida había perdido una pantufla, y ahora estaba sangrando de una cortada en la planta. Cojeó hasta un tocón y se sentó.

Rufus se regresó y olfateó su pie.

—Una cortada fea —dijo, arrugando el hocico—. Buscaremos alguien que la cure, pero primero debemos llegar al pueblo. Creo que ésta es la ruta vieja a Sotosonoro. Si recuerdo bien los mapas, el camino debe estar pasando esta cresta. ¿Puedes llegar?

Lin se volvió a parar y apoyó el pie herido. La cortada no le dolía. Más bien sentía como si estuviera sobre un pedazo de hielo.

—Creo que sí.

—Vamos —Rufus le ofreció su brazo—. Apóyate en mí.

Dejaron el camino y subieron por un cerrito escarpado. El avance era lento y penoso. Las montañas estaban ocultas por una tupida celosía de ramas, y apenas se escurría una tenue luz para brillar en los ojos de Rufus, que le daba ánimos a Lin. Atrás de ellos, el bosque estaba en silencio. La nieve no crujía ni se oían ramas quebradas, y lo más importante: no había espeluznantes graznidos chillones.

—¿Ése quién era? ¿Lo viste? —la voz de Lin salió muy quedito.

—Lo vi —Rufus dobló hacia atrás una rama de serbal—. A esa *cosa*. Pero todavía no alcanzo a creer que de veras estuviera allí. El Pozo del Aventador es un cuento, una leyenda para espantar a los novatos en el Pájaro en Llamas cuando son todos nuevos y asustadizos. Se supone que no es cierto.

Cargó a Lin sobre una rama caída, y continuó, bajando

la voz:

—La leyenda del Pozo del Aventador dice que hace mucho tiempo, antes de que se tallaran las runas guardianas y antes de que el seto se pusiera alto y grueso, una Pesadilla de las montañas pasó arrastrándose y se estableció en el Valle de Plata. Las Pesadillas son monstruos, criaturas viles con almas sombrías y hambrientas. Y ninguno más hambriento que el Aventador, llamado así porque cosecha a sus víctimas de entre los Mascotines incautos que caminan por el bosque.

"Claro que yo pensé que era sólo un cuento. Pero ahora me doy cuenta de que todo estaba allí, tal como dice la leyenda. El techo hundido, el porche que rechina, el pozo roto... y el Aventador encapuchado —la voz de Rufus ya era un susurro—. Retuerce los caminos alrededor de su cabaña para que todos vuelvan a salir al claro, sin importar por dónde trates de huir. Y cuando alcanza a sus víctimas y se las come, echa sus huesos al pozo".

Lin estaba congelada. El frío se le estaba metiendo, entorpeciendo su mente al igual que sus brazos y piernas. A su alrededor, el bosque suspiraba y murmuraba, y por un momento sintió como si el suelo se estuviera moviendo bajo sus pies. Sacudió la cabeza para despejarse.

—Eso pensaba yo también, en el calor acogedor del salón de aguamieles —dijo Rufus, confundiendo su reacción con incredulidad—. Es sólo que no hay ningún otro pozo en Platelia. ¿Por qué iba a haberlos? El suelo siempre está congelado.

Lin no respondió. No quería pensar en el pozo y la figura encapuchada, pero era como si ganchos invisibles jalaran sus pensamientos otra vez hacia el claro. Así que trató de no pensar en nada, y en vez de eso se concentró en poner un pie delante del otro, pasando arbustos y rocas, hasta que lograron llegar al otro lado de la cresta. Allí, el bosque daba paso a un camino despejado que avanzaba sinuoso junto al río oscuro y resplandeciente entre altos montículos de nieve. Rufus ayudó a Lin a saltar la nieve amontonada a la orilla del camino.

—El Camino de Caravanas —dijo él—. Ya deberíamos estar a salvo.

El aliento de Lin escapó hacia la tarde como nubes finas. Estaba de verdad exhausta. El calor que había sentido al correr por el bosque se había vaciado por completo en la nieve. En su nuca, los rizos sudados se estaban congelando en una maraña quebradiza. Volvió a levantar el pie izquierdo para examinarlo. Estaba azul, y la cortada se veía dispareja y oscura.

Rufus se le quedó viendo, con los bigotes abiertos.

—Estás un poco pálida. Pero Platelia ya no está lejos. Dos o cuatro kilómetros por el camino y llegamos —trató de sonreír, pero sus ojos estaban a punto de desbordarse—. Te voy a llevar directo al Pájaro en Llamas. A que tomes un poco de mielestrella. Y te doy mi bufanda…

—Gracias —dijo Lin—. Sólo necesito descansar un poco.

Se sentó con la espalda contra el borde de nieve y se abrazó las rodillas dentro del suéter. Qué curioso. De repente el suelo se sentía agradablemente tibio. Le dio sueño.

—¡Lin! —gritó Rufus—. ¡No te puedes sentar! ¡Levántate!

Pero la cabeza de Lin estaba llena de estrellas que giraban y de un dulce tintineo.

—Oigo campanas —murmuró—. Ya llegamos, creo.

Luego la nieve se puso negra a su alrededor.

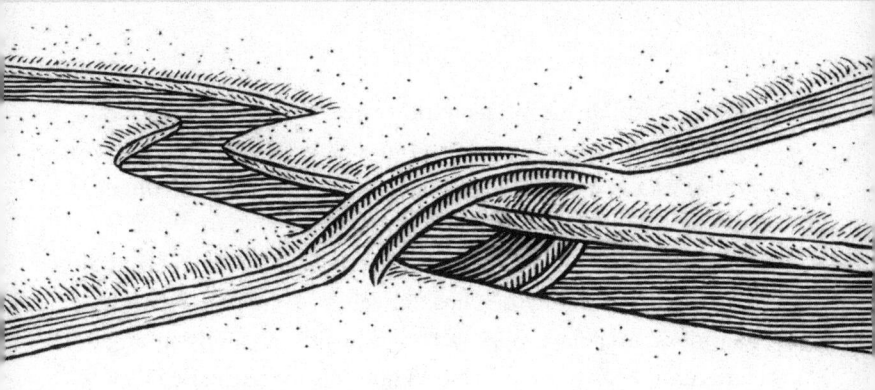

## Capítulo Cinco

Cuando volvió en sí, el delicioso tintineo la rodeaba, acompañado por el golpeteo seco de cascos sobre nieve comprimida. Lin se asomó entre sus pestañas. Estaba acostada bajo un altero de mantas y pieles en un trineo profundo de madera, tirado por un caballo pequeño cuyo arnés con campanitas sonaba y crujía mientras trotaba por el camino. Las manos de Lin estaban calientitas en un par de manoplas grandes, y un sombrero con borde de cuero que olía a humedad amenazaba con taparle la cara.

Volteó la cabeza y respiró hondo. Entonces no era un sueño. *Rufus* estaba acostado junto a ella, contemplando el cielo. Cuando se dio cuenta de que Lin estaba despierta, se incorporó en un codo con una mezcla de vergüenza y preocupación en la cara.

—¿Cómo te sientes? —murmuró.

Lin lo pensó. Aún se sentía cansada, pero sentía un cosquilleo en sus extremidades, señal de que el frío estaba cediendo. Pero su pie herido se sentía raro. Le daba comezón y cosquillas, y lo recorrían oleadas de calor. Se asomó bajo las mantas y vio que estaba vendado y embarrado de una especie

45

de ungüento de aroma penetrante que rezumaba por la gasa.

—Él te vendó la herida con una de sus pomadas especiales. Apesta a nueve clases de estiércol, pero si él la usa, puedes apostar tu cola a que funciona.

Lin siguió la mirada de Rufus hasta el conductor del trineo, en el asiento delante de ellos. Su cabeza y cuello estaban cubiertos de un pelaje rojizo salpicado de gris, sus orejas triangulares eran altas y negras. La cola que colgaba suelta de la apertura trasera de su saco de tweed tenía la punta muy blanca.

—¡Un zorro! —murmuró Lin.

—Es un Silvestre. Y no cualquier Silvestre. Es Teodor —murmuró en respuesta Rufus.

Teodor estiró un brazo delgado hacia atrás. Buscó a tientas hasta dar con el gastado portafolios tirado en el piso entre el asiento del conductor y las mantas. Con modo brusco, le dio un tirón a la cubierta y revisó que los broches metálicos estuvieran bien cerrados antes de retirar la mano y carraspear.

—No sé qué estabas pensando, Roedor. ¡Arrastrar a una humana medio desnuda por el Bosque Invernal!

Rufus se retorció.

—Lo siento mucho, Lin. Nunca se me ocurrió que fueras a venir en pijama. Debí haberme preparado mejor, por lo menos haberte llevado un abrigo o una manta, pero salí tan de carrera. De todas formas, pensé que si no dejábamos de movernos, a lo mejor ibas a estar bien, pero luego te pusiste toda azul, y… Creo que nunca he sentido tanto alivio de oír que viene un trineo.

La tomó de la mano.

—¿Estás enojada conmigo?

Lin apretó sus dedos.

—No. Ya hasta se me quitó el frío.

Sonó más segura de lo que se sentía. No, ya no tenía frío, pero el cosquilleo en sus piernas y el calor de su cabeza le avisaron que la temperatura había descendido de manera peligrosa. Después de todos los sermones sobre tenerle respeto a la naturaleza y lo de que "sé que puedo confiar en que se pondrá el vestuario adecuado", había tratado de bajar caminando por una ladera helada con pantuflas, pijama y un suéter mojado. Eso no era digno de una cazadora de troles para nada.

—Pero se supone que esto no es así —dijo Rufus—. Se supone que uno se la pasa increíble. Se supone que uno adora Platelia. En vez de eso estás herida y medio congelada.

Tenía razón, pensó Lin. Este bosque era peligroso. Y en vista de que ni la nieve ni la conmoción ni el desmayo habían podido transportarla a otro lugar, más le valía cuidarse. Pero eso no se lo dijo a Rufus. Estaba tan atento a su cara, con tal expresión de culpa y esperanza, que a Lin le dio lástima.

—Estoy bien. Te lo prometo.

—Y allí es donde ambos tuvieron una extraordinaria e inmerecida suerte, Rufocanus —dijo Teodor.

—¿Aquí te dicen *Rufocanus*? —susurró Lin. Rufocanus era el nombre que se le había ocurrido a Harald Rosenquist aquel día cuando los descubrió, del nombre científico del topillo de Sundevall, y por algún motivo se le había quedado. Aunque Lin nunca lo decía completo. Le recordaba demasiado a su propio nombre completo, ingenioso y pedante y demasiado elegante para servirle a quien tenía que usarlo.

—Sólo Teodor —articuló sin sonido Rufus, frunciendo el ceño hacia el saco de tweed—. Pero luego hablamos de eso.

Lin se volvió a acomodar en las pieles y mantas. Arriba, las primeras estrellas empezaban a salir. Se veían demasiado cercanas y brillantes, y no formaban ninguno de los patrones que Lin conocía de las lecciones de su padre. La estrella fugaz congelada titilaba en su fondo de azul cada vez más oscuro.

—La Vagabunda —murmuró.

—Hermosa, ¿verdad? —Teodor seguía hablando sin voltear, pero su voz se había suavizado—. Algunos dicen que es una rebanada de estrella, atrapada por la gravedad. Otros dicen que es una lente de cristal gigante creada por un efecto mágico de espejo. Pero sea lo que sea, la Vagabunda recorre la frontera entre este mundo y el tuyo. Visita nuestro cielo cada noventa y cuatro años, en la Noche Vagabunda —Teodor levantó su brazo en un arco lento—. En el crepúsculo, la estrella entra a nuestro cielo por el oriente, y nueve minutos después de media noche, se mete detrás del Colmillo de Plata, para no volver en casi un siglo.

—Un siglo —murmuró Lin—. Es algo excepcional.

—Sí. Ya quedan pocos que recuerdan la última vez que vino. Sólo saben de ella por historias y canciones.

El caballito sacudió su crin, lo que hizo sonar su campana, y Teodor se arrancó con una melódica canción.

> *El Margrave iba por bosques de espesura invernal.*
> *Cruzó un portal por el corazón de una criatura.*
> *El niño les dio su corazón para devorar.*
> *Príncipe Invernal perdido en la hora Vagabunda.*
> *Cuando avance la noche el rosal se marchitará.*
> *Silenciado y atrapado en el frío secreto quedará.*

La letra era inquietante, pero la melodía se derritió en los oídos de Lin y la reconfortó. Ahora que se sentía a salvo, hasta bonito veía el bosque. Altas píceas cargadas de nieve pasaban veloces. Viejas huellas se cruzaban en la nieve. El crepúsculo invernal pintaba de azul el río helado. Lin se acercó a Rufus y susurró:

—Me da gusto estar aquí contigo, pequeñito.

Pero Rufus había metido la nariz debajo de la cola y se había quedado dormido. Lin contempló a su amigo un momento. Sus gruesas pestañas temblaban y sus delicadas orejas estaban plegadas con firmeza contra su cabeza. Se parecía tanto al Rufus que se había pasado la vida metido en su bolsillo que parecía imposible que se hubiera transformado en esta persona capaz de hablar y meterse en problemas y leer mapas y preocuparse por ella. Pero así era.

Con un suspiro, Lin se subió las mantas hasta la barbilla, disfrutaba del calor que se extendía por su cuerpo. Y mientras tanto, el trineo la acercaba más y más al pueblo de chapiteles y cúpulas.

## Capítulo Seis

Se debía haber quedado dormida otra vez, porque de pronto los bigotes de Rufus le rasguñaron la mejilla.

—Lin, despierta. Tienes que echarte al suelo.

Lin se incorporó alarmada. El bosque seguía en silencio, pero un tenue resplandor dorado teñía las copas de los árboles y los ojos de Rufus, que estaban serios.

—¿Qué pasa? —preguntó mientras se deslizaba al piso helado del trineo—. ¿Por qué me tengo que esconder?

—Teodor no quiere que nadie te vea cuando entremos a Platelia.

Iban por una larga pendiente que al final remataba en el río, y ganaban velocidad a cada paso. Un alto puente de piedra blanca salía en curva del agua congelada, y del otro lado, un pueblo grande se extendía a la orilla del lago como una colcha arrugada de retazos de luz y casas de madera.

Teodor no ofreció ninguna explicación de su solicitud. Sólo encorvó la espalda contra el viento y carraspeó con impaciencia, le pareció a Lin. Bajó las mantas del asiento y se acurrucó abajo. Rufus se inclinó sobre ella, haciendo como que acomodaba la manta.

—Las máscaras —le murmuró al oído—. Las puedes usar para ver.

Los lados del trineo tenían caras de zorro talladas, y todas tenían agujeros en los ojos. Desde dentro, también funcionaban como máscaras. Lin se acomodó de modo que su cara quedó pegada a la madera pulida y entornó los ojos contra el viento mientras afuera el paisaje pasaba veloz.

El caballo cruzó galopando el arco del puente, subiendo el trineo hasta la cima y bajándolo sin detenerse. Del otro lado, el camino se volvía una ancha avenida bordeada de acogedoras casitas pintadas de rojo o azul o morado. Había una gruesa capa de nieve sobre todos los techos y torreones y sobre las farolas de hierro forjado que daban una luz cálida a las calles. Rosas de escarcha oscurecían las ventanas de muchas hojas. Algunas casas tenían un letrero de madera tallada y laqueada montado en una barra sobre la puerta. Lin vio letreros con forma de rosca de pan, de esquí, de manzana invernal y de zapato enano.

Conforme avanzaron por la calle, aparecieron Mascotines a raudales y pronto rodearon el trineo. Teodor se bajó para guiar al caballito entre la multitud, y Rufus aprovechó la oportunidad para susurrarle a Lin, que seguía bajo las mantas, y señalarle miembros de los cinco clanes de Mascotines. Ella pronto entendió que los gatos eran Felinos, los perros eran Caninos, todas las aves eran Picos, y los caballos eran Cascos.

—Y yo —agregó Rufus—, soy un Roedor. No somos el más poderoso de los clanes, pero me gusta pensar que somos el más listo.

Algunos Mascotines llevaban abrigos y pantalones bombachos sobre sus plumas y pelajes, otros llevaban mochilas de cuero o zapateaban con pesadas botas. Pero todos, excepto los Cascos, eran más o menos del mismo tamaño y caminaban como personas, ya fuera que estuvieran vendiendo dulces o tocando la flauta por monedas o paseando placenteramente con el hocico en una taza humeante de una bebida caliente.

—¿Ves a esa armiña? —dijo Rufus cuando se acercaron a una esbelta comadreja blanca que vendía pescado ahumado en un carrito—. ¿Ves lo nerviosa que está? Ésa es una de las diferencias entre los Mascotines y los Silvestres. Ellos nunca han vivido con los humanos, así que la ciudad los pone nerviosos. A la mayoría le gusta seguir sus tradiciones… en el bosque.

La comadreja revisó la calle, chicoteando la cabeza de un lado a otro.

—¡Hola, Mikula! —gritó Rufus, y señaló uno de los muchos pósters de la Vagabunda, rodeada por fuegos artificiales de rayitas—. ¡Nos vemos a la noche en la Plaza!

La comadreja inclinó la cabeza, pero sus fosas nasales se dilataron cuando pasó el trineo, como si le hubiera llegado un olor de lo más interesante.

—Vino a la Noche Vagabunda —agregó Rufus sólo para oídos de Lin—. Por eso están así de llenas las calles. Los preparativos para la fiesta llevan semanas, y habrá música y comida en la Gran Plaza, y quizá también fuegos artificiales, o eso se rumora. Nadie sabe exactamente qué esperar, excepto los ancianos de la Casa. Son los únicos que ya estaban aquí la vez pasada que vino la Vagabunda.

Platelia estaba sobre colinas, y conforme se adentraron en el pueblo, la calle subió y bajó una docena de veces. Teodor chasqueó la lengua y guio al caballo a un tranquilo callejón donde las casas de madera estaban tan juntas que desde su escondite Lin no veía más que paredes. Rufus se trepó al asiento del conductor.

—¡Pero estamos en la Rinconada Hierbabuena! ¿No vamos a ir a la Casa?

—No. Ustedes llamarían la atención demasiado. Hablaremos en mi casa.

Se orillaron frente a una casa roja. Era más grande que las otras construcciones de la calle y tenía una hermosa entrada, un portón de dos hojas que daba a un jardín trasero, y hasta un pequeño torreón. Pero la pintura se estaba descarapelando y las ventanas se veían turbias y empañadas. De una barra bajo los aleros colgaba un letrero con forma de pluma de ganso. A Lin le pareció que la punta alguna vez había sido dorada.

Teodor caminó hasta el portón para abrirlo. Su paso era tieso y contraído, y su cola colgaba inerte de su saco.

—¿Qué significa la pluma? —le susurró Lin a Rufus, subido en el asiento del conductor.

—Los letreros son una vieja tradición de Platelia. Solían mostrar a qué se dedicaba el dueño de cada casa. Hoy en día, los usan sobre todo las tiendas y los artesanos, y los Mascotines que llevan aquí mucho tiempo. Teodor es el cronista en jefe de la Casa. Lleva el registro de los eventos y la historia de Platelia, y su trabajo es muy respetado. Por eso la pluma dorada.

El salvador de Lin volteó a verla y ella pudo ver su cara por primera vez. El gris había sustituido casi todo el rojo de su hocico, tenía los ojos húmedos e irritados, y cuando hablaba sus dientes se veían amarillos y quebrados. Ningún zorro tan viejo podría sobrevivir un invierno en el bosque; ella lo sabía. Pero los iris de Teodor brillaban dorados y claros dentro de los aros negros. Le recordaban las cuentas de vidrio en el cráneo de una de las bestias disecadas de la señora Ichalar.

—¡Ven aquí, Rufocanus! —dijo Teodor—. Necesito hablar contigo.

Rufus saltó del trineo y caminó con pesadez hasta el portón. Teodor habló con él, tan bajo que Lin no pudo oír las palabras. Pero se daba cuenta de que Rufus no estaba nada contento. Tenía el ceño fruncido y estaba haciendo un montoncito de nieve de tanto raspar el suelo con el pie. Teodor extendió su pata. Rufus masculló una respuesta y se encogió de hombros.

—¿La *perdiste*? —la voz de Teodor subió hasta volverse gruñido—. ¿Eres absolutamente inútil? ¿Tienes la menor idea de lo que eso significa?

—Lo siento —dijo Rufus—. Trataré de encontrarla.

—¡Más te vale! —Teodor echó las manos al aire y se arrancó hacia el trineo; sus viejas botas rechinaban—. ¡Atiende al caballo! —le ladró a Rufus volteando para atrás, y luego le dijo a Lin bajo las mantas—: Ven conmigo, *novata*. Ya de por sí tenemos muy poco tiempo. Y no se te ocurra quitarte el sombrero ni levantar la cabeza.

Sacó una llave de su portafolios y abrió la puerta principal. Lin cruzó miradas con Rufus sobre el borde del trineo. El topillo asintió con la cabeza.

—Debes ir con él. Yo entraré en cuanto pueda —abriendo con suavidad el portón, suspiró—. Vamos, Fabián. Me imagino que tú también estarás bastante cansado y tendrás frío.

Para sorpresa de Lin, Fabián respondió en una voz muy refinada.

—¡Y que lo digas! Me vendría estupendo un poco de avena con caramelo y un buen masaje —el caballo siguió listando sus diversas necesidades y antojos conforme desaparecieron en el jardín trasero—. Una manta caliente no estaría de más. Y si pudieras cambiarme mi libro, estaría perfecto. Me la paso diciéndole a Teodor que los Cascos necesitamos ayuda con esas cosas, pero ya sabes lo distraído que puede ser…

Lin bajó del trineo con su disfraz improvisado. Su pijama estaba mojada y a su pie vendado no le gustó nada volverse a zambullir en la nieve. Aún no sabía por qué no podía mostrar su cara, pero eso la tenía con los nervios de punta. Temblando, se bajó el sombrero, se cerró bien el suéter y subió cojeando los escalones. Teodor había dejado la puerta emparejada. Cuando Lin se escurrió a través de ella, notó que tenía un vitral de tres lenguas de fuego rampantes.

El largo y estrecho pasillo de inmediato le pareció familiar. La escalera desvencijada a los pisos superiores le recordaba la Casa de los Guindos en Lomaverano, y el aire olía un poco a estiércol y paja, como la ropa que el tío Anders se ponía para el granero. En la luz roja y violeta que entraba por el vitral, Lin alcanzó a ver que las paredes estaban cubiertas de fotografías de Mascotines, edificios y paisajes invernales en marcos empolvados.

—¡Niña!

Teodor la miraba impaciente desde el fondo del pasillo.

—Por aquí.

Lin lo siguió hasta un cuarto mal alumbrado que olía a papel seco y cuero. El viejo zorro se arrodilló para encender una chimenea de esteatita renegrida. Pronto, un ondulante resplandor rojo empujó la oscuridad a los rincones, y Lin vio que ésta debía ser la biblioteca de Teodor. Pero no se parecía nada a las filas ordenadas de títulos rotulados y forrados de plástico a las que estaba acostumbrada en la biblioteca pública de la ciudad. De hecho, hasta los alteros desparramados de libros y recortes meteorológicos de su padre se veían ordenados en comparación con esto.

Los libreros llenaban las paredes de piso a techo y amenazaban con cerrar el pequeño hueco donde la única ventana de la habitación resistía. Había más libros amontonados en el suelo y el escritorio, tomos antiguos de cuero con broches y rastros de oro en el lomo. En una mesa de tres patas en medio de dos sillones gastados había un tintero, un bote de arena secante y una pluma de ganso. El portafolios de Teodor con sus broches de plata manchada estaba junto a la mesa.

El viejo zorro acercó las sillas al fuego y puso una tetera tiznada sobre las flamas.

—Siéntate aquí. Necesitas recuperar tus fuerzas después de esa caminata descalza por el bosque. De veras no sé qué estaba pensando, Rufus.

Salió arrastrando los pies y regresó con una manta tejida, una bata que apestaba a naftalina y una jarrita de leche. Lin se quitó el sombrero y colgó su suéter para que se secara frente al fuego, luego se envolvió en la bata y la manta, y se subió a un sillón. Allí se hundió en el mullido asiento café oscuro y se calentó los pies. Quería preguntarle a Teodor por qué era tan brusco con Rufus, pero le daba miedo que entonces se ensañara con ella.

—Me alegra que pasaras en ese momento —dijo con cautela.

—Y te debería alegrar —dijo Teodor mientras se acomodaba en el otro sillón, se enderezaba el saco y echaba la cola sobre el descansabrazos del otro lado—. No acostumbro a salir en trineo al atardecer.

La miró con atención, y durante mucho más tiempo del que cualquier humano hubiera considerado educado. Para evitar su mirada, Lin dejó que sus propios ojos vagaran hasta la puerta, donde Rufus no daba señales de aparecer, y por los rollos de pergamino que salían de ollas de barro, y por el desorden en el escritorio de Teodor. Se enfocaron en un reloj de mesa de madera reluciente. Los entornó. ¿Estaba equivocada o decía que eran nueve minutos para las cuatro? Cuando estaban arriba en la cresta, Rufus había dicho que apenas pasaban de las tres. Sin duda habían pasado más de una corta hora en el bosque, ¿o no? De pronto recordó otra cosa que también le había dicho. "Llevo horas esperando. ¿Tienes idea de lo mucho que eso es aquí?". ¿Algo andaba mal con el tiempo en este lugar?

Teodor asintió con una sonrisa torcida que a Lin extrañamente le recordó a su padre.

—Así es, niña. El tiempo corre distinto en Platelia.

—Rufus mencionó algo. ¿Va más lento?

—Una hora aquí puede ser un día en tu mundo, o un día puede ser una semana, nunca se sabe. Y todo es por culpa de ustedes.

—¿De nosotros? —Lin se movió en su asiento. La ponía nerviosa que Teodor hubiera sabido lo que estaba pensando sobre el reloj de mesa. Ahora él sonrió con sus dientes quebrados como si supiera eso también.

—Digo los de tu especie. Déjame preguntarte esto: ¿alguna vez te has quedado en tu cuarto y la tarde te parece imposiblemente aburrida y larga? ¿O te has pasado el día jugando hasta que te sorprende la noche? —arrastró los pies hasta su escritorio y trajo el reloj, con su carátula de marfil detrás de los números romanos negros, y lo puso en la mesa en medio de los dos—. Cuando eres joven, percibes el tiempo de una manera que poco tiene que ver con la mecánica y las unidades medidas. Y lo que los jovencitos de la Tierra perciben o experimentan o sienten tiene consecuencias aquí. Anda. Tócalo. ¿Qué te dicen tus dedos?

El reloj se sentía tibio contra la piel de Lin. En la madera, había un letrero grabado, tres hojas llenas de letras desconocidas. La maquinaria zumbaba, no con el ritmo de tic-toc de los relojes de pie de la señora Ichalar, sino que se aceleraba y se saltaba latidos bajo los dedos de Lin.

—Es como un corazón.

—Exacto —Teodor volvió a sonreír—. El paso del tiempo no es lo único que se ve afectado. Casi todas las criaturas que viven aquí alguna vez fueron amadas por un niño de la Tierra, que a su vez amaron. Ese lazo era tan fuerte que cuando los animales murieron, despertaron aquí en Platelia para vivir una segunda vida.

—Cuando murieron —repitió Lin—. ¿Eso significa que estoy...?

Teodor negó con la cabeza.

—No. Tú eres responsable de la presencia en este mundo de Rufocanus de Rosenquist, por el amor que los dos comparten. Pero tú estás aquí por otro medio. Por invitación, digamos. Te tenemos una misión. Un acertijo.

Lin sintió que las mejillas se le sonrojaban de alivio. Un acertijo. Eso era algo que podía hacer. Comparado con la idea de estar muerta, le parecía más bien reconfortante.

—¿Qué clase de acertijo?

Teodor se agachó y recogió su portafolios. Al tocarlos, los broches de plata se abrieron solos y la cubierta se levantó, pero el viejo zorro lo ladeó para que Lin no pudiera ver su contenido. Sacó una fotografía y la puso junto al reloj.

Un niño humano de cabello oscuro de la edad de Lin la

miraba con ojos de zafiro. Estaba sentado en una ventana con banca, agarrando una esfera de vidrio que brillaba con un plateado lechoso y un blanco dorado, como una estrella capturada. Aunque sonreía ligeramente para la cámara, había algo en la tensión de su boca que hizo que Lin pensara que estaba muy triste.

—Él es Isvan Hibernalis. Lleva cinco semanas desaparecido. Se fue de su casa sin dejar huella, ni un rastro siquiera para un viejo zorro.

Lin esperó a que dijera algo más, pero Teodor se quedó en silencio, atrapado por la mirada del niño triste.

—Ya veo —dijo ella al fin—. ¿Y mi misión es encontrarlo?

—Tu misión es encontrarlo *esta misma noche*. Mientras la Vagabunda siga brillando sobre nuestro valle.

Teodor miró a Lin de reojo mientras cerraba su portafolios.

—Veo las palabras "por qué" escritas en tu cara. Muy bien. Para triunfar vas a tener que hacer preguntas, y las correctas. Ésta —su pata se cernió sobre la esfera dorada y plateada en la foto de Isvan— es la esfera de nieve de Isvan. Es la fuente de toda su vida y su magia. Su alma.

—¿Entonces no es humano?

—No. Los Hibernalis son una raza glacial. Su piel se moldea de hielo, no nace como la nuestra. De todas las criaturas en Platelia, son las más extrañas y poderosas, pero también las menos comunes. Su número se ha ido reduciendo poco a poco al paso de los años, hasta que ahora sólo queda Isvan, el último de su pueblo. Y por eso necesitamos que lo encuentres esta misma noche. Isvan tiene que estar presente en la celebración de la Noche Vagabunda. Debe realizar la más importante de todas las magias de los Hibernalis: la Nevada Vagabunda.

Por los libros de su padre, Lin conocía los principios básicos de la nieve: baja presión y frentes fríos y temperaturas de congelación para que se asiente. Pero ¿qué clase de nieve vendría de la magia? Teodor chasqueó la lengua.

—La Nevada Vagabunda no es cosa de ciencia. Es inesperada, de ésas que desconciertan a los meteorólogos, una nevada gigante que crece y crece, que cruza fronteras y continentes, hasta cubrir todas las tierras del mundo —clavó sus ojos dorados en los de Lin—. Pero no de este mundo. Del tuyo.

Lin aspiró sorprendida. ¡Nieve en todos los países del mundo! Seguro eso confundiría a su padre. Teodor asintió, complacido por esa reacción.

—Millones de niños ven los cristales caer revoloteando del cielo —continuó él—. Algunos los miran desde sus ventanas; otros salen corriendo a jugar. Pero todos están poseídos de júbilo, pues mientras que los grandes se preocupan de palear y de las tuberías y de los caminos resbaladizos, los niños sólo saben de una dicha desenfrenada cuando de repente hay nieve.

Es verdad, pensó Lin. Cada año desde que tenía memoria, Niklas y ella habían salido disparados a recibir la primera nevada que caía en Lomaverano, y pedían un deseo por cada copo que atrapaban con la lengua. Y todos los años, el tío Anders los veía desde la ventana de la cocina de la casa principal, con cara seria.

—Ya te dije que lo que sienten los niños tiene consecuencias aquí en Platelia. Cada pensamiento y cada sueño nos llega flotando en motitas y copos diminutos. Pero el júbilo desenfrenado de millones de niños es como una tormenta mundial de energía absoluta. Es *magia* —señaló la ventanita, por donde se alcanzaba a vislumbrar la cola centelleante de la estrella fugaz—. Esta noche, la Vagabunda cruza la frontera entre nuestros mundos, una especie de portal fugaz. Sólo se necesita un golpe poderoso del otro lado, como una tormenta de magia absoluta de niños felices, para derribarlo. Para abrir ese portal, el Portal Vagabundo, entre Platelia y la Tierra —Teodor tocó el reloj de mesa—. A las doce de la noche con nueve minutos, Isvan ya tiene que haber conjurado la Nevada Vagabunda y el portal se tiene que haber abierto. Y digo que tiene que ser, pues la seguridad de nuestro reino y de todos los que viven en él depende de ello.

—¿Por qué? —preguntó Lin.

La tetera silbó melancólicamente. Teodor se ocupó, la quitó del fuego con un atizador y espolvoreó en el agua un puñado de hojas de aroma exótico. No miraba a Lin a los ojos.

—No voy a agobiarte con esto, aún no. Pero hay una cosa más que tienes que saber sobre el Portal Vagabundo, Lindelina Rosenquist. *Tú* también necesitas que se abra.

—¿Por qué? —volvió a decir Lin, tan absorta que ni siquiera le importó que la hubiera llamado Lindelina.

—Porque es el portal, el único portal, que te puede llevar a casa.

Lin se le quedó viendo mientras Teodor fue hasta el gabinete arrastrando los pies y trajo dos tazas y un bote de miel.

—¿Y el portal de la colina?

—Tú llegaste aquí por un portal cicatriz, que se abrió por un gran anhelo y dolor —la mano le tembló ligeramente a Teodor cuando sirvió el té, y la cucharita para la miel tintineó contra la fina porcelana—. El de tu sótano llevaba ya tiempo preparándose para ti. ¿Quizás hayas notado un enfriamiento en la casa de la señora Ichalar, o que el tictac de los relojes iba muy lento? Pues eso se acabó. Cuando una Girarrosa pasa por un portal cicatriz, es como expurgar una herida. Se cierra para siempre. No puedes regresar por allí.

El fuego ardía con el mismo calor de antes, pero Lin se sentía como si le hubieran echado agua fría.

—¿Me estás diciendo que tengo que resolver tu acertijo o nunca volveré a ver mi casa?

Teodor le tendió una taza.

—Yo empecé mi vida en la Tierra en Inglaterra —dijo—. Allí, es sabido que una buena taza de té cura todo mal, sobre todo si tiene leche.

Lin le dio un sorbo a la bebida aromática, que tenía un dejo amargo. Sin embargo, Teodor parecía disfrutarlo, porque le dio un buen trago a su taza.

—Sabemos que no es una carga fácil —dijo—. Te damos las gracias por ofrecerte de voluntaria.

—¿Voluntaria? —la voz de Lin sonó crispada en el silencio del cuarto cubierto de libros—. ¿Cómo que me ofrecí de voluntaria?

—Ah, tú te ofreciste para esto. El nombre Girarrosa nunca miente.

Lin dejó su té en la mesa con un fuerte tintineo.

—Yo inventé ese nombre por la rosa trepadora de la señora Ichalar. Para la cacería de troles. ¡Sólo era un juego!

—Esta noche, joven Rosenquist —dijo Teodor, mostrando su sonrisita torcida—, descubrirás que algunos juegos son reales.

En alguna parte de la casa hubo un chasquido y un siseo, como si se encendiera un cerillo. Teodor se enderezó, con las orejas volteadas hacia el corredor, y alzó el labio superior para probar el aire.

Con un gruñido bajo, salió de la habitación. Lin lo siguió

al corredor a tiempo para ver su sombra fundirse por la escalera que subía hacia un frío resplandor azul en el torreón. Ahora ella también lo percibía: el olor penetrante de algo que se estaba quemando.

—Ahí quédate —ladró Teodor desde arriba.

Y eso hizo Lin, hasta que notó el cuadro en la pared del primer rellano. Mostraba una masa oscura de raíces pegadas a un muro, que partían las piedras y desmoronaban el mortero, iguales a las que había en el sótano de la señora Ichalar.

Lin subió con cuidado el primer tramo de la escalera; hacía gestos cada que un escalón rechinaba. Le pareció oír a Teodor mascullando para sí fragmentos de palabras extrañas. Aunque la luz azul de arriba se estaba debilitando, bastó para que Lin pudiera leer la placa de bronce del cuadro:

*Con sangre en las espinas, atraviesa muro y bruma.*
*Cuando ya no hay esperanza, se llama a una Girarrosa.*

Ladeó la cabeza. Los colores oscuros del fondo se confundían, y al principio no lo había notado, pero en ese momento vio que la pared estaba derrumbada en el centro, con un boquete abierto hacia las sombras desconocidas. Había una niña de pie en la orilla, de espaldas, con el pelo enredado y un suéter fachoso. Traía en la mano una llave con espinas que goteaban.

—*Rosa torquata*.

Teodor había bajado del torreón como un fantasma y ahora la observaba desde el rellano de arriba. Sus ojos eran fríos espejos que reflejaban cada rastro de luz, como las pupilas de los animales salvajes en la noche. Lin contuvo la respiración.

—El nombre en latín de la Girarrosa, una planta muy antigua cuyas raíces llegan de este mundo al otro —Teodor se acercó a ella, un lento paso tras otro, y ahora la escalera crujía como huesos viejos—. Pero también es el nombre de un puñado de niños que pueden viajar entre nuestros mundos. Cuando surge un peligro verdadero, cuando se pierde toda esperanza, se dice en Platelia que sólo un niño de la Tierra puede ayudar. En tales momentos, se envía una llave a través de la *Rosa torquata* con la esperanza de que nos traiga ayuda. Esta vez te trajo a ti.

Se detuvo a un palmo de su cara.

Lin tragó en seco. El *rosal* había traído la llave. El paquete había sido arañado por las espinas, no por un cuchillo. Apartó la vista de las raíces aferradas del cuadro y la subió hacia el torreón.

—¿Allá arriba, todo bien?

—No —dijo Teodor—. Nada bien. Nada de nada. Pero de eso me preocupo yo. Tú debes concentrarte en *tu* misión. Encuentra al niño, Lindelina. Encuéntralo mientras la Vagabunda esté en el cielo.

—Soy *Lin* —dijo para ganar tiempo. Teodor se veía afectado. Hasta asustado. Y si él tenía miedo, ¿no debería ella tener el doble? Si la seguridad de Platelia y todos sus habitantes dependía de encontrar a Isvan Hibernalis, ¿por qué se lo encomendaban a ella, que no conocía nada de este mundo?

—Girarrosa, pues —dijo él en voz baja—. Ánimo. La *Rosa torquata* te consideró apta para esta misión. Confiamos en tus habilidades, y tú también debes confiar —sus orejas negras se movieron otra vez hacia el pasillo—. Y quizás esto te dé consuelo: sólo quienes añoran en verdad a alguien del otro lado del muro se vuelven girarrosas. Bien. Pues ahora tú y a quien añorabas están juntos en Platelia. Sólo puedo esperar que el joven Rufocanus resulte una ayuda y no un estorbo en tu misión.

Los ojos del zorro se entornaron hacia la figura parada a la entrada de la biblioteca, con los brazos cruzados y los bigotes bien abiertos. ¡Rufus! Por dulce costumbre, la mano de Lin tocó su bolsillo izquierdo. Pasara lo que pasara, no estaría sola en esto.

Levantó la barbilla. Girarrosa o no, estaba aquí en este mundo congelado. Y a menos que lograra encontrar a ese niño Hibernalis, parecía que estaba atrapada. En realidad no tenía muchas opciones. Miró al viejo zorro directo a los ojos, fríos como espejos.

—Lo intentaré.

## Capítulo Siete

Rufus azotó la puerta con un taconazo rebelde.
—Entonces. Todo lo que tenemos que hacer es encontrar a un niño que Teodor no ha podido localizar en semanas. En unas cuantas horas. Sin que los platelinos sepan que hay una niña humana entre ellos. Pues será pan comido, ¿no?

Volteó y echó a andar por Rinconada Hierbabuena, otra vez apoyándose en su pata izquierda, y Lin tuvo que caminar tras él lo más rápido que pudo con el pie vendado. Atrás de ellos, por la ventana redonda bajo el chapitel de Teodor, se veía un manchón de pelaje anaranjado. Después de subir al torreón, se había puesto cortante e impaciente, ansioso por despacharlos.

—Pero tú llevas semanas buscando a Isvan —había protestado Rufus—. Tiene que haber algo más que nos puedas decir sobre el caso.

En respuesta, Teodor les había dado un papel, en el que había escrito la canción que les cantó en el bosque.

—Siempre pensé que "La canción del Margrave" era sólo una vieja cantinela —les había dicho—. Favorita de los que cantan por monedas, pero en realidad un disparate. Pero en mi investigación de las tradiciones de los Hibernalis, descubrí que originalmente era una canción adivinatoria téltica. Una profecía, por así decirlo. Y las palabras de una adivina cantante encuentran la manera de irse acomodando —había puesto el papel en la mano de Lin—. La hora Vagabunda es esta noche, por supuesto, y el Príncipe Invernal no puede ser más que Isvan. Pero no sé qué pensar del tal Margrave. Significa 'señor de la frontera', y no se me ocurre otra cosa más que sea otro nombre de la estrella errante. Quizás ustedes le encuentren más sentido conforme avance la noche.

Después de todas las canciones que su madre había escogido para mostrarle, Lin sí tenía cierto entrenamiento para descifrar las letras. *Saca las palabras,* le decía su madre, *míralas desde otro ángulo. Oro no siempre significa oro.* Pero Lin tenía que reconocer que no le encontraba mucho sentido a "La canción del Margrave", excepto quizás el verso ominoso que según Teodor se refería a Isvan.

*Príncipe Invernal perdido en la hora Vagabunda.*

¿Habría sido silenciado él también, atrapado en el frío secreto? Lin se cerró bien el suéter y trató de mantenerse oculta dentro del apestoso sombrero. Teodor había insistido en que ella lo conservara, y que mantuviera su presencia en secreto. Los platelinos no sabían que se había llamado a una Girarrosa para ayudarlos, y hasta Rufus concordaba en que la presencia de Lin era una señal que delataba un gran peligro.

—Y el miedo es una fuerza destructiva —les había dicho Teodor—, aun entre las personas más pacíficas.

Rufus masticaba las borlas de su bufanda y mascullaba para sí:

—Una ayuda y no un estorbo. ¡Mañoso viejo gruñón! ¡Sabía que yo estaba allí!

Hasta la gente más pacífica podía reñir, al parecer.

—¿Qué pasa con ustedes dos? —preguntó Lin—. Parecen dos cohetes en una cazuela. ¿Es porque los zorros y los topillos son enemigos naturales?

—No, no —Rufus escupió las borlas—. Platelia no es así. Los distintos clanes tienen sus propias preferencias y peculiaridades, es cierto. A los Cascos les gusta la madera pintada de rosa; a los Picos les gustan las cosas que brillan. A los Caninos les gustan las plazas abiertas; los Felinos prefieren los callejones. Y nosotros los Roedores tenemos una manía muy molesta de, pues, roer cosas —miró el extremo deshilachado de su bufanda con el ceño fruncido—. Pero aunque del otro lado hayamos sido enemigos, hemos dejado todo eso atrás. Lo llamamos el Pacto platelino. Es lo primero que nos enseñan cuando llegamos: aquí todos somos gente, y ya. Aun así —agregó de manera vaga—, siempre hay algunos a quienes los demás tan sólo no les agradan.

Iban por un barrio llamado de las Vidrieras, que debía su nombre a sus lujosos escaparates. Del otro lado de la calle, un gato negro examinaba su reflejo entre pays y hogazas de chocolate en la vitrina de una panadería. Se levantaba sobre sus patas traseras, luego se ponía en cuatro patas, y luego se volvía a levantar, moviendo la cola confundido.

—Un novato —dijo Rufus—. Seguro es su primer día.

Por fin, un perro sonriente de gorra plana se acercó al novato, le dio una palmadita en la espalda, y le señaló el centro del pueblo.

—Hacia allá está la Casa —explicó Rufus—. Allí se encargarán de él, le ayudarán a encontrar dónde vivir y algo qué hacer.

—¿Exactamente qué es la Casa? —preguntó Lin.

—La Casa es donde se toman todas las decisiones relacionadas con la vida platelina. Si alguien tiene un problema, lo llevan ante los ancianos de la Casa. Allí es donde se guardan todos los registros y mapas, y los gremios importantes, como los quitanieve y los recolectores, también tienen oficinas allí. Supongo que se podría decir que es el corazón del reino. Un corazón grande y complicado, con muchas cámaras. De hecho, yo allí trabajo.

—¿En serio? —dijo Lin, impresionada. Rufus apenas llevaba un mes aquí.

—Es un poco un honor para alguien tan nuevo como yo —dio una caravana simulando modestia, y Lin vio que el mal humor se le empezaba a resbalar como el agua de los charcos—. Claro, me paso los días copiando cartas, o rondando de un lado a otro para tratar de descubrir en qué anda todo el mundo. Como cronista en jefe, Teodor es mi superior. Se la pasa diciéndome que repita las cartas, que mi escritura es muy descuidada. Creo que en el fondo piensa que soy más bien incompetente —Rufus se encogió de hombros, pero a Lin le pareció detectar una curvatura orgullosa en sus bigotes—. Pero he hecho algunos amigos por ahí, he descubierto uno o dos secretos. Teodor no tiene por qué saberlo todo.

—¿Qué es lo que quiere que encuentres?

—Ah, de eso no te preocupes —Rufus le guiñó un ojo—. Lo tengo cubierto.

Doblaron en una esquina sobre una callecita corta donde los aparadores estaban atiborrados de ropa y sombreros. Rufus se detuvo frente a una puerta azul bajo un letrero con forma de aguja enhebrada.

—¡Ya llegamos! El Callejón de la Puntada tiene a los mejores sastres de todo Platelia, y Sofie es la mejor de todo el Callejón.

—¿Crees que Isvan haya venido aquí? —preguntó Lin.

—No —dijo Rufus—. Pero no puedes andar deambulando por ahí toda la noche vestida de pijama.

Detrás de la puerta azul, en efecto, había una pequeña sastrería. Una coneja gris con un saco de brocado rojo estaba sentada ante un escritorio en medio de la habitación, cortando con patrones de papel encerado. Cuando entraron bajo la campanita que sonó, masculló sin levantar la vista:

—¿Hoy son borlas o bolsillos, querido Rufus?

—Ninguno —Rufus miró rápido toda la tienda para asegurarse de que estaban solos. En los estantes que cubrían las paredes colgaba toda clase de ropa dispareja: sacos y chalecos y sombreros, y bastantes pares de calcetas tejidas—. Necesito un juego completo de ropa caliente. De lana, si tienes.

—¿Un juego completo? Me parece que el tuyo está en perfectas condiciones, ¿para qué…? Ah —la coneja los miraba boquiabierta—. No es para ti. ¿Una nueva amiga?

—Eh, sí. Acaba de llegar. Le estoy enseñando todo.

—Bienvenida a Platelia —Sofie dejó sus tijeras y se acercó paso a paso a revisar la ropa de Lin—. ¡Esto no sirve! ¡Un suéter mojado y las pantuflas también! —sacó una cinta de medir y la subió por el brazo de Lin. Pero cuando la rodeó para medirle la cintura, su naricita rosa de pronto se arrugó. Lin dio un paso atrás, pero era demasiado tarde.

—¡Hueles a guindos! —Sofie se asomó bajo el sombrero de Lin—. ¿Será que eres una…?

—Sigue un poco escamada —interrumpió Rufus con una sonrisa demasiado brillante.

Sofie bajó las manos.

—Entiendo. No te preocupes, querida. No te voy a tocar —regresó a su escritorio por un paquete con listones azules—. Creo que tengo algo que te puede quedar. Lo hice porque le hubiera gustado a mi niña humana, pero ella cambió de estilo. Y además olía rico, a menta —Sofie le lanzó una mirada a Rufus—. Qué triste, ¿verdad, Rufus? Un momento, todo es como antes, y al siguiente...

Rufus se apretó la bufanda.

—Así es.

La coneja le tendió el paquete a Lin.

—Tómalo, querida. Es un regalo.

Lin lo abrió y encontró una túnica de lana blanca y suave. También había mitones, calcetas y pantalones gruesos, todo de colores glaciares—. Déjame ver si te encuentro una parka —dijo Sofie—. Para que puedas tirar ese suéter viejo y mugroso.

—Quizá lo quiera conservar por el momento —dijo Rufus—. Es bonito tener algo usado cuando estás lejos de casa.

Sofie alzó las cejas, pero no discutió. Lo que hizo fue sacar de algún lado una extraña prenda llamada chaperón, una capucha puntiaguda con hombros que cubría el tercio superior del suéter de Lin.

—También llévate éstas —dijo la coneja, y puso un par de botas blancas de agujetas arriba del montón—. Las hizo Colbear, así que son de buena calidad. Ahora, pruébate todo para ver si hay que ajustarlo.

Lin pasó detrás de un biombo y se secó la piel con una toalla que le pasó Rufus. La venda de su pie herido estaba empapada, y la desenredó. La cortada ya era una costra café. Todavía le dolía y apestaba al ungüento de Teodor, pero ya no necesitaba venda.

Rápido se puso su nuevo atuendo. Las botas tenían una forma un poco rara, más ancha de los dedos, pero el cuero suave se amoldó a sus pies. El chaperón le quedó perfecto, y cuando se puso los mitones, por fin entró en calor. Con cierta timidez, caminó hasta el espejo y se asomó desde la profunda sombra de la capucha. Una sonrisa llenó su rostro. Al fin tenía el vestuario adecuado. Podía ser el héroe de una expedición polar, o una cazatroles experta preparada para una tormenta de nieve. ¡Si tan sólo pudieran verla todos en Lomaverano!

—No le falta una sola puntada, digo yo —dijo Rufus, recogiendo el sombrero que Lin se había quitado detrás del biombo.

—Déjame la pijama —dijo Sofie—. Te la remiendo.

Rufus hizo otra caravana, pero esta vez sincera.

—Muchas gracias por tu ayuda. Y te agradeceríamos que no le mencionaras nuestra novata a nadie. Sólo por esta noche.

—No lo haré. Sólo les pido… —Sofie se mordisqueó una pata—. Sólo les pido que disfruten su tiempo juntos mientras dure.

Cuando Rufus jaló a Lin por la puerta, a ella le pareció que la coneja tenía los ojos llorosos.

—¿Qué le pasa?

—Ay, así es Sofie —murmuró Rufus—. Extraña mucho a su niña y es un poco sentimental. Pero es de confianza, si no, no te hubiera traído.

Lin también bajó la voz.

—A la próxima vamos a necesitar un mejor plan.

—Tienes razón —dijo Rufus. No la condujo hacia la calle, sino que bajaron unos escalones hacia el sótano de Sofie.

—¿A dónde vamos? —preguntó Lin mientras Rufus le abría la puerta. Lin tuvo que agacharse para no darse con la cabeza en el dintel.

—Para hacer un plan mejor —dijo Rufus—, éste es el lugar más seguro de todo Platelia.

La hizo pasar a una pequeña madriguera con tapetes encimados en el suelo disparejo y ventanitas debajo del techo. El mobiliario era sencillo —una estufa, una cama y una mesa—, pero aun así el cuarto se sentía lleno, pues la mesa y las paredes estaban cubiertas de mapas.

—No es gran cosa, pero es cómodo.

—¡Es tu casa! —dijo Lin—. ¡Mira cuántos mapas!

—Los copié de los originales, que tomé prestados de la Cámara de la Cartografía. Está prohibido, claro, pero tomé prestada la llave de Teodor y también la mandé copiar.

—¿Te *robaste* la llave de Teodor? —Lin sonrió. No le sorprendía en absoluto que fuera un ladronzuelo. En la cocina de la abuela Alma, Rufus solía bajar por su pierna para darse un atracón del plato de comida del gato gordo de Lomaverano.

—La tomé prestada. Y la copié. No es lo mismo —se encogió de hombros—. De todas formas, allí nunca entra nadie. A los platelinos no les interesa. Tienen un mundo entero para explorar, y la mayoría ni siquiera ha visitado la Empalizada —Rufus pasó la mano sobre un mapa titulado "El Reino del Sueño y la Espina", una gran isla en forma de almendra con ciudades, fiordos y cordilleras, donde Platelia era apenas una manchita diminuta muy al norte—. Cuando yo vaya, no pienso detenerme en la frontera. Voy a cruzar las Montañas Pesadilla hacia los otros reinos. Voy a verlo todo.

Volteó hacia atrás a verla y le brillaban los ojos.

—Pero volvamos a nuestro plan. Lo primero es la discreción. Tu disfraz se ve estupendo, pero tu olor te delata.

Era cierto. De cerca, a Sofie no le había costado ningún trabajo oler que Lin no era una novata común y corriente. En la naturaleza, Lin sabía cómo evitar que la detectaran los animales: mantenerse a barlovento y alejada. Pero eso no les iba a servir de mucho en este pueblo.

—¿De veras huelo muy distinto que los Mascotines?

—Sí. Pero por suerte, la mayoría de los platelinos descubre que sus sentidos se han ido embotando poco a poco desde que llegaron —con los dientes, Rufus le arrancó las orejeras al gorro de Teodor y se las dio a Lin—. Esto no engañará a los que aún tengan un olfato agudo, como Sofie, pero el viejo pelaje ayudará a disimular un poco los guindos. Póntelos en alguna parte que no se noten. ¿Quizás en tus botas?

Lin se sentó en la cama para amarrar los trozos de piel a sus agujetas. Por alguna razón, Rufus se volteó y sus borlas giraron rápidamente mientras estudiaba los mapas.

—La cama está llena de bultos —masculló Rufus—. Pero uno se acostumbra.

El colchón era de paja, cubierto con un saco de dormir tejido que era demasiado ancho de arriba.

—Espera un momento —dijo Lin—. ¡Es igualito al bolsillo de mi suéter!

—Sofie me lo tejió cuando llegué —Rufus carraspeó—. Me ayudó a pasar por el despertar. Supongo que me reconfortaba.

Lin metió la mano bajo el estambre azul oscuro.

—¿Se siente raro? ¿Ser un Mascotín?

—Al principio sí. Pero los recuerdos de antes se están borrando, y el nuevo yo, el yo Mascotín, se me va metiendo. Como si siempre me hubieran encantado los salones de aguamieles y las viejas leyendas y el color verde.

—Ah —dijo Lin. Mientras ella lo lloraba junto al rosal, Rufus se había ido olvidando poco a poco de su antigua vida. Claro que Lin quería que fuera feliz, pero le dolió un poco. Agachándose a acomodar las orejeras, dijo—: Listo, almohadillas apestosas amarradas a las botas. Y creo que es un buen frente lo de que le estás enseñando todo a una novata asustadiza. Eso explica por qué mantengo mi distancia, y además nos da libertad de movimiento para buscar a Isvan. ¿Por dónde empezamos?

Rufus se echó los extremos de la bufanda sobre los hombros.

—Lo primero que se me ocurrió fue buscar en los lugares que frecuenta Isvan y hablar con sus amigos. Pero lo raro es que en todo el tiempo que llevo aquí, su nombre no se ha mencionado ni una sola vez. Como si no lo conociera nadie.

Con un frío en el pecho, Lin recordó la tristeza en la sonrisa de Isvan. El último Hibernalis de todo Platelia.

—Bueno, Teodor dijo que desapareció de su casa. ¿Tienes alguna idea de dónde es?

—¡Creo que quizá sí! —Rufus empezó a hojear sus mapas—. No recuerdo haber visto el nombre Hibernalis en ninguna parte, pero... ¡Ja! Éste es el que queremos —alisó un rollo en su escritorio, pisando las esquinas con una navaja y dos tazas de café. A diferencia del resto de su colección, este mapa era de cremoso papel de hilo. Pero los detalles y nombres habían sido garabateados con trazos de lápiz ligeros e inseguros, borrados y vueltos a escribir. Lo único escrito con tinta era el título: "Mapa detallado de Platelia y todas las Tierras".

—No pude encontrar ningún mapa detallado de todo, así que he estado uniendo varios más pequeños —Rufus se rascó la cabeza—. Pero la proporción tiene algo que está mal.

—Pues es difícil si no puedes medirlo con tus ojos. ¿Te acuerdas cuando Niklas y yo hicimos aquel mapa de Lomaverano? Nos subimos a la Cumbre Mantequilla para que saliera bien —Lin siguió la línea de la larga y recta Calle Principal, que terminaba en la Gran Plaza y un dibujito minúsculo para señalar la Casa—. ¡Estos símbolos son hermosos!

—Sólo traté de hacerlos como los tuyos —Rufus paró los bigotes, animado. Señaló la orilla sur de Platelia, que estaba separada del resto del pueblo por el río ondulante. Ya al final de la cuadrícula de calles, casi rodeado de bosque, anidaba uno de sus símbolos—. Éste lo agregué de un viejo mapa de sitios mágicos de Platelia. ¿No te parece un lugar donde podría vivir un Hibernalis?

Era un cristal de nieve rotulado Mansión Hibernum.

Lin sonrió.

—Por primera vez en la historia, creo que puedo decir: ¡un punto para Rufus de Rosenquist!

## Capítulo Ocho

Las calles de Patalcampo eran tranquilas y amplias, y las casas menos adornadas. La mayoría no estaban pintadas, pero yacían atentas en la nieve con paredes de madera enchapopotada y una mirada fría en sus vidrios empañados.

—Por aquí —Rufus le echó un ojo al mapa, que había decidido traer para que Lin lo ayudara a mejorarlo—. Patalcampo es una de las pocas zonas donde casi estoy seguro de que esta cosa es exacta. A los Caninos les gusta que su entorno sea abierto y sencillo.

Pasaron junto a un establo con una puerta enorme y en eso se oyó un bramido nasal y escalofriante del interior.

—Renos escarcha —explicó Rufus—. Mandan a sus crías aquí abajo al Valle de Plata cuando los vientos se ponen especialmente crueles o las Pesadillas se ponen inquietas. Dicen que los establos están llenos de terneros este año.

—¿Las Pesadillas? —dijo Lin—. ¿Como el Aventador?

—El Aventador es uno, pero las montañas afuera de Platelia están plagadas de toda clase de horrores. Aunque yo nunca he visto a ninguna de las criaturas. Las Pesadillas no pueden cruzar nuestras fronteras.

—Pero el Aventador sí.

—Bueno, sí —Rufus se encogió de hombros—. Según la leyenda. Pero entre más lo pienso, más me pregunto si no nos habremos espantado solos allá en aquel claro. Cualquiera podía haber estado escondido bajo esa capucha. Alguno de los recolectores que buscan comida en el bosque, o un Silvestre.

Un reno escarcha volvió a chillar y, por un momento, a Lin le vino a la mente el aullido que habían oído allá en la colina del portal cicatriz. Sólo que aquella voz sonaba más oscura. Menos afligida, más fría.

—Tal vez los asusta la estrella —Rufus volteó a ver el establo con el ceño fruncido—. La Noche Vagabunda alborota a todas las almas, buenas y malas, o eso escuché en el Pájaro en Llamas. Ése es mi salón de aguamieles favorito, allá en Ladovento del Lago. Todos los cuentacuentos pasan por allí a probar su talento.

Siguieron el mapa hacia el sur. Pronto, el terreno empezó a subir y las casas dieron paso a bosque. A media colina, la calle acababa en un alto muro de piedra que se extendía hacia ambos lados, tan lejos que los extremos se perdían entre las sombras. En medio había una reja de hierro forjado. Los barrotes negros tenían la forma de un seto espinoso con un cristal de nieve plateado atrapado entre sus ramas.

—Creo que estamos en el lugar correcto —dijo Rufus. Pasando la reja podían ver un jardín durmiente de arbustos y árboles congelados. Subía con la colina, y hasta arriba una casona señorial se alzaba contra el cielo rosado. En un principio, Lin pensó que la casa estaba pintada de azul, pero el color cambiaba con la luz parpadeante de la estrella fugaz, y se dio cuenta de que la mansión entera estaba hecha de hielo labrado.

Rufus trató de abrir la reja. No se movió.

—¡Tiene llave! Qué raro. No hay muchas puertas con llave en Platelia.

—La puerta de Teodor tenía llave —dijo Lin.

—Teodor es un viejo gruñón y desconfiado. La mayoría de los platelinos deja sus puertas abiertas.

Los barrotes de hierro de la reja estaban muy poco separados y no cabían por en medio, y cuando Rufus metió una mano entre las ramas, la sacó con un aullido.

—¡Las espinas están filosas! No podemos treparnos a esta cosa. Entonces por el muro. A lo mejor por allá nos podemos saltar.

Ambos lo intentaron, pero las piedras estaban escarchadas y resbalosas. Ni siquiera al quitarse los mitones lograban agarrarse bien. Rufus se chupó el dedo.

—Espera aquí. Voy a correr por el muro a ver si hay otra entrada.

—Pero ¿y si viene alguien? —dijo Lin. La calle estaba desierta y el bosque tranquilo, pero en las casas enchapopotadas abajo en el campo, había luces prendidas. Rufus la llevó a las sombras junto al pilar de la reja.

—Acá arriba no es probable, creo. Pero no te bajes la capucha y quédate escondida. Si alguien se te acerca, sigue el plan. No me tardo nada.

Se arrancó siguiendo el muro, y su pelaje pronto se perdió en el ocaso. Lin se mordisqueó el pulgar y trató de ser paciente y estar calmada. Con Rufus a su lado, era más fácil olvidar que estaba muy, muy lejos de casa. Pero ahora, que lo único que oía era su propia respiración, se sentía perdida. Mantenía su atención en el suelo, apartada del manchón brillante de la estrella viajera, y trataba de imaginar que estaba en una calle común y corriente, en algún lugar a las afueras de la ciudad, en un día con muy pocos coches en circulación.

Abajo en Patalcampo, un reno escarcha volvió a bramar y atravesó el silencio como una sirena de niebla.

Lin tembló. No sólo se sentía perdida, sentía que debía esconderse mejor. Por el muro, no había señales de Rufus.

Algo rechinó fuerte arriba de la colina.

¿Habría regresado Isvan? Sacó la cabeza de las sombras para asomarse entre las espinas de hierro. La mansión tenía dos pisos altos bajo gárgolas aladas de hielo. Todas las ventanas estaban cerradas y cubiertas con cortinas de encaje. Pero la puerta plateada de la casa estaba entreabierta, y una criatura se escurrió por la rendija, como una sombra derramada en el aire. Lin observó, cautivada, mientras la sombra se convirtió en un gato gris rayado, vestido con botas puntiagudas y un sombrero de tres picos. Sigilosamente, volteó sobre su hombro hacia el pueblo. Luego giró de golpe. La había visto.

Con ojos fulgurantes como monedas fundidas puestas en Lin, el gato bajó deslizándose por la colina. A diez pasos de la reja, titubeó.

—*No* eres él. Pero ¿quién eres, mmm?

Mientras el gato sacó y estiró su "mmm" como una sonrisa torcida, se fue acercando con sigilo a los barrotes hasta quedar a un brazo de distancia. Lin cambió su peso de un pie al otro y no dijo nada. El plan de quedarse callada si alguien le hablaba, ahora le parecía patético.

—Un novato, ya veo —ronroneó—. Pero ¿por qué ocultas tu cara, mmm?

Lin titubeó. Se vería muy sospechoso si de pronto se echara a correr. Pero no confiaba en este Felino. Tenía la cola encorvada hacia arriba con placidez y sonreía dándole ánimos, pero había algo en él que hacía que se le acelerara el pulso.

—Vamos, no hay por qué tener miedo. Yo soy Figenskar y conozco a todos en el pueblo. Pronto seremos grandes amigos, ya lo verás.

Dio otro paso hacia ella. Sus pupilas negras eclipsaban sus iris. Ahí venía, se dio cuenta Lin. Había visto al gato de Lomaverano lo suficiente para saber que ésa era la mirada de un cazador a punto de abalanzarse. Dio un paso atrás, pero sus estúpidas rodillas volvieron a flaquear. El gato sacó rápido las patas por la reja y la sujetó cuando trastabillaba.

—¡Con cuidado! No te vayas a lastimar. Pero ahora debo insistir en que me digas: ¿Quién eres?

Lin trató de huir, pero Figenskar había deslizado sus garras en el chaperón. No atravesaban todas las capas de lana, pero Lin no se podía escapar. La sangre se le agolpaba en las orejas.

—¡Suéltame! —gritó. Apoyó las botas contra la reja y trató de zafarse, pero él la agarraba muy fuerte. Y lo que pasó fue que la capucha se le cayó para atrás.

Cuando vio su cara, el gato soltó un siseo de sorpresa.

—¡Una niña! ¡Una Girarrosa! —las espinas de la reja habían pinchado sus brazos en varias partes. Gotas de sangre caían sobre la nieve bajo el hierro forjado. Pero no la soltaba, y sus ojos estaban oscuros, hambrientos—. Vaya. ¡Esto cambia el juego! ¡Dime tu nombre, Girarrosa!

Lin pataleó y forcejeó, con los labios apretados, y Figenskar gruñó desde el fondo del pecho:

—¡Nombre!

En eso, Lin oyó pasos que se acercaban. El alivio burbujeó por sus venas cuando vio que era Rufus quien se abalanzaba siguiendo el muro hacia la reja.

—¡Figenskar! —gritó él—. ¿Qué haces?

Figenskar dio un gruñido tan bajo que fue casi inaudible. Luego replegó sus garras de la ropa de Lin y la soltó.

—Pero Rufus —dijo el Felino, y de inmediato su voz se tornó alegre y sedosa—. ¡Qué gusto verte! Sólo le hacía una pregunta a esta jovencita. Qué extraordinario encontrar a una niña humana por aquí. ¿Es responsabilidad tuya?

Rufus llegó hasta ellos y cerró los puños.

—¡Aléjate de ella! ¡La vas a matar del susto! ¿Y qué es esta sangre en el suelo? ¿Lin, estás herida?

Lin meneó la cabeza.

—No. No es mía.

Figenskar volvió a meter las patas con mucho cuidado por la reja.

—Por favor perdóname, no era mi intención lastimarte. Es sólo que ninguna Girarrosa ha puesto pie aquí en toda mi vida. Platelia debe estar en gran peligro.

—No hay nada de qué preocuparse —dijo Rufus—. Estamos haciendo algo que nos encargó Teodor, eso es todo.

—Teodor —un destello de desagrado enturbió la expresión de Figenskar, pero se disipó rápido. Asintió de manera cordial—. Pues no los entretengo. Sólo pasé a hablar con nuestro joven Hibernalis. ¿No sabrán de casualidad dónde anda, mmm?

—No —dijo Rufus.

—Lástima —la cola del gato se agitó. Él trató de ocultarlo moviendo los pies, pero Lin se dio cuenta.

—Tendrá que esperar. Gracias, Rufus. Y gracias, joven *Lin*. Me temo que no oí tu apellido…

—Lomaverano —dijo rápido Rufus—. Se apellida Lomaverano.

—Lomaverano —repitió Figenskar enseñando todos sus

dientes de aguja, y Lin supo que no lo habían engañado. Él se quedó ahí de pie un momento, esperando. Pero cuando Lin y Rufus no se fueron, el gato sacó una llave negra de su pesada bota puntiaguda y abrió la reja. Inclinó su sombrero ante Rufus y se alejó por la calle. Antes de llegar al final de la pendiente, había volteado dos veces.

—¿Y él por qué tiene llave de la casa de Isvan? —Rufus entornó los ojos.

—Qué bueno que ya se fue —exhaló Lin, y se volvió a subir la capucha. Su pulso ya se había calmado un poco, pero seguía con la idea de esconderse cuanto antes. Intranquila, vio desaparecer entre las casas la mancha de Figenskar—. Supongo que no somos los únicos que buscan a Isvan esta noche.

—No, y no me gusta —murmuró Rufus—. Figenskar también es un cliente habitual del Pájaro en Llamas, así que lo conozco. Es un mañoso de lo peor. El día que llegué me contó la leyenda del Aventador, solamente para ver cómo me temblaba la colita —Rufus se frotó el cuello—. Quisiera no haber soltado tu nombre. Todavía no me acostumbro a lo rápida que es esta lengua latosa. Por lo menos no se lo dije todo, sólo...

—¡Rufus!

Lin estaba volteando hacia la mansión de hielo.

—¿Lo viste? ¿En el segundo piso, a la derecha?

Rufus silbó suavemente entre sus dientes frontales.

Tras una de las altas ventanas, las cortinas de encaje ondeaban como si las moviera una suave brisa. Sólo que la ventana estaba cerrada y no había viento. Hacía tres latidos del corazón, alguien estaba de pie en esa ventana, mirándolos.

## Capítulo Nueve

S ubieron la colina por el camino que nadie había despejado de nieve, pero por el que varios habían pasado desde la última nevada. La Mansión Hibernum se cernía sobre ellos, bloque sobre bloque de opaco hielo azul, envuelta en el silencio. Las gárgolas los miraban desde el techo. Lin no podía dejar de voltear a ver sus formas cabizbajas y brazos de guadaña, pero Rufus estaba más preocupado por las huellas.

—Figenskar ha venido más de una vez —dijo—. Las huellas de sus botas son fáciles de reconocer, hasta para un amateur como yo. Pero es difícil interpretar las demás, están muy revueltas. Un juego de pies pequeños y delicados, creo. Y por acá hay unas patotas enormes… ¿Segura que no le viste la cara?

—Sólo vi una forma que se movió detrás de la cortina —dijo Lin.

La puerta de entrada estaba adornada con un vitral: tres carámbanos azul claro en un campo púrpura. Rufus se asomó por el vidrio antes de abrir la puerta. Las bisagras gimieron y salió una racha de aire helado. El olor era bastante fresco, pero aún así tenía algo desagradable, como notas discordantes de un violín.

—¡Isvan! —gritó Rufus desde afuera—. ¿Estás allí?

No hubo respuesta. Rufus entró de puntillas al recibidor, con sus garras rasguñando el piso de hielo. Lin lo siguió y cerró la puerta con un rechinido. El suelo se teñía de índigo donde le daba la luz del vitral, y las paredes eran azul diamante, talladas con diseños garigoleados en blanco. Bajo el techo había una nube de carámbanos colgantes. Rufus se puso a olfatear rápido por las paredes.

—Qué olor tan raro —dijo—. Como a dulces y cera para muebles. Bueno, no hay velas en ninguna parte, pero el crepúsculo a través de las paredes de hielo bastará para ver. ¿Por dónde es el cuarto donde viste la forma?

En alguna parte arriba de ellos se oyó un suave golpe seco. Lin se puso un dedo sobre los labios y señaló la esbelta escalera que subía con una curva hacia la planta alta.

—A la derecha —articuló sin sonido.

Subieron con sigilo la escalera y fueron pasando un fantasmal cuarto tras otro. Era como haberse escabullido a un museo resplandeciente después de que hubiera cerrado. Los muebles estaban cubiertos con sábanas blancas. La escarcha tapaba los cuadros en la pared. Delicadas esculturas de hielo seguían encaramadas ciegamente en sus pedestales, con sus facciones desgastadas. Lin aún tenía la sensación de que alguien los estaba observando. Dos veces se estremeció al ver una cara pálida con ojos desorbitados en el hielo, sólo para descubrir que era su propio reflejo.

Cuando llegaron al último cuarto de la planta alta, encontraron la puerta abierta, y por la rendija alcanzaron a ver la recámara de un niño pequeño. Se detuvieron a escuchar. Silencio.

—¡Isvan! —volvió a llamar Rufus. Entró por la puerta y

caminó hasta el centro del cuarto, con los bigotes bien abiertos—. ¡Sal, Isvan, o quienquiera que seas!

Pero nadie saltó de los rincones.

—Ratas —dijo, agachándose a revisar debajo de la cama—. Estaba tan seguro de que podría hacerlo salir. Pero aquí no hay nadie.

"Eso", pensó Lin mientras revisaba rápido el cuarto, "no era del todo cierto". Isvan podía haberse ido, pero su presencia aún perduraba. La ropa en el ropero era demasiado pequeña para un chico de su edad y los juguetes en la repisa eran los de un niño pequeño, pero Lin estaba segura de que él aún usaba este cuarto. La almohada aplanada y gastada en el marco de la ventana hablaba de muchas horas de ver pasar el tiempo.

Bajo el marco de la ventana había un telescopio tirado. Lin lo recogió. Tenía la lente cuarteada, y el piso se había mellado en donde había caído.

—Fue el golpe que oímos.

Rufus arrugó la nariz al verlo, como si apestara.

—Sí. Pero si alguien lo tiró, no entiendo cómo escapó.

Lin bajó el telescopio con cuidado. Su mano temblaba un poco.

—A lo mejor no escapó —murmuró—. No he oído que se abra la puerta principal.

Sin decir otra palabra corrieron por toda la mansión, se asomaron debajo de sábanas y detrás de puertas. Al final, Lin descubrió una escalera trasera que llevaba de la galería sobre el recibidor al jardín de invierno de abajo.

—Esto explica el escape misterioso —Rufus saltó por una ventana abierta para olfatear un juego bien definido de huellas muy pequeñas en el porche—. El mismo olor, pero más fuerte. Éstas son frescas y no son de Figenskar —las huellas iban hacia el frente del edificio. Allí se perdían entre las otras huellas del camino.

—Ay, roña —Rufus pateó un rocío de nieve hacia el mosaico de casas y jardines abajo—. Ya puede estar en cualquier parte de Patalcampo.

—¿Crees que era Isvan? —dijo Lin.

—Lo dudo. No sé por qué, me imagino que un Hibernalis debe oler... frío. Como a rosas heladas o algo así. No a cera para muebles.

No les quedó más remedio que volver a entrar y hacer lo que venían a hacer; limitaron su búsqueda al cuarto de Isvan. Rufus respiró sobre una fotografía enmarcada en la mesa de noche y talló el vidrio con la punta de su cola. De entre la escarcha aparecieron dos personas sonrientes, una señora con un niño como de cuatro años. Los dos tenían pelo negro como la tinta, pálida piel azulada y ojos que brillaban como zafiros, y cada uno acunaba en sus brazos una esfera resplandeciente.

—Creo que ella debe ser la madre de Isvan —dijo Lin.

—Nunca he oído a nadie mencionar a una mujer Hibernalis en el pueblo —dijo Rufus—. Y esta señora definitivamente no se te olvidaría.

Lin estuvo de acuerdo. Era demasiado hermosa. Y todos estos muebles cubiertos...

—No creo que ella siga por aquí. La casa se siente demasiado vacía. Y Teodor dijo que Isvan era el último de su pueblo.

—¿A dónde fuiste, Isvan? —Rufus hojeó un altero de dibujos, todos a carboncillo—. ¿Con quién estabas? Estamos tratando de ayudarte. Puedes contarnos tus secretos.

Lin pensó en su cofre para cazar troles, escondido en su ropero. Todos, hasta quienes tienen una mansión entera para ellos solos, tienen sus escondites secretos. Y el mejor escondite es aquél al que puedes echarle un ojo. O mejor aún: no perder de vista.

Frunció el ceño al ver la almohada llena de bultos en el asiento de la ventana. Tenía un diseño de cristales de nieve plateados, tan desvanecido que prácticamente era toda gris. Tenía dos letras bordadas en el centro: *CH*. No eran las iniciales de Isvan, ¿tal vez de su madre? Lin se quitó el mitón y pasó los dedos por las puntadas.

La almohada crujió.

—¡Hay algo dentro! —Lin sacó un pedazo de papel que había sido arrugado, luego estirado y doblado con cuidado. Era una carta fechada el 19 de julio. O más bien, era el borrador de una carta, pues tenía varias palabras y toda la última parte tachada, y no estaba firmada.

*19 de julio*

Mis queridos ~~xxxxxx xxxxxxx colegas:~~

Han pasado casi siete años desde la desaparición de Clarisela Hibernalis, y todos nuestros esfuerzos por encontrarla xxxxxx han fracasado. Debemos aceptar la triste verdad: Isvan Hibernalis es ahora nuestra única esperanza.

El chico se está convirtiendo en un joven brillante. Pero, aunque he tomado todas las precauciones para protegerlo del calor y las malas influencias, la magia Hibernalis que esperábamos que aflorara no se ha manifestado. Antes de la Noche Vagabunda,

Isvan debe aprender a materializar la nieve, o no sé qué será de xxxxxxx nosotros.

Les imploro. Si tienen alguna solución para el conflicto Hibernalis, ahora es el momento de hablar. Pues a cada día que pasa, Isvan se pone más inquieto. Me temo no ser capaz de controlar…

Rufus se rascó la oreja.

—Es la letra de Teodor. De eso estoy seguro, por todo mi trabajo de copiado en la Casa. ¿Qué quiere decir con el conflicto Hibernalis?

—No estoy segura —dijo Lin—. Pero teníamos razón sobre la madre de Isvan. Ella también desapareció. Una familia entera desapareció como si nada.

Los Hibernalis los miraban sonrientes cuando salieron del cuarto.

—Tengo que decir que me parece una crueldad dejarlo aquí solo —dijo Rufus cuando bajaban la escalera—. De Teodor no me extraña, ¿pero el resto del pueblo?

Lin también lo sentía en el alma. O quizá fuera la desagradable sensación de discordia que había percibido al llegar. Era más pronunciada en el recibidor teñido de púrpura que en el resto de la mansión, y cuando se detuvo en medio de la habitación, la sensación creció hasta convertirse en un zumbido grave que le oprimía las sienes.

—¡Rufus! ¿Oyes eso?

—¿Qué cosa?

—No sé. Hay un ruido raro. A lo mejor es una especie de eco.

Bajo el techo, la nube de carámbanos colgantes apuntaba directo a la cara de Lin. Ella dio un paso rápido a la izquierda. Y entonces vio en lo que había estado parada.

Había una imagen tallada en el piso.

Era del tamaño de su palma y tenía la forma de tres hojas delgadas cubiertas de diminutos símbolos de rizadas espirales y puntos picudos. Lin reconoció la marca. Era la misma que estaba grabada en el reloj de mesa en la biblioteca de Teodor. Pero había una diferencia, que hizo que a Lin se le pusieran los pelos de punta. Este grabado estaba partido por una grieta que había destrozado sus símbolos, y alrededor de las tres hojas había un círculo serrado con profundos cortes triangulares.

Alguien había mordido el hielo con dientes imposiblemente largos y filosos.

## CAPÍTULO Diez

Rufus cerró la reja de espinas cuando salieron. —Estuvo interesante —dijo, mientras caminaban cuesta abajo—. Pero nos dejó en las mismas: no sabemos en dónde desapareció Isvan.

—Quizá los vecinos sepan algo —Lin echó un vistazo hacia atrás para ver el imponente muro que rodeaba el jardín congelado. No era precisamente invitante—. Si es que alguna vez pasaron de la reja. Tú me dijiste que el Pacto Platelino garantiza que aquí todos viven en paz y tolerancia, ¿no? ¿Entonces por qué necesitaban un muro los Hibernalis?

—Aquí —Rufus desenrolló su mapa y señaló el cristal de nieve—. En el viejo mapa donde encontré esto, la Mansión Hibernum era lo único que había de este lado del río donde está Patalcampo. No había calles, ni puentes. Si la residencia se construyó antes de que se cerrara la frontera, hubieran necesitado la protección extra —se retorció los bigotes—. Pero tienes razón. Los vecinos de Patalcampo pueden saber algo. ¿Y recuerdas esas huellas grandes que vimos en el camino? Tengo una teoría de quién las dejó —volvió a enrollar el mapa—. Ven. Vamos a visitar a alguien.

Llevó a Lin a una calle en Patalcampo de cobertizos destartalados y terrenos grandes cerca del río.

—De hecho, vine aquí una vez —dijo Rufus—. Para un asunto de la Casa. Y ahora que lo pienso, tiene sentido que Isvan conozca a Ursus Minoris. Los dos son extraños, y los dos...

Un estruendo como una avalancha de platos destrozó el resto de la oración. El ruido les llegó rodando desde una cabaña de leños con una puerta amplia bajo un letrero con una burda tetera. Dentro de la cabaña una voz rugió, tan profunda y salvaje que Lin tuvo que contener el impulso de salir corriendo.

—Oh no —dijo Rufus—. Otra vez no. ¡Ahora no!

—¿Qué fue eso?

—El Ursus. ¿Cómo te explico? No todos los platelinos tuvieron la misma suerte que yo. ¿Ves esto? —meneó los dedos, ágiles y de nudillos grandes—. Son hasta más útiles que antes. Los Roedores tenemos. Los Picos y los Felinos también. Pero no a todos les fue tan bien. Algunos, sobre todo los Caninos, tienen patas bastante torpes. Y el Ursus está peor que la mayoría —miró la cabaña con expresión preocupada—. Bueno, no es su mejor momento. Pobre hombre. Creo que más vale que esperes afuera.

Lin se apostó junto a una ventana, por la que podía ver una habitación de luz cálida con un tremendo tiradero en el suelo: un estante grande derribado y alteros de porcelana rota.

—¡Y quédate a barlovento! —le dijo Rufus al oído— Minoris tiene buen olfato.

Con un guiño, se fue saltando hasta la puerta y la abrió de golpe.

—¡Ursus Minoris! ¿Qué ratas pasa?

Algo se movió entre dos entrepaños. Algo grande y café.

Una pata.

—Estoy bien —gruñó el dueño de la pata mientras salía de debajo de los escombros. Era un oso, un oso enorme, con un gran hocico y los ojos pequeños y muy juntos.

Lin nunca antes había visto un oso. Algún atisbo ocasional en las montañas de Lomaverano, y una vez un osezno y su madre se habían metido a la cabaña de caza del tío Anders y se habían tomado toda la cerveza. Pero siempre se quedaban lo más lejos que podían de la gente, y todos los montañistas y granjeros les devolvían el favor. ¿Qué clase de extraña casualidad había permitido que algún niño o niña formara un vínculo con un oso de verdad? Lin habría estado aterrada si no hubiera visto el pico de una tetera alojado entre las orejas de Minoris.

—¿Quedó alguna tetera sin romper? —retumbó.

Rufus se agachó para asomarse debajo del estante.

—Me temo que no hubo suerte.

El Silvestre bajó la cabeza. El pico de la tetera cayó al suelo y se partió en dos.

—Supongo que no estaba destinado a ser pintor de teteras.

—Supongo que no —dijo Rufus.

—Igual que no estaba destinado a ser joyero ni decorador de pasteles.

—Lo siento, Minoris.

—¿Qué van a decir en la Casa? Han sido tan amables y yo sólo me la paso rompiendo cosas. Rufus, ¿tú crees que se enojen?

Rufus meneó la cabeza.

—Lo entenderán. Pero Minoris, no tienes que vivir en el pueblo si no quieres. Muchos Silvestres prefieren el bosque.

—Mi Sarah siempre decía que yo era tan civilizado como

cualquier perro —dijo Minoris, y paró la trompa.

—Claro que lo eres, pero…

La nariz de Minoris se dilató y levantó la cabeza con rigidez hacia la ventana de Lin. Ella se hizo a un lado, pegada a la pared de leños, y aguantó la respiración para que su aliento helado no la delatara. Pasos pesados y aplastantes se acercaron detrás de la pared.

—Me pareció ver… —Ursus pegó el hocico al vidrio y empañó la ventana con sus enormes resoplidos. Cuando habló, Lin sintió que la pared temblaba—. Me pareció ver a Isvan. Pero él no andaría merodeando afuera sin dar la cara. No después de tanto tiempo.

Lin oyó que Rufus hacía un gran esfuerzo, sin lograrlo del todo, por sonar como si nada.

—¿Isvan, dices? Justo vengo de la colina de buscarlo.

El Silvestre gruñó con suavidad y se alejó. Lin se arriesgó a asomarse otra vez.

—No tiene caso —dijo Minoris—. Se fue. Desde hace tiempo. He subido a su casa varias veces, pero nadie abre la puerta. Hasta he preguntado por todo Patalcampo. Tampoco lo ha visto ninguno de los vecinos —sacó un costal gigante y empezó a barrer montones de porcelana a su interior—. Mira, tampoco me sorprende. No lo conocen muy bien. No entienden lo que dice.

—¿Qué quieres decir? —preguntó Rufus.

—Isvan no puede hablar bien —dijo Minoris—. No como la gente, así con palabras y tal. Con él es que un silbido esto y que un soplido aquello, y que una ráfaga no sé qué. A mí no me molesta, pero no es para todos.

Lin se mordió el labio. ¡Isvan no podía hablar!

—¿No tiene más amigos? —preguntó Rufus.

—Pasa mucho tiempo en el Waffleamor. O mejor dicho, afuera del Waffleamor. No soporta el calor de adentro. En fin, quizá conozca a algunos de los clientes habituales, los que tengan el pelaje suficientemente grueso para soportar estar cerca de él. Y está el viejo Teodor. Antes venía mucho, pero ha de andar muy ocupado desde hace varios meses.

—Ha de andar —masculló Rufus.

Minoris acabó de barrer el último montón de teteras rotas al costal y lo cargó hasta la puerta.

—¡Eso es! —enderezó una cortina que se había enredado en el cortinero y levantó la última silla, abollada—. Una madriguera limpia y ordenada, perfecta para una siesta. ¿Te puedo ofrecer un poco de miel, Rufus, directo del bote y sin tonterías?

—Quizá después —dijo Rufus, lanzando una mirada a los cucharones de madera incrustados sobre el mostrador—. Ya me tengo que ir.

—¡Qué bien! Los muchachos como tú deberían andar afuera, jugando en la nieve. Me la paso diciéndole a Isvan que se despeine un poco y que se limpie los mocos con la manga, como hacía mi niña humana. Osos o no, mi Sarah era el verdadero terror de la reserva —resopló varias veces y Lin se dio cuenta de que era una risa afectuosa—. Pero Isvan es otra cosa. Cuando no está en el Waffleamor, se la pasa tristeando en su casa. Los telescopios están muy bien, pero sólo te enseñan cosas que están muy lejos, no sé si me entiendes.

—Te entiendo perfectamente —dijo Rufus.

—Dibujar tampoco tiene nada de malo, pero no pondrá rosas en tus mejillas. Pero vaya que el chico es bueno. ¿Quieres ver?

—¿Tienes uno de sus dibujos?

—Aquí en la puerta.

Lin los oyó acercarse a la entrada. Había un ligero susurro que quizá fuera la cola de Rufus rozando la duela.

—Es un poco melancólico —gruñó Minoris—, pero de todas formas me gusta. Qué talento para dibujar una cara.

—Está muy bonito —dijo Rufus, pero había una nota tensa en su voz.

—Primero trató de darme una carta, pero no sé leer. Se puso a dar soplidos y gemidos, pero tampoco le entendí. Después de un rato, regresó con esto. Fue la última vez que lo vi —Minoris carraspeó—. Más me vale ir a tirar las teteras rotas. ¡Por favor toma un poco de miel, Rufus! Quédate el tiempo que quieras.

Lin se volvió a pegar a la pared, pero no hacía falta. El Silvestre se echó el costal al hombro, y con un "Nos vemos a la noche en la Plaza", pasó a Lin y siguió de largo por la calle.

—Lin —exhaló Rufus cuando el oso ya no los oía—. Ven aquí. Tienes que ver esto con tus propios ojos.

El dibujo en la puerta de Minoris era un retrato de una niña con el pelo despeinado y ojos grandes y oscuros. Le daba un aire a Isvan, pero se parecía aún más a Lin.

—Quizá sea alguna pariente Hibernalis —sugirió Rufus.

—Quizá —dijo Lin, pero no lo creía.

Y la niña del retrato se veía nada menos que aterrada.

## Capítulo Once

No hablaron mucho de camino al Waffleamor, el café favorito de Isvan. Al cruzar el puente hacia el centro de Platelia, la calle se llenó demasiado como para hablar sin que alguien los oyera. También se volvió imposible evitar el contacto cercano con los platelinos. En dos ocasiones, un Canino se detuvo a olfatear el aire como si le hubiera llegado un olor inesperado. Lin encorvó los hombros y miró con nerviosismo las caras en la multitud desde su capucha. Rufus chasqueó la lengua y volvió a consultar su mapa.

—Tomemos un atajo. Quiero que veas algo.

Guió a Lin lejos de la calle principal, cuesta arriba por un empinado callejón bordeado de casas estrechas y coloridas, todas con cimientos triangulares y escalones chuecos. Al llegar arriba de la colina, voltearon hacia una placita iluminada por faroles parpadeantes. Pese a las numerosas bolas de nieve que seguro habían rodado por ahí, la nieve estaba perfecta e intacta, y cuando atravesaron la plaza, sus huellas se rellenaban solas, para dejar la superficie inmaculada.

—Ésta es la Plaza de la Nieve Eterna —dijo Rufus—. En mi opinión, el lugar más bello de todo Platelia. Ven. Quiero que conozcas a la familia —llevó a Lin hacia un grupo de figuras altas e inmóviles en el centro.

Eran estatuas de niños humanos, siete, sobre bases coronadas con laureles de piedra, todos con una llave espinosa.

Girarrosas.

Rufus se detuvo frente a dos niñas que compartían base, tomadas de la mano.

—Tiril y Aurora Helland. Vinieron juntas.

Lin volteó hacia arriba a ver a las niñas. Cada una traía una espada.

—¿Resolvieron su misión?

—Sí. Si no, no te toca estatua —Rufus sonrió al ver la cara de Lin—. Pero no temas. Tendrás la tuya. Estoy convencido de ello.

Lin resopló.

—Bueno, me alegra que por lo menos tú lo estés.

Rufus le lanzó una mirada cuidadosa, casi nerviosa.

—Lin. Tengo que hablar contigo sobre algo. Te he estado observando. Sé que no eres feliz en Villavieja. Todas esas horas junto al rosal…

—¿Cómo sabes eso?

Rufus dio un coletazo, molesto consigo mismo.

—No, no lo estoy diciendo bien. Mira —la tomó de la mano y la arrastró hasta el siguiente Girarrosa, un niño delgado, de la edad de Lin. Alguien había quitado la nieve de su frágil figura y de la placa, que decía: "Balthasar Lucke. 1935". A sus pies, una rosa solitaria se marchitaba.

—Se la cambian cada semana.

—Todavía lo recuerdan —murmuró Lin.

—No entiendes —dijo Rufus—. Los recuerdan a todos. Las siete leyendas Girarrosas se cuentan casi todas las noches en el Pájaro en Llamas. Como ésta —la jaló hasta la estatua de una niña alta de barba partida—. Julia Wallin. Llegó a mitad de la Fimbultormenta de 1867, y aunque todos los caminos estaban cerrados, cruzó las montañas para avisar que Platelia necesitaba ayuda. La medalla de honor de los quitanieve lleva su nombre. Aún es muy querida.

—¿Y qué pasó con sus Mascotines? —preguntó Lin—. ¿A ellos no les hicieron estatuas?

—Sus Mascotines no necesitaban estatuas. Ya se había cumplido su mayor deseo —Rufus respiró profundo—. Lin. Cuando termines tu misión de Girarrosa, yo tenía la esperanza de que te pudieras quedar.

Lin volteó a verlo, confundida.

—¿Quieres decir que no me regrese por el Portal Vagabundo?

—Sólo una temporada —Rufus se agarró de su bufanda—. Vas a ser una heroína aquí. ¡Y podríamos visitar los Reinos juntos! Averiguar si esos mapas sirven de algo.

¡Lin Rosenquist, una leyenda viva, viajando con su mejor amigo! No pudo más que sonreír de pensarlo. Y el tiempo avanzaba tan despacio en Platelia. Si pudiera quedarse sólo uno o dos meses...

Sacudió la cabeza.

—Nada sería más maravilloso, pero Teodor dijo que el Portal Vagabundo era mi única oportunidad de irme a casa.

—Hay otro camino para volver —dijo Rufus—. Mira las placas. Algunos Girarrosas estuvieron aquí en años en que no había Vagabunda. Las leyendas no cuentan cómo regresaron, pero tienen que haberlo logrado.

—No lo sé —dijo Lin—. ¿Y qué tal que ese otro camino está cerrado o perdido?

—No lo está. De eso también estoy convencido —levantó la mirada y sonrió, valeroso—. No tenemos que decidirlo ya. Primero tenemos que salvar a un Hibernalis. Pero, por favor, ¿lo pensarías?

Cuando voltearon para atravesar la nieve mágica de la plaza, a Lin le pareció que él cojeaba más que de costumbre, aunque sonaba más animado.

—Ahora —dijo Rufus—. ¿Qué te parece si saboreamos una de las especialidades de Platelia? ¡Huele nada más!

Lin olfateó el aire. Un aroma dulce y mantequilloso flotaba en el ambiente, y de pronto se dio cuenta con toda claridad de que no había pasado por nada de comer antes de bajar al sótano de la señora Ichalar. Siguieron el rastro con ansias hasta llegar a un parquecito de árboles pelones. Del otro lado del parque había una casa verde con grandes ventanas escarchadas, y al acercarse vieron las letras doradas en los vidrios: El Waffleamor.

—Esta vez, creo que es seguro que entres —dijo Rufus—. El olor de los waffles ahogará el tuyo. Y los novatos de veras actúan raro cuando acaban de llegar, así que no creo que nadie sospeche nada si no te bajas la capucha. Además, no quiero que te pierdas *todas* las cosas buenas de Platelia.

Apenas tuvieron tiempo de subir los escalones cuando la puerta blanca se abrió de repente y el umbral quedó ocupado por el hámster más gordo que Lin había visto en su vida. Bajo sus bracitos rechonchos tenía grandes lonjas cubiertas de pelaje color crema. Entre la cuarta y la quinta lonja salía un delantal rojo, como un pañuelo atrapado. Cuando vio a Lin, su barbilla redonda se abrió.

—¡Ah! —exclamó después de un momento, mirando a Lin con inconfundible desilusión—. Me pareció que eras alguien que conozco.

—Imposible —rio Rufus, fuerte para que su voz se oyera dentro del café—. A menos que ya conozcas a la novata más novata de todas. No hemos podido sacarle ni su nombre. Le estoy enseñando el pueblo para ayudarla a instalarse, ¡y pensé que tus waffles podrían lograrlo!

El hámster recuperó su sonrisa y sacó la pata, que era rosa y muy pequeña comparada con el resto de su figura. Lin la estrechó, pero se dejó puestos los mitones para ocultar sus manos.

—¡Bienvenida, querida! Bienvenida al Waffleamor. Pomeroy es mi nombre, y los waffles son mi arte. ¿Los quieres en forma de corazón, con mermelada? ¿Con queso duro, queso fuerte, sin queso? ¿Con miel, con crema o con limón? ¡Tengo todo lo que se te ocurra!

Se hizo a un lado, bastante delicadamente para un tipo de su tamaño, y los hizo pasar al cálido café, donde una neblina que hacía agua la boca llenaba el ambiente. Al fondo había una barra, con montones de frascos de fresas frescas, mermelada de frambuesa, dorado jarabe y azúcar. Detrás, varias waffleras se calentaban en las brasas de un fogón largo y estrecho. Cuando Lin y Rufus entraron, los otros comensales los voltearon a ver con curiosidad, sobre todo una Felina de ojos azules y pelaje blanco con bigotes muy largos. Le dio una servilleta al San Bernardo sentado a su mesa. Había babeado su plato.

—¿Listo para la siguiente ronda, Bonso? —le dijo Pomeroy al Canino—. Qué apetito más admirable tienes —se acercó a retirar el plato mientras les indicaba una mesa vacía a Lin y Rufus—. ¿Qué les puedo ofrecer esta noche?

—¿Cuál es el especial de la Noche Vagabunda? —preguntó Rufus, cabeceando hacia el pizarrón del menú.

—¡Oh, excelente elección! *Au flambé* con una cola de fresas bañadas en chocolate y crema batida. Sidra especiada para acompañar. ¡Te garantizo que te va a encantar!

El hámster se metió dando saltitos atrás del mostrador y echó la masa chisporroteante a las waffleras. Rufus se inclinó hacia delante y habló en voz baja.

—Apuesto mi cola a que Pomeroy creyó que eras Isvan, y a que él sabe algo. Más vale que le preguntemos cuando los otros clientes no nos oigan.

La puerta se volvió a abrir, y entró una perra gris con grandes orejas erguidas y un morral raído al hombro. Más que otra cosa, parecía una loba.

—¡Vaya, aquí estás, valiente recolectora! —exclamó Pomeroy—. ¡Empezaba a preguntarme si el bosque te habría devorado!

La Canina levantó una pata.

—Nada de plática, Roedor. Sólo quiero unos waffles.

Pomeroy se rio, impávido.

—¿Lo de siempre?

La perra miró a su alrededor entornando los ojos, desafiando a cualquiera a dirigirle la palabra. Cuando vio a Lin, se le pusieron de punta los pelos de la nuca.

—¿Todo bien por allá, Lass? —dijo Rufus.

Después de un momento, Lass relajó la postura.

—Les pido disculpas, confundí a tu amiga con alguien más. Creí que era Isvan, el muy perro.

—Ahora sí descubriremos algo —murmuró Rufus. Sacó una silla—. No, ella es una novata. Ven a sentarte con nosotros. ¿Cómo que "el muy perro"? Isvan es un buen chico, ¿no te parece?

—Para ti es fácil decirlo —gruñó la perra mientras Pomeroy ponía sus bebidas en la mesa—. ¡A ti no te robó hasta la camisa! Lo sorprendí en mi propio granero, viendo todo mi equipo de recolectora. Cuando me vio, se saltó la cerca. Nadie con la conciencia tranquila puede trepar así.

Entornó los ojos hacia la capucha de Lin. Lin se agachó y le dio un sorbo a su sidra.

—Lo interrumpí antes de que pudiera robarse nada —continuó Lass—. Pero a la mañana siguiente, ya no encontré mi piolet. Y yo sé que él regresó y se lo llevó. Además era un piolet especial, todo tallado y grabado, distinto a cualquier cosa que hayas visto. Casi me cuesta la vida —levantó la pata derecha. Le faltaba la mitad de los dedos, como si se los hubieran comido, con cicatrices protuberantes—. Pesadillas.

A Lin se le atragantó la sidra y salpicó la mesa. ¿Sí había Pesadillas en Platelia después de todo? Rufus había dicho que no podían cruzar la frontera.

—¿No le has contado de nuestros vecinos? —Lass sonrió burlona mientras Rufus le daba palmaditas en la espalda a Lin—. No creo que ser recolectora vaya a ser lo tuyo, novatita. El Bosque Invernal tiene muchos tesoros que ofrecer, pero no es un trabajo para collones.

—¿Te atacaron las Pesadillas? ¿Aquí en Platelia? —Rufus levantó las cejas.

—Claro que no —dijo Lass—. No te preocupes, novatita. Mientras estés dentro de la Empalizada de Espinas, las Pesadillas no te pueden tocar. No, esto pasó *afuera* de la Empalizada, en el Páramo Crepitante. Encontré el piolet clavado en el esqueleto de un reno escarcha en las laderas de las Torrescuerno, cerca del Manantial del Arroyo Crepitante. Y menos mal, porque momentos después me atacaron los monstruos.

Me corretearon todo el camino hasta la Empalizada. Sin ese piolet, no hubiera sobrevivido. Era tan filoso y tenía tan buen balance que casi peleó contra ellos solo.

—¿Saliste de la Empalizada? —Rufus se retorció los bigotes—. Pensé que los recolectores no iban para allá.

—No vamos. Pero este año el bosque ha sido excepcionalmente tacaño. Eso, o alguien ha estado cosechando mis árboles bajo mis bigotes. No he podido entregar la mitad de mis pedidos de cono de abeto blanco, así que quise ver qué encontraba allá en el páramo. Pero las Pesadillas son peores de lo que suenan. No creo que vuelva a salir para allá. Y menos sin mi piolet.

—¿Y estás segura de que lo tomó Isvan?

—Segura como el hueso. Cometí el error de enseñárselo el verano pasado, y por poco no me lo regresa. Desde entonces ha estado tratando de ponerle las manos encima, aullando y gimoteando como un cachorrito bebé.

—No es su culpa que no pueda hablar —dijo Rufus—. A lo mejor sólo quería decirte que le gustaba.

Lass se rio, burlona.

—Claro que no. Dicen que se anda metiendo en todos lados, que sube a escondidas a los áticos y recorre los jardines. El joven Nit, de la Bóveda de la Máquina, dice que también allá Isvan les hizo un escenón —cabeceó misteriosamente para sí—. Supongo que eso es lo que pasa cuando no tienes alma, sino sólo una bola congelada.

Lin no tenía idea de qué anduviera haciendo Isvan, pero había estado en su cuarto y sabía que alma sí tenía. Además, Niklas y ella también se habían metido a escondidas a muchos viejos graneros, por no hablar del robo de manzanas.

Pomeroy llegó con sus waffles. Estaban calientitos y eran

suaves por dentro y perfectamente dorados por fuera, y las fresas sabían tan dulces como las que la abuela Alma tenía en su jardín. Lin masticaba muy despacio para que duraran lo más posible. Rufus agarró sus waffles y se puso a darles vueltas y vueltas, mordisqueó la orilla hasta que no quedó nada y se llenó los bigotes de crema batida. Pomeroy los miró orgulloso.

—Están buenos, ¿verdad? Es por la vainilla, un secreto que le aprendí a mi querida Dorret. Nunca hubo una niña que amara más los waffles. ¡Pero escuchen! ¡Llega otro cliente!

Saltó hasta la puerta y la abrió. Una ráfaga fría entró al café mientras el nuevo parroquiano cruzaba el umbral. Lin dejó de masticar a medio bocado.

—¡Figenskar! —dijo Pomeroy—. ¡El inspector en jefe, en persona! ¡Qué agradable sorpresa! ¡Pasa, por favor!

El gato lo ignoró y se deslizó por la puerta. Al quitarse su sombrero triangular, Figenskar recorrió la habitación con sus ojos amarillos. Se atoraron un poco en Lin. Ordenó unos waffles de limón, se sentó a la mesa más cercana a la puerta y subió las botas.

Lass recibió y se acabó sus waffles. Los posos de sidra se secaron en el fondo de sus tazas. Uno por uno, los comensales se fueron, excepto Lin, Rufus y Figenskar. Bajo su chaperón, Lin sudaba en el cuarto lleno de vapor, y tenía las manos húmedas en los mitones.

Por fin, Pomeroy habló.

—Ustedes disculparán, queridos clientes —dijo—. Tengo que ir a montar mi puesto de waffles para la fiesta de hoy en la noche.

Figenskar se estiró y empujó su plato intacto. Cuando Lin y Rufus se pusieron de pie, él se levantó lentamente. Pomeroy dio un chillido.

—Santas orejotas —dijo—. Se me olvidó tu pedido para llevar, Rufus. Si me esperas un momentito, te lo envuelvo.

Figenskar se puso el sombrero y flotó hacia la puerta. Antes de irse, lanzó una mirada sobre su hombro, sus pupilas brillaban en la sombra de su sombrero. Rufus esperó hasta que la puerta estuviera bien cerrada antes de silbar entre sus dientes.

—Pensé que nunca se iba a ir.

—Yo igual —dijo Pomeroy. Su aire jovial había desaparecido—. Me imagino que están aquí por Isvan. Ya era hora. Hace siglos que dejé un mensaje en la Casa avisando que había desaparecido.

—Eh, claro —dijo Rufus—. El mensaje. Correcto. ¿Cuándo fue la última vez que viste a Isvan?

—Hace cinco semanas. El tres de octubre. Lo que decía en el mensaje.

—Ya sabes cómo es la Casa, no dejan que todos lean los documentos —dijo Rufus—. El tres de octubre fue el día antes de que yo llegara.

—Es tan raro en él —dijo el hámster, limpiándose las manos en el delantal—. Isvan es la única persona que conozco que ama los waffles más que yo. Desde que abrí el Waffleamor hace tres años, ha venido todos los días sin falta. Hasta le puse una mesa especial afuera para que el calor no le hiciera daño. Siempre pedía por lo menos dos tandas de waffles fríos con montones de azúcar. Creo que los cristales de azúcar le recordaban la cocina de su madre, me entienden. Qué triste. Pero ¿qué niño puede reponerse de perder a su madre?

—¿Ella adónde se fue? —preguntó Rufus—. ¿Murió?

Pomeroy infló las mejillas.

—Nadie sabe. Hubo una tormenta terrible por los días en

que desapareció, y muchos pensaron que el clima la había agarrado. Yo mismo era apenas un novato, y aún recuerdo cómo batallaron todos los quitanieve para mantener las calles abiertas. Pero también recuerdo a Clarisela. La gente decía que era la Hibernalis más poderosa que Platelia hubiera visto en siglos. Esa dama no se hubiera perdido en una tormenta de nieve, por muy furiosa que fuera. Así que creo que debe haberle pasado otra cosa. Isvan tenía sólo cuatro años.

—Pobre chico —dijo Rufus.

—Y para acabarla de empeorar, él aún no tenía su Máscara de Hielo. Cuando nacen, los Hibernalis no pueden hablar nuestra lengua ni tolerar temperaturas cálidas, y no pueden controlar su frío así que no es seguro acercarse a ellos. Para ser parte del mundo de sangre caliente, tienen que esperar hasta tener edad de ponerse una Máscara de Hielo, un escudo mágico que no deja salir el frío ni entrar el calor. Clarisela iba a crear la máscara de Isvan la semana siguiente a su desaparición. De eso también me acuerdo porque fue mi primer pedido de waffles. Cien corazones para la fiesta de la Máscara de Hielo —Pomeroy suspiró—. Cancelados, desde luego. Nadie sabía cómo hacer la máscara más que Clarisela. Y sin ella, Isvan tuvo que quedarse en el frío, casi siempre solo.

—Seguro que tenía a alguien —dijo Rufus—. A Teodor. O…

—A Teodor, desde luego. Es el tutor de Isvan, y vaya que lo tutorea, como si el niño se fuera a derretir por una palabra amable. A veces vienen juntos a mi café, pero tengo la sensación de que a Teodor no le encanta. Creo que el verano pasado tuvieron un distanciamiento, porque en los últimos meses, Isvan siempre venía sin él.

—¿Le preguntaste qué pasó? —dijo Rufus—. Sé que no podía hablar, pero sabía leer y escribir.

Pomeroy meneó la cabeza con tristeza, y le temblaron todas las papadas.

—Yo siempre andaba demasiado ocupado para sentarme a charlar. La última vez que lo vi, creo que quería decirme algo. Pero era el tres de octubre, la merienda anual de waffles de los recolectores, y yo tenía un altero de comandas, y este Isvan se la pasaba pidiendo más y más. ¡Quince órdenes! Me temo que me exasperó un poco. Espero no haberlo ahuyentado con mis palabras impulsivas...

El hámster se desató el delantal y lo usó para secarse las mejillas.

—No soporto la idea de que ande por ahí solo y hambriento...

Rufus le dio una palmada en el brazo. El pelaje crema ondeó suavemente.

—Estoy seguro de que no es tu culpa, Pomeroy. Pero ¿crees que Isvan se sentía amenazado por algo? ¿O alguien?

Pomeroy parpadeó.

—¿Amenazado? No, yo... Bueno, ese día se fue en cuanto vio a los recolectores del otro lado del parque, pero... ¿Quién iba a amenazar a un Hibernalis?

—Eso es lo que estamos tratando de averiguar —dijo Rufus—. Por último, Pomeroy. Cuando fuiste a la Casa, ¿a quién viste? A veces los mensajes se pierden.

—Hablé con Teodor en persona. Dijo que él mismo se haría cargo —los ojos de Pomeroy se volvieron a llenar de lágrimas—. Es la Noche Vagabunda. Isvan debería estar aquí para la fiesta. Si pudiera, vendría. ¿O no?

Cuando el hámster cerró la puerta a sus espaldas, Rufus murmuró:

—Conque él mismo se haría cargo. Me pregunto si siquiera se lo habrá dicho a alguien más.

Lin se abrió el suéter y dejó entrar el aire deliciosamente frío.

—Teodor sí nos dijo que estaba tratando de mantener todo en silencio para no alterar a los platelinos.

Rufus hizo un sonido ronco en la garganta.

—Pomeroy ya está alterado, y es un platelino. No. Ese viejo zorro está tramando algo.

—A lo mejor tiene algo que ver con la carta que encontramos en la almohada de Isvan —dijo Lin—. Pomeroy cree que Isvan y Teodor se pelearon el verano pasado, y Teodor escribió la carta en julio. Deberíamos preguntarle.

—No —Rufus iba pateando un pedazo de hielo por la calle—. Esperemos un poco antes de revelar que encontramos eso. Primero sigamos las otras pistas.

—Está bien. Está el lugar ése donde Isvan hizo una escena.

—La Bóveda de la Máquina —Rufus ladeó la cabeza—. ¡Sí! Hace mucho que quiero inspeccionar esa cosa.

—¿Qué cosa?

—La Máquina. ¿Ves las fresas que nos acabamos de comer? ¿Y te acuerdas de los costales de porcelana rota que Ursus Minoris se llevó cargando? Si algo se rompe o sobra, lo puedes llevar a la bóveda, donde lo meten a la Máquina y lo transforman en cosas nuevas. Cardamomo o seda o fresas frescas… más o menos lo que sea.

—Eso suena increíble —dijo Lin—. Demasiado increíble. ¿Cómo puede una máquina transformar teteras rotas en fruta fresca?

—No lo sé. Pero sí sé que a Teodor no le gusta nada. Una vez lo oí quejarse de que era demasiado peligrosa.

Lin asintió. Si Isvan había ido a la Bóveda de la Máquina a conseguir algo, podía ser una pista valiosa. Y si el callado y cauto Hibernalis había hecho una escena, debían tratar de averiguar por qué.

—Vamos.

—Por aquí —dijo Rufus, haciendo crujir su mapa—. Oye, este parque está todo mal. Recuérdame que lo arregle, ¿quieres?

Lin estaba a punto de seguirlo cuando tropezó con una mesita cubierta de nieve junto a los escalones. Sólo tenía una silla. Seguro era de Isvan.

Lin titubeó. Le preocupaba que Isvan hubiera huido al ver a los recolectores. ¿De veras se habría robado el piolet? ¿Y por qué había ordenado tantos waffles?

—¡Vamos! —gritó Rufus. Ya iba a medio parque.

Lin se apresuró tras él.

Ninguno de los dos se percató de las huellas frescas que salían de los escalones del Waffleamor y se detenían bajo las letras doradas de la ventana. Allí, alguien había limpiado de escarcha un pequeño círculo, del tamaño de un ojo, antes de seguir hacia la oscuridad del jardín trasero.

Eran huellas picudas, con tacones duros y pesados.

## Capítulo Doce

La Bóveda de la Máquina estaba en el subsuelo, bajo una de las bodegas del céntrico y bien trazado barrio de Heartworth. Sobre el techo de la bodega y a cierta distancia se veía la esbelta torre blanca que Rufus llamaba el campanario, y Lin alcanzaba a oír el zumbido de muchas voces proveniente del resplandor de la Gran Plaza. Pero ellos no se dirigían hacia la luz y la música. En vez de eso, pasaron bajo un enorme letrero en forma de engrane negro y bajaron por una escalera resonante de metal y ecos. La pared oxidada tenía ventilas por las que emanaba un nauseabundo olor dulzón.

—¡Fuchi, qué asco! —Lin ocultó su nariz en uno de sus mitones.

—Huele a caramelo quemado —dijo Rufus.

—No creo —a Lin se le revolvió la panza. Quizá sólo era que se había acalorado en el Waffleamor, pero en definitiva no le gustaba este lugar.

La escalera bajaba a un cuarto muy iluminado, con un mostrador pulido y libreros con tomos empastados en piel. Pero el aire era caliente y opresivo, y el olor persistía en la habitación como tabaco de pipa rancio. Lin tuvo un escalofrío.

Sólo podía imaginarse lo incómodo que Isvan debió sentirse aquí abajo.

—Buenas tardes —dijo Rufus, plantándose frente al ratón gris que estaba sentado, encorvado sobre un libro mayor. Su frente alta y abovedada le daba una expresión de sorpresa continua que se volvió preocupación cuando vio la figura encapuchada de Lin.

—Buenas tardes —dijo el ratón en una voz tan baja que era casi un susurro. El letrero del mostrador decía Encargado de Cálculos, y debajo alguien había pegado con cuidado una tira de papel que decía Nit.

—Me llamo Rufus y trabajo en la Casa. Quería saber si podría echarle un ojo a sus registros de septiembre y octubre. ¿Sí llevan un registro de todo, verdad?

—Sí —dijo Nit, lanzando una mirada hacia una puerta de metal—. Yo llevo la lista de todas las solicitudes y entregas. Pero no estoy seguro de que la señora Zarka quisiera que yo se las mostrara.

—Ah, tratándose de un asunto de la Casa, no creo que le moleste —dijo Rufus—. No hay nada sospechoso en sus libros, ¿verdad?

—No, claro que no —dijo Nit. Carraspeó y empezó a hojear el libro mayor—. Pomeroy pidió fresas y vainas de vainilla. Puskas pidió hoja de oro. Ingebrikt pidió una pieza de ajedrez de ébano…

Enumeró todas las peticiones que habían recibido, pero ninguna era de Isvan. Rufus tamborileó los dedos en el mostrador.

—¿Estás seguro de que eso es todo?

Nit asintió rápido.

Lin pellizcó a Rufus en el brazo, tres veces seguidas. El triple pellizco era una señal que ella y Niklas usaban cuando tenían que estar en silencio: insiste, busca más, aquí hay algo. En ese momento, estaba segura de que el pequeño encargado de cálculos estaba mintiendo.

Rufus no había olvidado la señal. Se puso tieso un momento, luego con suavidad le sacó el libro mayor de entre las patas a Nit.

—¿Puedo?

Nit frunció los labios, pero no protestó.

Ojearon una columna tras otra, con la letra parejita de Nit. ¡Ahí! Entre el 28 y el 30 de septiembre, una página había sido arrancada con mucho cuidado.

—¿Qué le pasó al 29? —preguntó Rufus.

—Nada —Nit recuperó el libro mayor y lo cerró. Se veía asustado.

—No estás en problemas —dijo Rufus—. Sólo estamos tratando de encontrar a alguien. ¿Quizá lo conozcas? Se trata del joven Hibernalis, Isvan.

De pronto, la puerta de metal se abrió de golpe y una peste salió como eructo del cuarto que había pasándola. En el umbral se había parado una búha punteada de ojos verdes, grandes como platos. Llevaba un engrane negro en una cadena alrededor del cuello, y cuando se lo puso en un ojo, Lin se dio cuenta de que era un monóculo.

—¡Isvan! —resolló la búha—. Qué amable de tu parte visitarnos al fin —avanzó hacia Lin, encrespando las plumas—. Hay que empezar a tomarte medidas cuanto antes —tenía el pico manchado de algo negro y pegajoso, y su aliento apestaba a dulces podridos cuando pescó el chaperón de Lin con el pico y empezó a jalarlo.

—¡No hagas eso! —gritó Rufus, metiéndose entre las dos—. ¡Ella no es Isvan!

La señora Zarka se detuvo.

—¿Perdón?

—Es una novata —dijo Rufus—. Acaba de llegar hace rato. Le estoy enseñando todo.

—Ya veo —la búha cerró primero un ojo y luego el otro—. Error mío. Bueno, pues si le estás dando el tour, permíteme ofrecerte una disculpa con una demostración. El Mecanismo Reconstructor Zarka-Heidelsneck es el atractivo más espectacular de este pueblo perdido.

Lin ansiaba alejarse del aire empalagoso, pero era claro que la señora Zarka estaba involucrada con Isvan de algún modo. Volvió a pellizcar a Rufus: insiste, busca más. Él asintió.

—Gracias. Será un honor para nosotros ver la Máquina.

—Excelente. ¡Nit! ¡Tráeme un zapato del almacén! —la búha se volvió a meter jadeando a la Bóveda de la Máquina, y les dejó la puerta abierta. En el umbral, Lin por poco se tambalea. El aire de dentro se sentía como una barrera de podredumbre. Pero peor aún era ese ruidito agudo que resonaba por toda la cavernosa habitación.

—¡Pasen! —entonó la señora Zarka. Una chimenea rugía en un extremo de la cámara, y a un lado había un escritorio y un cuadro titulado *Brujisburgo* que mostraba una ciudad de torres y chimeneas. Pero estas muestras de civilización eran opacadas por el voluminoso monstruo que llenaba por completo el otro lado de la bóveda.

La Máquina estaba atestada de cables y mangueras por las que fluía con lentitud un líquido oscuro. Foquitos rojos se prendían y se apagaban, se correteaban de un lado a otro en la superficie de metal. A cada extremo había un gran compartimiento tras una puerta de vidrio sucia, y un tubo de vidrio conectaba ambos compartimientos.

La señora Zarka estaba de pie junto a un panel de control en medio. Rufus caminó despacio hacia ella, con los bigotes bien abiertos.

—¡Es enorme! —dijo, y tendió la mano hacia uno de los interruptores—. ¿Cómo funciona?

La señora Zarka le dio un manazo.

—¡No toques nada! ¡El panel de control no es para Roedores ni demás incompetentes!

—Usted me va a perdonar —dijo Rufus—. Está bien que yo sea un Roedor, pero no soy ningún incompetente.

La señora Zarka lo miró apretando el pico con desdén.

—¿De veras? ¿Entonces no eres tan inculto como todos los demás en este frío de locos? ¿Quizás hayas estudiado Tecnomagia en la Universidad de Brujisburgo? —abrió bien el pico—. ¿Acaso tienes el menor entendimiento de la ciencia del triturado?

Rufus se vio obligado a dar un paso atrás.

—Ya decía yo —dijo la señora Zarka—. Así que estate quieto y observa. Hoy vamos a hacer esto —le puso en las narices a Rufus una foto de un zapato de Felino—. Pero mi Máquina puede hacer cualquier cosa que desees: especias, gemas, ropa fina. Hasta criaturas vivas, creo yo, aunque Teodor no lo permita, ese tonto anticuado.

La señora Zarka se alzó el monóculo y miró a Lin del otro lado de la habitación.

—¿Y tú, novata? ¿Te vas a quedar merodeando en la entrada todo el día? ¡Acércate!

Con desgana, Lin dejó la puerta con su promesa de aire más fresco y caminó hasta el centro del cuarto. Luego se detuvo, bamboleándose. Rufus se dio cuenta de que algo andaba mal y fue con ella.

—¡Estás muy pálida! —murmuró.

—¿Cómo puedes soportarlo? —gimió Lin.

—¿Qué, el olor? No es exactamente agradable, en eso tienes razón, pero...

—¡No, el ruido!

Rufus empezó a decir algo, pero Nit asomó la cabeza por la puerta de metal.

—Disculpe, señora Zarka —dijo preocupado—. No tenemos ningún zapato calculado y listo para el triturado. Pero ¿quizás esto funcione?

Sacó un trozo blando de cuero café y lo levantó para que la señora Zarka le diera el visto bueno.

—Y me atrevería a decir que es un modelo extraño, demasiado estrecho para ser de roedor.

—Excelente —ululó la señora Zarka, y se lanzó a la puerta para arrebatar el pedazo de cuero de las manos de Nit. Lin echó un vistazo a la búha cuando pasó corriendo, y se alegró de que la capucha ocultara el shock en su cara.

Era su pantufla, la que había perdido cuando huían de la cabaña del Aventador.

—Sólo permítame hacer los cálculos básicos... —le gritó Nit, pero la señora Zarka le hizo una seña de que se callara.

—Haremos una excepción. Es de sentido común que una pantufla y un zapato deben tener números parecidos.

Metió la pantufla en uno de los compartimientos de la máquina y se puso una diadema hecha de bandas metálicas y ventosas.

—Este lente cerebral extraerá la imagen del zapato de mi mente —después, escogió una botella de líquido oscuro de un estante y vació el contenido en una boca de la Máquina—. Ahora que le he inyectado a la máquina el Aguaespina, puedo...

Bajó una gran palanca hasta el suelo y el resto de su oración fue ahogada por un penetrante chillido que parecía provenir de las profundidades de la Máquina. Lin trató de protegerse los oídos con los mitones, pero el chillido estaba metido en su cabeza, apuñalándola. Con los ojos goteando, vio que su pantufla se empezaba a disolver poco a poco de una punta. El largo tubo de vidrio se llenó de una brillante luz nacarada. En el segundo compartimiento, un zapato perfecto apareció de la nada.

Pero la pantufla seguía casi entera.

El zapato se empezó a agitar. Pequeñas ampollas hicieron erupción en su superficie y se agruparon en ulceraciones más grandes. Luego explotó en manchitas negras que se escurrieron por la puerta de vidrio.

La diadema de la señora Zarka zumbó y echó chispas, y la búha cayó de espaldas al suelo.

Con todo y su terrible grito, Lin oyó una alarma que aullaba. Ahora toda la Máquina estaba vibrando. Frascos de Aguaespina cayeron del estante y se rompieron, y las luces rojas empezaron a estallar, una tras otra. En el largo tubo de vidrio apareció una red de finas fisuras, que se extendió como las venas en la piel pálida.

Rufus se acercó corriendo y jaló la palanca con fuerza. No se movía.

Lin tragó en seco y trató de enfocarse. Tenía un extraño sabor metálico en la boca. La puerta a la oficina estaba abierta, y Nit estaba de pie en la entrada, con la boca abierta.

—¡Ayuda! —le gritó, y él vino tambaleándose sobre el piso que resollaba. Pero en vez de apagar la Máquina, el ratón empezó a jalar hacia la salida a la señora Zarka, que estaba inconsciente. Detrás de la pintura de Brujisburgo, profundas fisuras se extendían por toda la pared. Lin tuvo la nauseabunda sensación de que salir de la bóveda quizá no bastaría para escapar.

—¡Tiene razón! —le gritó a Rufus—. ¡Nos tenemos que ir!

Pero Rufus estaba ocupado arrastrando un atizador y la pesada silla de escritorio al otro lado de la habitación. Con todas sus fuerzas lanzó la silla contra el compartimiento de vidrio.

Lin se agazapó y se cubrió la cara. Llovieron vidrios a su alrededor. Se asomó por entre sus brazos cuando Rufus levantaba el atizador como un bate de béisbol. Ni se inmutó cuando una astilla grande le pasó volando tan cerca que le rozó los bigotes, sino que abanicó con la barra metálica y de un golpe preciso sacó la pantufla del compartimiento.

La luz nacarada parpadeó por última vez y desapareció. El ruido se apagó y dejó un zumbido en la cabeza de Lin; la alarma se calló justo a tiempo para que sonara el chanclazo contra la pared. Un grueso silencio llenó la bóveda, hasta que Rufus empezó a dar bocanadas de aire.

—¡Ratas! —jadeó—. ¡Eso estuvo cerca! ¿Estás bien?

Se volvió hacia Lin, y le levantó la capucha para poder ver su cara. Primero se le cayó la quijada y luego el atizador.

—¿Qué te pasó en la nariz? ¿Te dio un vidrio?

Lin se tocó la nariz. Sus dedos regresaron con sangre.

—No sé.

Rufus la olisqueó.

—¡Oh, no, también te están sangrando los oídos! ¿Te duelen?

Lin se frotó las sienes. Sentía un dolor apagado en los oídos, pero al mismo tiempo un gran alivio de que el sonido agudo hubiera cesado.

—Creo que fue por el ruido.

—¿Dices la alarma?

—No, el otro ruido. El que era como un grito —dijo Lin.

—¡Eso trataba de decirte antes de que la señora Zarka arrancara la Máquina! ¡No había otro ruido!

—¡Claro que sí! —dijo Lin, confundida—. ¡Ya se calló, pero era fuertísimo!

Rufus la volvió a olisquear.

—Creo que más vale que te examine el doctor Kott, por si acaso. Hay que sacarte de aquí.

Volvió a acomodarle la capucha a Lin y la abrazó, protector. Pero antes de que llegaran a la puerta, la señora Zarka volvió a irrumpir en la bóveda, con las plumas humeando. Registró la escena y examinó las astillas de vidrio en el suelo, el líquido derramado, el compartimiento destrozado y el tubo de vidrio cuarteado. Finalmente vio la pantufla, tirada en el suelo, que a la vista de todos parecía un pedazo de cuero viejo como cualquier otro.

—¡Nit!

Nit apareció atrás de ella, arrastrando un tramo de venda.

—¿Sí, señora Zarka?

—¿De quién era esta pantufla?

Lin se quedó muy quieta. Como Nit había comentado sobre la forma peculiar de la pantufla, ella no había dado señales de reconocerla antes, y mucho menos se atrevía a reclamarla ahora.

—No… no lo sé —dijo Nit—. Uno de los recolectores la encontró hace rato en el bosque.

La voz de la señora Zarka escurría ácido.

—Desearía que hubieras pensado en informarme esto antes de ponerme a meterle un objeto desconocido a mi delicada e invaluable Máquina —picoteó hacia él con sus garras—. ¡Pedazo de idiota trasroscado! ¡Mereces que te rastrillen!

Nit inclinó la cabeza, temblando, y Lin se dio cuenta con una punzada de dolor de que él estaba esperando alguna clase de castigo. No pudo más.

—Señora Zarka, me parece que se equivoca con Nit. Usted hubiera salido gravemente herida si él no hubiera arriesgado la vida para salvarla. Es un héroe.

Nit levantó los ojos, la frente toda arrugada de asombro. Rufus mordisqueó sus borlas viendo a la señora Zarka, pero Lin apretó los labios. Prefería arriesgarse a ser descubierta que descubrir qué significaba que rastrillaran a alguien.

La señora Zarka se alzó el monóculo. Lin podía sentir la mirada de un solo ojo que trataba de atravesar su capucha.

—¿Ah, sí?

Lin se mantuvo firme.

—Sí.

—Entonces supongo que haré una excepción —la señora Zarka les dio la espalda a todos para traer unas tenazas de la chimenea. Con mucho, mucho cuidado las usó para recoger la pantufla del suelo—. ¿Qué eres? —murmuró—. No eres lo que pareces, de eso estoy segura. No tienes ninguna marca de runas, ni mejoras Tecnomágicas. Sin embargo eres mágica, tan mágica que casi arruinas mi adorada Máquina.

Se volvió hacia Nit.

—¡Manda traer a un soplador de vidrio cuanto antes! A esa Felina bonita si la encuentras. Es la mejor.

Nit se esfumó, y sin perder un instante en Lin y Rufus, la señora Zarka llevó la pantufla a su escritorio y se sentó a trabajar.

Rufus sacudió la cola.

—Lin está sangrando. Voy a llevarla con el doctor Kott.

—Sí, sí —dijo la búha, despidiéndolos con un aleteo.

—Pero tengo una pregunta antes de irnos. ¿Por qué estabas esperando a Isvan?

Eso llamó la atención de la señora Zarka. Una luz codiciosa se encendió en sus ojos verdes de plato.

—¿Isvan? ¿El Hibernalis? ¿Lo han visto?

Lin y Rufus menearon la cabeza a la vez. La señora Zarka resolló, y Lin no sabía si era porque sospechaba algo o sólo estaba molesta.

—Lo he mandado buscar varias veces. Necesito sus medidas craneales.

A Rufus se le pararon los pelos.

—¿Medidas craneales? ¿Para qué las necesitas?

—Eso es confidencial —dijo la señora Zarka—. Ni siquiera Nit tiene permitido asistirme en este proyecto. No es apto para los incultos.

Ésa fue la gota que derramó el vaso para Rufus.

—No sé por qué la Casa te dejó construir esta espantosa Máquina en el centro de Platelia, pero voy a contarles a todos lo peligrosa que es. ¡Y cómo tratas a Nit y a todos los que te rodean!

La señora Zarka cerró un ojo primero y luego el otro.

—Eso no será necesario —resolló—. Isvan no tiene nada que temer. El artefacto es para su propio bien. Además, ya fue aprobado.

—¿Ya fue… *aprobado*?

—Así es —dijo la señora Zarka—. Lo aprobó la Casa.

Cuando subieron otra vez la escalera, Rufus iba pisando tan fuerte los escalones metálicos que por poco no oyen una vocecita que les llegó de abajo.

—¡Esperen!

La frente de Nit era una gris luna creciente en la oscuridad cuando subió a alcanzarlos, con una hoja de papel apretada contra su pecho.

—Quería darte las gracias por defenderme. Es algo que nunca había hecho nadie —tragó en seco, nervioso—. Y quería decirles que Isvan sí vino ese día.

—¿El día que falta de tu libro? —preguntó Rufus.

Nit asintió.

—El 29 de septiembre. La señora Zarka me ordenó que sacara esta entrada puesto que no podíamos conceder lo que solicitaba.

—¿Por qué no? —dijo Rufus—. Pensé que la Máquina podía hacer lo que uno quisiera.

—Sí puede, pero sólo si le metes algo igual de poderoso. Y lo que Isvan quería era esto —Nit les pasó el frágil papel.

Era un dibujo de un piolet. Tenía tallas garigoleadas por todo su largo mango, y la cabeza era transparente como el hielo, grabada con el cristal de nieve de los Hibernalis. Debajo del dibujo había un nombre: Dientefrío. Permite al portador controlar la sustancia del hielo.

—El 29 de septiembre fue tres días antes de que se robara el piolet de Lass —dijo Lin.

—Se molestó tanto cuando le dije que no podía ayudarlo —Nit se rascó la nuca—. Le dije que deberíamos preguntarle a la señora Zarka, pero me tiró al suelo y se echó a correr. El mostrador quedó todo lleno de carámbanos.

—Controlar la sustancia del hielo —susurró Lin—. ¿Eso significa lo que estoy pensando?

Rufus silbó suavemente entre sus dientes.

—¡El Dientefrío es mágico!

## Capítulo Trece

El doctor Kott vivía en una parte del pueblo muy favorecida por el clan Felino, una colina alta de sinuosos callejones que dominaba la Gran Plaza. La casa del doctor estaba encaramada sobre una pequeña ampliación en la curva cerrada de una calle, y sus luces estaban prendidas bajo el letrero de un estetoscopio. Pero el buen doctor no abrió la puerta, ni tampoco lo encontraron en la casa de aguamieles de al lado, donde le gustaba ir a cenar. Bajo la elegante tipografía del letrero del Gato Rojo, Rufus se jalaba los bigotes consternado.

—¿Dónde ratas está?

Lin suspiró.

—Ya te dije que estoy bien. No me duele nada.

—Y yo ya te dije que no me importa. Vas a ver al doctor —Rufus se asomó por las ventanas de la casa de aguamieles, olisqueando—. El pescado salado en crema de chile que están preparando ya va a estar. El doctor Kott no se lo querrá perder.

Lin arrugó la nariz.

—No creo que tengamos tiempo de esperarlo.

—Él prepara todas sus medicinas en la Cámara de los Remedios, en la Casa. Apuesto mi cola a que allí es donde está.

—¡Pues tampoco tenemos tiempo de andarlo buscando por todos lados! —la irritación de Lin empezaba a salir a la superficie. Desde que le sangraron los oídos, Rufus había entrado en un frenesí de preocupación, parando cada veinte pasos a revisarle las orejas.

—Tienes razón. Pero a lo mejor podemos hacer las dos cosas —jaló a Lin hacia el cuadro de luz de la ventana de la casa de aguamieles—. Quédate aquí donde te vean los clientes del Gato Rojo. Tengo que reportar esas grietas en la Bóveda de la Máquina. Hay que reforzarlas, o toda la bodega podría venirse abajo y aplastar a alguien. Pensaba dejarte aquí con el doctor Kott en lo que iba a la Casa, pero supongo que tendré que buscarlo por allá.

—¡Entonces voy contigo!

Rufus meneó la cabeza.

—Allí está la cosa. No te puedo llevar. Los Caninos que trabajan en la recepción son sabuesos. Te olerían en un santiamén. Eso lo entiendes, ¿verdad? Claro que podrías esperarme en la Plaza, pero para el caso mejor espérame aquí, lejos de las multitudes, por si regresa el doctor.

Lin empezó a protestar pero Rufus le puso sus nudosos dedos sobre la boca.

—La gente no sangra de los oídos nada más porque sí. Necesito que veas al doctor. ¿Por favor? Tú espérame aquí, no tardo nada.

Echó a correr cuesta abajo a cuatro patas, y pronto su cola color ladrillo latigueó al doblar una esquina y desapareció. Lin cruzó los brazos y se recargó en la pared. La voz cantarina de una flauta de sauce alcanzaba a salir de la casa de aguamieles para atosigarla. Toda esta idea en realidad era inútil.

El dolor de sus oídos había disminuido a una sensación de bolitas de algodón, y su pie estaba como nuevo. Además, si el doctor Kott la examinaba, un platelino más sabría sobre la niña humana.

No lejos, sonaron cinco campanadas. Las cinco, y seguían sin tener idea de dónde estaba Isvan. Su padre siempre decía: "Si quieres hacer un plan, empieza con lo que sabes". Dentro de su mitón, Lin contó con los dedos los datos que habían recabado. Primero, la carta que encontraron en la almohada de Isvan, que podía o no haber sido la causa de su distanciamiento con Teodor. Segundo, las misteriosas mordidas que encontraron en su casa, y el hecho de que había alguien allí cuando Rufus y ella llegaron. Alguien que había huido por la escalera de atrás. Tercero, tanto a Lass como a Nit les pareció extraña la conducta de Isvan, como si estuviera asustado. Y cuarto, tanto Figenskar como la señora Zarka querían al Hibernalis por alguna razón.

Frunció el ceño viendo su mitón, pero no se lo quitó. El frío se le estaba metiendo por los pantalones, durmiéndole los muslos, y tenía que alejarse de esa flauta de sauce. Se puso a dar pasos por la callecita. *Empieza con lo que sabes*. Bueno, pues lo único que sabía con certeza era que Isvan había desaparecido en algún momento después del tres de octubre, y que quería un piolet mágico. Lo que no sabía era por qué.

Al llegar aquí arriba, había tratado de convencer a Rufus de que fueran a ver a Teodor. Pero Rufus no había querido. "No confío en él para esto", le había dicho. "De hecho, no confío en él para nada". Lin tampoco confiaba en Teodor, pero si alguien sabía algo sobre ese piolet, sería el viejo zorro. Hizo una mueca al dar otra vuelta, y se quedó helada.

No estaba sola en la calle. No lo había visto, metido en

el callejón sin alumbrar entre la casa del doctor Kott y El Gato Rojo, equilibrado en la orilla de su pedestal de piedra, inclinado hacia delante. La estatua de un niño de pelo relamido y nariz respingada. Un Girarrosa como ella, coronado de nieve vieja.

—¿Por qué no estás en la Plaza de la Nieve Eterna con los demás? —Lin quitó la nieve de su placa.

Edvard Uriarte, 1919.

En ninguna de las estatuas de los Girarrosas aparecían sus Mascotines, pero este niño tenía un cuervo a sus pies. Un pájaro cualquiera, no un Pico, y tirado de espaldas como si estuviera muerto.

—Supongo que solucionaste tu acertijo puesto que te hicieron una estatua. ¿Algún tip de dónde puedo encontrar a Isvan Hibernalis?

La estatua miraba más allá de ella bajo párpados caídos. Lin volteó a ver qué estaba mirando. Edvard Uriarte estaría escondido en las sombras, pero tenía una vista estupenda de Platelia.

Los techos nevados se extendían ante ellos, rajados por el oscuro río. Algunos barrios permanecían ocultos entre los pliegues del pueblo, pero el palacio con su cúpula al norte era fácil de ubicar, al igual que Heartworth y la Casa con sus chapiteles y el campanario. La Gran Plaza ya se iba llenando de platelinos, formados en los carritos de palomitas o los puestos de chocolate caliente, o bailado en el quiosco. Le pareció ver a Pomeroy atareado en su puesto de franjas doradas, pero no veía a Rufus entre la multitud.

De repente tuvo la sensación de que debía irse de inmediato. Fue casi como un empujón en medio de los hombros o un susurro al oído.

—Edvard Uriarte —murmuró—. Creo que quizá tengas razón.

Lin no iba a esperar a la puerta del doctor Kott. Ella era la Girarrosa, y jamás resolvería su misión si no usaba su tiempo con más inteligencia. Con el campanario y la calle principal como referencia, pronto ubicó su destino. No era nada lejos. Hasta podía ir y venir antes que regresara Rufus.

Muy satisfecha con su decisión, se cerró bien el suéter y echó a andar cuesta abajo.

No se le ocurrió voltear para atrás.

## CAPÍTULO Catorce

En poco tiempo, estaba de pie bajo el letrero de la pluma de ganso en Rinconada Hierbabuena. Había una pesada argolla grabada con un diseño de flamas en la puerta y Lin la usó para tocar. Esperó, quitó hielo de los escalones con el pie, volvió a tocar y esperó otro rato.

No abrió nadie.

¿Acaso todo el pueblo se había ido a la fiesta? Con cuidado probó la manija. Tenía llave. Pero por el vidrio rojo del vitral alcanzó a ver una luz parpadeante, y de la chimenea junto al torreón salía un hilo de humo. Estaba segura de que Teodor no habría salido de la casa dejando velas y chimeneas prendidas.

La puerta del jardín trasero estaba emparejada. Titubeó un momento antes de entrar por ella. Hizo un gran esfuerzo por no parecer una allanadora de moradas.

—¡Teodor! —gritó fuerte. Se asomó un momento al establo de Fabián y descubrió una casilla pintada de rosa con cortinas de encaje y una cuna dorada, pero Fabián no se veía por ninguna parte. El arnés con campanas estaba colgado en la pared; el trineo con las máscaras de zorro talladas estaba debajo, goteando. Así que no habían salido en trineo.

Encontró la puerta de la cocina de la casa y tocó tres veces antes de entrar.

—¿Hay alguien en casa? ¡Soy yo, Lin!

La cocina era pequeña y estaba a oscuras, pero la nieve del jardín trasero reflejaba la luz de la Vagabunda por la puerta, delineando un plato de galletas de avena y la taza de porcelana de Teodor sobre la mesa.

Lin dejó la puerta abierta por si tenía que emprender una presurosa retirada y entró sigilosamente. Se quitó los mitones y metió un dedo a la taza. El té estaba frío.

—Teodor —volvió a llamar. La única respuesta que obtuvo fue un leve *tic* del reloj de mesa en la biblioteca.

En el pasillo, Lin descubrió la fuente de la luz parpadeante: una vela en la cómoda. Ya casi se acababa, y la cera se había regado sobre el mantel. Un incendio a punto de ocurrir. Se apresuró hasta la cómoda y paró los labios para soplarle… pero no lo hizo.

Sin lugar a dudas era arriesgado ponerse a husmear en la casa de alguien que podía regresar en cualquier momento, sobre todo si ese alguien era un viejo Silvestre de pocas pulgas. Pero había venido aquí a obtener respuestas, y ya que Teodor no estaba, debía tratar de encontrar una o dos por su cuenta. Tomó la vela y entró a la biblioteca.

Los sillones proyectaban sombras negras sobre el tapete. El reloj de mesa en el escritorio mostraba las cinco y cuatro minutos. Lin levantó su luz hacia los libreros que iban de piso a techo. Debía haber miles de libros ahí, y muchos de ellos ni siquiera tenían título en el lomo. Sacó uno al azar, que dejó un rastro en el denso polvo del entrepaño. Estaba impreso con una tipografía anticuada que no podía leer. No servía.

—Invita a tu cerebro a la fiesta —murmuró para sí. ¿Dónde guardaría Teodor los libros sobre objetos mágicos o la tradición de los Hibernalis? ¿Libros que quizá querría mantener ocultos tanto de ella como de Rufus? No sería en el cuarto donde la dejó sola en repetidas ocasiones esa noche, para ir por leche y ropa caliente y a revisar algo en...

El torreón.

La cera derretida de la vela se le chorreó sobre la mano cuando subía la escalera.

—¿Teodor? ¿Estás aquí arriba? —pero tenía el presentimiento de que no estaba, así que sólo murmuró. Cuando pasó a la niña girarrosa del cuadro, de pie en el umbral en la oscuridad, asintió en silencioso reconocimiento.

El cuarto del torreón tenía ventanas en todas direcciones, tres redondas y una cuadrada. Bajo cada una de las ventanas redondas había un símbolo de tres hojas tallado en la pared, el mismo que había visto en la Mansión Hibernum y en el reloj de mesa. Los símbolos que daban al este y al sur estaban cuarteados y manchados de tizne, y sólo el que daba al norte se veía limpio y entero.

Bajo la ventana cuadrada que daba al campanario y el lago más allá, el ancho alféizar hacía las veces de escritorio. Sobre él había un solo libro, un grueso volumen con pastas de piel. Lin dejó la vela y levantó el libro con cuidado.

El título en la primera página era *El libro de la Escarcha y la Flama*. En la siguiente hoja había un pequeño poema, en hermosa letra manuscrita.

Por siempre atado, por siempre jurado
A los Reinos de la ruina
Escarcha y Flama

La misma alma

Guardianes ocultos del Sueño y la Espina.

Debajo del poema había dos símbolos dibujados, uno arriba de otro. Lin los había visto antes. El de abajo mostraba tres flamas rampantes, justo como el vitral de la puerta de Teodor. El símbolo de arriba mostraba tres carámbanos azules, como la ventana en la mansión Hibernalis. Encajaban perfectamente. ¿Cómo se le había pasado eso?

Hojeó el primer capítulo. Escarcha y Flama era el nombre de una orden secreta fundada hacía casi mil quinientos años con el juramento de defender a los Reinos. Los siervos de la Escarcha eran guerreros llamados los Jinetes de la Escarcha. Su misión era proteger las caravanas y las granjas fronterizas, las murallas y los pasos montañeses, y en caso necesario, dar su vida por los demás. Los miembros de la Flama se llamaban los Custodios de la Flama. Llevaban la crónica de todo lo que pasaba en los Reinos, pero también eran maestros rúnicos, lo que parecía ser alguna clase de hechicero.

Lin bajó el libro, con los ojos desorbitados.

Teodor era el cronista en jefe de Platelia. ¿La pintura en el vitral de la puerta de Teodor significaba que era un Custodio de la Flama? De ser así, el viejo Silvestre sabía magia. Y esas tres hojas de los símbolos tallados: ¿no serían lenguas de fuego rampantes? ¡Rufus se iba a fascinar con todo esto!

Abajo en la biblioteca, el reloj de mesa marcaba los segundos. Con una punzada, Lin se imaginó a Rufus llegando a casa del doctor Kott sólo para encontrar la calle vacía. Era una necedad de Rufus no querer venir aquí, pero no quería que se preocupara. Dejó que el resto de las páginas corrieran por sus dedos. A la mitad, sintió que el flujo se detenía, y cuando vio qué lo había causado, se quedó sin aliento. Al final del capítulo sobre los artefactos de los Jinetes de la Escarcha, leyó:

"Algunos cuentan este piolet mágico entre las reliquias de los Jinetes, pero se equivocan. En realidad, pertenece a nuestros antiguos miembros, los Hibernalis de Platelia. El piolet, que lleva el nombre de Dientefrío, no sólo es un arma de defensa sumamente poderosa. También abre el sagrado Pozo Hibernalis".

La siguiente página había sido arrancada.

Lin sacó la ilustración que Isvan había llevado a la Bóveda de la Máquina. Coincidía.

—Así que también estuviste aquí, Isvan —murmuró Lin. Seguro que se había metido al torreón cuando Teodor andaba fuera, porque Lin estaba segura de que él jamás habría permitido que alguien dañara sus libros.

—Lástima, viejo zorro, que tampoco estés aquí para ver esto —arrancó la otra página y se guardó las dos en el bolsillo derecho—. ¡Un punto para la señorita Rosenquist!

En alguna parte de la casa se oyó un leve crujido.

Lin se sobresaltó y tiró la vela, que cayó del escritorio y se apagó, lo que le dejó sólo a la Vagabunda para alumbrarse. Llegó a tientas hasta la escalera.

—¿Teodor? ¿Eres tú?

Bajó rápido los escalones, muy tentada a salir corriendo a la cocina y de ahí al jardín trasero. Pero ya se había delatado, así que tal vez sería mejor tratar de dar explicaciones. Titubeó a la entrada de la biblioteca. Allá junto a los sillones, le pareció percibir un movimiento.

—Yo… encontré abierta la puerta de atrás, y sólo quería hablar contigo…

Las brasas de la chimenea chisporrotearon y se avivaron,

pero no hubo respuesta. Lin caminó despacio hasta los sillones, y allí descubrió lo que habían ocultado desde que entró a la casa.

El portafolios de Teodor, que él tanto había protegido, estaba tirado en el suelo. Había una carta medio salida de la cubierta levantada. Estaba dirigida a Teodor y ya había sido abierta. Lin la sacó con cuidado de su sobre y la leyó. Mientras leía, la sangre se le fue de los dedos y los labios.

Querido señor Teodor:

Muchas gracias por su carta, y por haber superado sus dudas sobre mi trabajo. Hemos perdido demasiado tiempo peleando cuando deberíamos estar uniendo fuerzas por el bien de Platelia y de todos los Reinos. Permítame proponerle una solución de Tecnomagia al conflicto Hibernalis.

Para otro cliente, he estado trabajando en un diseño inspirado en el clásico Extractor de Espinas de Heidelsneck. Pero he mejorado el implemento de modo que le quede al niño en vez de al pecho de un gorrión. Cuando las púas estén cargadas, la tensión Tecnomágica deberá hacer salir la sabiduría Hibernalis que está encerrada en su mente.

Para ahorrar tiempo, quizá lo mejor sea que me mande al muchacho de inmediato para tomar correctamente las medidas de su cráneo. Adjunto mis dibujos.

Siempre su segura servidora,
Rosana Zarka

Lin se hundió en el sillón más cercano. Apenas podía respirar.

El primer dibujo estaba titulado "Extractor de Espinas" y mostraba a un gorrioncillo atrapado en un espantoso artilugio, un anillo metálico con tres delgadas espinas que se clavaban en su pecho. La sangre escurría por las espinas y pasaba por una serie de tubos y frascos conectados, hasta que acababa en una botellita de vidrio abombada convertida en un líquido negro y espeso.

El segundo dibujo se titulaba "Pinchacerebros" y mostraba un casco con bandas delgadas, muy parecido al que la señora Zarka se había puesto para operar la Máquina. Pero en vez de ventosas, éste tenía tres púas largas y filosas apuntadas hacia el centro.

El tercer dibujo mostraba cómo usar el casco. Estaba sujeto con correas a la cabeza de un niño, con las púas clavadas a su cabeza. El niño estaba mordiendo un pedazo de hule. Tenía los ojos en blanco, pero estaba sentado erguido, escribiendo en un papel.

El horror corrió por las venas de Lin. ¿Éste era el experimento secreto de la señora Zarka? ¿Y Teodor lo había ordenado? Rufus tenía toda la razón de no confiar en él. ¿Isvan habría visto esta carta? ¡Con razón le tenía miedo a su supuesto tutor!

Lin acababa de recuperar el aliento cuando una voz sonó detrás del sillón. Era sedosa en la superficie, pero tan fría en el fondo que la espalda de Lin se llenó de hielo.

—La pequeña Lin. La pequeña *Rosenquist*, ¿mmm? Así es, oí tu pequeño grito de victoria allá arriba y ahora ya sé tu nombre completo. ¡Pero no estés tan aterrada! ¡Ven con Figenskar!

Y la oscuridad cayó del techo y atrapó a Lin como un ratón en la ratonera.

## Capítulo Quince

No había salida.

Lin se puso a patalear pero sólo sentía una tela áspera que la rozaba. Era un costal, se dio cuenta. ¡Un costal de yute tan grande que cabía dentro!

Algo le pegó en el hombro y la tiró. Allá junto a sus pies vio un atisbo de luz que debía ser la apertura. Pero cuando Lin se estaba dando la vuelta para tratar de alcanzarla, se cerró de un fuerte tirón.

Polvo y fibras se le atoraron en la garganta, y sus gritos de auxilio salieron como estúpidos graznidos. Apenas si los oía ella misma, sus latidos le retumbaban en la cabeza. El costal se volvió a abrir y aparecieron los dientes de aguja color azul crepúsculo de Figenskar.

—¡Tranquila, muchachita!

La sujetó y le amarró las manos muy fuerte. Luego sacó un trapo arrugado, salpicado de alguna especie de licor negro ya seco, y lo empujó contra los labios de Lin. Olía dulce y empalagoso, con un dejo de licor. Figenskar le pellizcó la nariz con dos dedos y cuando tuvo que abrir la boca para respirar, le metió el trapo a la fuerza.

Ladeando la cabeza, inspeccionó su trabajo.

—¿Qué hacías merodeando en la casa del cronista en jefe? ¿Buscando señales de Isvan, mmm? ¿Encontraste alguna?

Lin lo fulminó con la mirada.

—¿Te comió la lengua el ratón? No te preocupes. Ya tendrás oportunidad de contarlo todo —la sonrisa de Figenskar creció y se endureció—. Así es, pequeña Girarrosa —murmuró, y echó hacia atrás el chaperón de Lin para poder ver su cara—. Quizás ahora no lo creas, pero vas a hablar. ¡Todos cantan ante el Margrave!

¡El Margrave! Lin dio un gemido en el trapo. ¿Figenskar sabía algo de la profecía de la canción? Su expresión satisfecha fue lo último que vio antes de que el Felino le cerrara el costal sobre la cabeza.

Los tres escalones de la puerta trasera de Teodor se estrellaron sin piedad en la espalda de Lin. Luego sintió que la subían a algo duro. El aire helado se colaba por el tejido del costal.

—Vamos a dar un paseíto vespertino —Figenskar gruñó junto a su cabeza—. Pero primero quiero que sepas lo que va a pasar si sigues chillando o berreando o si tratas de llamar la atención de cualquier forma. Una noche, cuando ya te hayas ido, voy a visitar la cuevita inmunda de Rufus en el callejón de la Puntada. Es rápido, no lo niego. Pero yo soy un Felino y un cazador. Puedo ser más silencioso que el primer rayo de luz al amanecer. Voy a acercarme hasta su patético bolsillo y me voy a tomar mi tiempo para encontrar el punto más débil de su cuellito de Roedor. Y con un simple mordisco… Control de plagas. ¿Me entiendes?

Lin se quedó muy quieta. Entendía, pero no podía creerlo. ¿No había dicho Teodor que sólo vivían en Platelia las criaturas que habían sido amadas por un niño? ¿Quién rayos podía haber amado a este gato tan nefasto?

La oscuridad se volvió más densa cuando le echó un grueso cobertor encima. Poco después oyó el sonido de nieve bajo patines. Un trineo, entonces. El pavor se le hizo un bulto en la garganta. ¿Cómo iba a rastrearla Rufus si no había pisadas en la nieve? Y ahora que lo pensaba, ¿cómo sabría siquiera dónde empezarla a buscar?

Iban rápido, siempre cuesta arriba. Lin venía oyendo el rechinido de las botas de Figenskar en la nieve, tratando de adivinar a dónde la llevaba. Varias veces oyó voces, aunque ninguna lo suficientemente cerca como para que sirviera de algo. Pero por fin alguien gritó, no lejos del trineo:

—¡Figenskar!

¡Lin conocía esa voz cortante! Era Lass la recolectora. El trineo y los pasos se detuvieron.

—¿Un paseo vespertino? —dijo la Canina. Ahora estaba muy cerca. Lin podía oír sus jadeos con la lengua de fuera justo arriba de su cabeza.

—Un paseo, sí —dijo Figenskar con tranquilidad—. ¿Qué se te ofrece, recolectora?

—Quiero darle su parte de lo recolectado a Ursus Minoris, pero se las ingenió para desaparecer del mapa de camino a la Bóveda de la Máquina. ¿Lo has visto?

—Me temo que no.

—Ya fui a la bóveda. Estaban limpiando, tuvieron no sé qué accidente. Yo estaba segura de que era obra de Minoris, pero Nit me dijo que nunca llegó.

—No me digas —dijo Figenskar.

—Y ni te creas que eso es lo único raro que está pasando. Estuve platicando con Ronia en la Croqueta Coqueta.

Me contó que hace rato dos clientes distintos vieron un resplandor azul en el torreón del viejo Teodor. Y luego él salió corriendo de la casa, mirando hacia las montañas como si hubiera visto una Pesadilla. ¡Y se montó en su caballo y se fue galopando hacia el bosque!

Figenskar no respondió. Su cola azotaba el trineo.

Dentro del costal, el corazón de Lin latía con fuerza. ¿Qué pasaría si gritaba pidiendo auxilio? Lass la oiría, con todo y el trapo. Pero Figenskar sabía dónde vivía Rufus. Había ido, incluso, puesto que sabía lo de su bolsillo para dormir. Y había prometido matar a Rufus si ella no se quedaba callada. No, no se podía arriesgar.

Lass bostezó.

—Bueno. Pues seguiré buscando. Nos vemos en la Plaza —la nieve crujió bajo sus pies cuando se dio la vuelta para irse. Pero de pronto se detuvo y resopló.

—¿Por cierto, qué traes en tu trineo? Si quieres te ayudo a jalarlo hasta la cima. Es una buena subida hasta el Observatorio.

Algo rozó el pie de Lin, y el pesado cobertor se levantó un poco. Un delgado filo de luz brilló a través del yute en alguna parte junto a su rodilla izquierda, y por un momento Lin pensó que estaba salvada. Pero Figenskar volvió a alisar el cobertor con brusquedad.

—Una sorpresa —ronroneó—. Para la Noche Vagabunda. Más vale que yo me encargue, ¿mmm?

Lass titubeó otro momento, pero se despidió y se fue rápido.

—Bien hecho, pequeña Rosenquist —siseó Figenskar suavemente—. Te quedaste calladita. Debes querer a tu Roedor más de lo que se merece.

Caminó en silencio un rato antes de agregar:

—No te puedes imaginar el gusto que me dio encontrarte allí esta tarde. En una de ésas, me sirves para salvar mi trato y mi pellejo. Estoy seguro de que serás del agrado del Margrave. Después de todo, tú y él tienen mucho en común. Son parientes, ¿mmm?

Lin se estremeció. Apenas caía en la cuenta de que el Margrave del que hablaba Figenskar no era otro nombre de la Vagabunda, sino una persona. Y por la tensión en la voz de Figenskar, el Felino le tenía miedo.

—¿Ah, no lo crees? —la risa de Figenskar tenía un timbre crispante—. Bueno, pues ya lo verás tú misma dentro de poco.

Lin no respondió, pero en la oscuridad del costal de yute, se preguntaba: ¿Ver qué? ¿Cómo podía ser pariente suyo alguien en Platelia?

El aire cambió. Era más fresco y ya no iba cargado de humo de leña. Lin le daba vueltas a lo que Figenskar había dicho sobre el Margrave, pero sin más información, no podía hacer encajar las piezas. Mejor concentró su atención en un detalle que sí pudiera usar. Cuando Lass levantó el cobertor, se había filtrado luz al costal. Quizá Lin no pudiera huir sin poner en riesgo la vida de Rufus, pero había una rotura en el costal, y eso cambiaba todo.

Buscó a tientas con las manos amarradas hasta que descubrió el agujero. Era pequeño, pero bastaría. Centímetro a centímetro sacó con los dientes el viejo cordón de la jareta del cuello de su suéter y le hizo un nudo doble. La señal de los cazatroles para decir: "Aquí estoy". Aguantando la respiración, sacó el cordón verde por la rotura. Oyó los pasos rechinantes y los patines deslizándose y su pulso que le zumbaba en los oídos, pero ninguna señal de que Figenskar se hubiera dado cuenta. Ahora lo único que podía hacer era esperar que Rufus encontrara su mensaje.

Se detuvieron. Lin pensó que debían estar cerca de algo enorme, porque sintió que se cernía sobre ella, a la vez robando el sonido y lleno de leves ecos. Una puerta se abrió con un rechinido. Figenskar la bajó arrastrando del trineo y cruzó dos puertas antes de soltar el costal en el suelo con una risita.

—Éxito.

Lin se dio cuenta por la tersura de esa única palabra de que había alguien más en la habitación con ellos.

—¿Éxito? ¿El jefe encontró al Hibernalis? —la voz del desconocido era fuerte y estridente.

—No. Pero atrapé a una Girarrosa y creo que va a funcionar perfecto. Niño frío, niña tibia, no hay gran diferencia. ¿Cumpliste con tu pequeño encargo?

—Pequeño encargo —dijo la voz estridente—. Sí. Ya está quebrada. Muerta y destruida.

—Excelente —dijo Figenskar—. Yo mismo acabaré con la última más tarde. Teriko, mi fiel lugarteniente. Puedes preparar el arcón y quemar la evidencia. La Operación Corvelie sigue adelante.

—Sigue adelante —dijo el que se llamaba Teriko—. ¡Es un genio, jefe!

—Los platelinos no van a saber ni qué les pegó —alardeó Figenskar—. En cuanto a esta pequeña pielcalva… —le dio a un empujoncito a Lin con la punta de la bota—, que madure en lo que acabamos nuestros preparativos. Métela a la jaula.

—¿A la jaula? Estupenda idea, jefe. Allí se estará quietecita —gañó el desconocido.

—Recuerda, pequeña Rosenquist —ronroneó el gato al oído de Lin—, estás atrapada, como gusano en el anzuelo, así que ya mejor ni te retuerzas, ¿mmm? Esto es el Observatorio. Ahora estás en mi casa.

Lin fue arrastrada nuevamente, esta vez con violentos jalones, por una larga escalera que bajaba y luego por un túnel empedrado. Para cuando volvieron a parar, le dolía todo el cuerpo. Oyó un tintineo de llaves, seguido por un clic ronco que hizo eco en los muros.

El costal se abrió, y en lo que Lin batallaba por salir del yute, metal chocó con metal. Ella se sentó, parpadeando.

Estaba atrapada en una jaula dentro de una cueva. Antorchas humeantes iluminaban el suelo, que estaba sucio como un establo descuidado y apestaba aún peor. Perchas de tronco de árbol entrecruzaban la jaula, y en el centro colgaba una gorda cadena oxidada que acababa como a seis metros del suelo. Sujeto a la cadena con una cuerda gruesa estaba el único objeto limpio de toda la cueva: un espejo grande y resplandeciente.

Justo enfrente de Lin había una puerta de barrotes metálicos, y desde afuera, un ojo perfectamente redondo la miraba con fijeza. Estaba junto a un pico largo y plano que se doblaba de manera brutal en la punta, rodeado por brillantes plumas azules, verdes y amarillas. El lugarteniente de Figenskar era un perico.

—¡Qué muchachita tan suertuda! —graznó el perico—. No a cualquiera le prestan el hogar dulce hogar de Teriko —metió una garra entre los barrotes. Lin se echó para atrás.

—Vamos, vamos, pielcalva. Teriko le va a destapar la boca. ¿O le gusta el sabor a trapo?

Con la cabellera sudando, Lin dejó que el pájaro le sacara el trapo de la boca. Se llevó las manos atadas a la mandíbula, tosiendo y escupiendo. El perico le dio la espalda y se fue dando saltitos hacia el arco rocoso que era la salida de la cueva.

—¡Espera! —dijo Lin con voz ronca—. ¡No me dejes aquí! ¡Tengo que cumplir mi misión!

Teriko volteó a verla con un ojo fijo y abrió mucho el pico.

—¡Misión! ¡Tu estúpida misión!

—¡Pero es importante! ¡Soy una Girarrosa! ¡Rufus sabe, pregúntale! ¡O a Teodor!

—Teodor —el pájaro escupió. Y con eso se fue, salto, roce, salto, roce, barriendo la grava con las plumas de la cola.

Lin pateó los barrotes de la jaula y le gritó:

—Platelia está en peligro. ¡Tienes que dejarme salir! —pero por respuesta oyó un pesado portazo a lo lejos.

Las piernas se le doblaron. No soportaba acostarse en el piso incrustado de suciedad. Así que se puso en cuclillas y ocultó su rostro en las manos que le punzaban.

Rufus jamás la encontraría, refundida en este maldito calabozo. Nadie sabía dónde estaba, más que un Felino malévolo y un perico sangrón. Y nadie sabía dónde estaba Isvan. No habría una estatua con su nombre. Jamás volvería a ver Lomaverano ni a sus padres. En cambio, vería al Margrave, que había tomado su nombre de una estrella y que asustaba hasta a Figenskar.

—Lo siento —murmuró Lin, y era cierto. Sentía haberse ido sin avisarle a Rufus. Sentía haberse enojado tanto cuando se cambiaron a Villavieja. Pero sobre todo, sentía tantísimo no haberse quedado a probar el arroz con leche de su madre.

## CAPÍTULO Dieciséis

Dos voces agitadas se abrieron paso por el corredor incli-nado hacia la cueva del perico, acompañadas de pasos rápidos.

—¡En serio, Mirja, espero que te des cuenta de lo impro-bable que suena lo que dices!

—¡Pero es verdad! Yo estaba formada en el balcón de la Memoria, que está junto al Consuelo, ¿no?

—Sí, pero...

—Allí es donde la vi. En el espejo del Consuelo. Una niña humana, toda despeinada y con un suéter viejo.

—No es raro que los niños humanos anden despeinados y de suéter.

—Pero, Marvin, estaba sentada en el fondo de una jaula gigante y sucia justo como la de Teriko, aquí mismo, abajo del Observatorio.

—La jaula del Observatorio no es de Teriko —resopló Marvin—. Una vez encontraron allí atrapado a un auténtico Halcón Estrella. Ya llevaba mucho de muerto, no quedaban más que plumas y huesos, pero su jaula aún es un sitio mági-co. Sólo puede entrar el inspector en jefe.

—Pues será el sereno —dijo Mirja—. Pero ahora es de Teriko, está llena de su suciedad y sus trastos. Yo entregué el vidrio para su espejo, así que la vi.

—Ah —dijo Marvin, menos seguro.

—Naturalmente, ver a una niña en esa jaula me horrorizó. Me levanté para ver mejor. ¡Y cuando me asomé sobre el barandal del balcón la vi no en uno, ni en dos, sino en cuatro espejos mágicos! Estaba acuclillada en el suelo, la pobre. De pronto se le saltaron los ojos de sorpresa, o de dolor. Y luego todos los espejos se pusieron en blanco.

Marvin carraspeó.

—Estoy de acuerdo que eso estuvo raro, pero los espejos se volvieron a encender de inmediato. Seguro fue una fluctuación natural de la magia. Nos dijeron que eran muy comunes en la Noche Vagabunda.

—Tonterías. Hasta yo sé lo que significa cuando un niño humano aparece en varios espejos a la vez.

—Significa que está en graves problemas —dijo Marvin sin aire.

—Exacto.

Caminaron en silencio un momento y luego Marvin dijo:

—De todas formas, seguro que era otra jaula. No hay niñas humanas en Platelia.

—¡Hoy tenemos una! Hace ratito vi a una desconocida encapuchada en el Waffleamor, vestida de suéter. No olía a Mascotina. Olía a niña. Te lo digo en serio, llegó una Girarrosa.

—Pero ¿qué iba a estar haciendo acá abajo?

—Yo sé lo que vi.

Alguien se resbaló con una piedra suelta y Marvin se quejó:

—Cómo quisiera que hubieras anotado el nombre de la chica.

—Creo que empezaba con L. ¿Laura? ¿Liesl? Pero no entendí su apellido.

—Válgame. Sólo espero que el señor Figenskar no se entere de que agarramos sus llaves para bajar aquí. Se enoja que da terror...

Dos personas aparecieron en la apertura de la cueva. Uno era un conejillo de Indias con anteojos de carey, un chaleco rojo de lana y largos flecos aplacados con brillantina. La otra era la Felina bonita del Waffleamor. Ambos pararon en seco cuando vieron la jaula.

—¡Ya no está! —dijo Mirja—. Estaba sentada justo allí...

—Esto está muy mal —chirrió Marvin, probando una llave tras otra de un llavero atiborrado—. Muy pero muy mal.

Sonó el clic ronco, y Marvin se adentró unos pasos en la jaula. Con las manos temblando, levantó algo del suelo, lo acercó a la luz de la antorcha y se enderezó las gafas.

—Pero si esto es... ¡Válgame el cielo!

Soltó el objeto y salió corriendo de la jaula. Sus piecitos golpetearon por el corredor como baquetas. Mirla se dio la media vuelta y corrió tras él.

Había vidrios rotos por todo el piso de la jaula. La astilla más grande, la que Marvin había levantado, goteaba sangre roja y fresca.

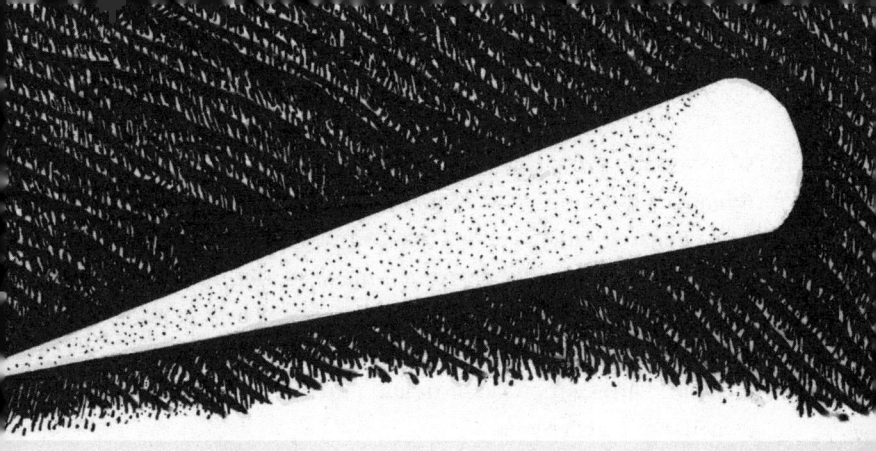

## Capítulo Diecisiete

La puerta en la cima de la escalera se cerró de golpe. Lin soltó una exhalación larga y entrecortada. Su intención era mostrarse a los dos Mascotines y suplicarles que la salvaran de Figenskar. Pero cuando entraron a la cueva, no pudo. En su cabeza seguía oyendo el siseo engreído de Figenskar: "Ahora estás en mi casa". Marvin trabajaba para él. ¿Qué tal que la volvía a llevar derechito a sus garras?

Así que guardó silencio mientras colgaba muy por encima de ellos, agarrada de la cadena que cargaba el espejo de Teriko. O lo que quedaba del espejo de Teriko: un burdo marco de metal con algunos pedazos de vidrio en las orillas.

Cuando estaba acuclillada en el piso, Lin había oído nítidamente un tañido, como si hubieran sonado un gong a lo lejos. Al voltear había notado algo en el fango, al fondo de la jaula: una piedra cubierta de caca de perico. Casi sin pensarlo, la había tomado, sopesado y lanzado contra el espejo.

En su primer intento, el espejo se cuarteó. En su tercer intento, el vidrio se hizo mil pedazos que llovieron al suelo. Lin cortó la cuerda de sus manos con la astilla más grande. Pero cuando las voces de Mirja y Marvin sonaron en el túnel, se sobresaltó tanto que también se cortó la muñeca. Aún no tenía idea de cómo había logrado trepar de percha en percha hasta llegar al espejo con las manos resbalosas de sangre.

Lin miró la percha de tronco más cercana, resbalosa de excremento. No estaba para nada convencida de que pudiera volver a saltar tan lejos, y era una caída de seis metros hasta el suelo. Pero si quería salir de esa jaula, no le quedaba más remedio que arriesgarse.

En el mismo instante en que tomó la decisión, se oyó otra vez el portazo.

—¡Pero, señor Figenskar! ¡Le aseguro que ella ya no estaba cuando llegamos!

Era imposible, no le daría tiempo de bajar y alcanzar a salir. A menos que… Lin volteó hacia arriba. El resplandor rojo de las antorchas no llegaba hasta la parte superior de la jaula. Quizás esa oscuridad fuera lo suficientemente profunda para ocultarla.

Usando las piernas para impulsarse y su brazo bueno para agarrarse, empezó a subir. Las voces se acercaban con rapidez, la de Marvin empalagosa y preocupada, la de Figenskar profunda y furiosa, y justo cuando Lin pensó que más le valía dejar de trepar, su cabeza pegó contra algo duro. Había llegado al final de la cadena.

Abajo muy lejos, Figenskar entró al círculo de luz con una linterna en la mano, y Marvin detrás. Encorvado, el inspector en jefe caminó entre las astillas de espejo, alumbrándolas con el rayo blanco. Sus botas hacían ruidos de succión en el fango.

—¿Quién rompió el espejo? —dijo tan quedo que Lin por poco no lo oía—. ¿Fuiste tú, *Roedor*?

—¿Qué? ¡No! Ya estaba hecho pedazos cuando llegamos.

Figenskar volteó y echó el rayo de la linterna directo a la cara de Marvin.

—¿Y esperas que te crea? ¿Después de que abandonaste tu puesto, después de que bajaste aquí cuando expresamente te lo había prohibido?

—¡Es verdad! —chilló Marvin, encogiéndose contra los barrotes—. ¡Se lo juro!

Figenskar lo fulminó con la mirada un largo y cruel momento antes de regresar su atención al vidrio. Levantó la astilla ensangrentada y le pasó una garra por el filo.

—No puede andar muy lejos. Qué suerte que te encontraste a Teriko en el corredor, ¿mmm? Ella no puede haberlo pasado.

Figenskar olfateó el suelo de la caverna afuera de la jaula.

—¡No veo sus huellas por ningún lado, Roedor! ¡Busca sus pisadas en el túnel!

—Está muy oscuro, señor Figenskar. Mi visión nocturna ya no es lo que era.

—¡Pues llévate una de las antorchas, por todos los inviernos!

Lin se quedó con la boca abierta. ¡Las antorchas! Había por lo menos veinte a lo largo del muro, y todas echaban humo negro. El aire de la cueva debería estar saturado de humo, pero no lo estaba. Eso sólo podía significar que el humo estaba escapando por algún lado. Quizá después de todo sí había otra salida.

Volteó a ver las burdas rocas del techo con ojos entornados. El final de la cadena colgaba de un gancho. A la izquierda había una rugosidad, de tamaño suficiente para ocultar una grieta. Se asomó.

¡Un punto para la señorita Rosenquist!

No era una grieta, era la entrada a un túnel. Mejor aún:

dentro del túnel, alcanzaba apenas a distinguir el primer peldaño de una escalera.

Lin se estiró lo más que pudo. Sus dedos se apretaron alrededor de la barra metálica. Podía hacerlo. Había trepado hasta las ramas más altas del guindo afuera de su ventana en Lomaverano cientos de veces; podía hacer esto. Sin pensarlo dos veces, se soltó de la cadena y se lanzó hacia la escalera.

Fue un terrible error.

Su mano herida no pudo soportar su peso. Se le resbaló y con eso bastó para que ella quedara colgando chueca del techo, a casi diez metros del suelo. Su repentino salto puso a temblar la cadena y el marco del espejo se mecía para adelante y para atrás sobre la cabeza de Figenskar con movimientos diminutos.

El inspector en jefe estaba agachado recogiendo astillas del piso. Volteó las orejas para atrás como si quisiera ubicar un ruido molesto. Movió la cola. Lin se retorció esperando el "mmm".

Pero no llegó. En vez de eso, volvió a llamar a Marvin a la cueva.

—¡Alerta a todo el personal! Diles que se llama Rosenquist. Lin Rosenquist. Ya sabes qué hacer.

—Sí, señor Figenskar —Marvin se empujó las gafas para atrás; se veía muy aliviado de poder salir de allí.

—¡Espera! Primero dame mis llaves. No quiero más intromisiones.

—Sí, señor Figenskar.

Marvin se acercó con cautela a su jefe y le tendió las llaves. Pero antes de que Figenskar pudiera tomarlas, el conejillo de Indias retrajo la mano y se tocó el cuello, como si algo le picara. Lentamente, volteó su ancha cara para arriba, directo hacia

Lin. Ella pensó que iba a dar un grito de alarma, pero lo que hizo fue dar un salto cuando algo oscuro le salpicó las gafas.

Sangre de la cortada de su muñeca.

Figenskar siseó y volteó de inmediato con su linterna. El rayo subió por el muro de la cueva como un reflector hambriento.

De pronto, Lin encontró la fuerza que necesitaba. Ignorando el dolor, levantó su peso para alcanzar el siguiente peldaño de la escalera. Y el siguiente, y el siguiente.

Justo cuando pasó la luz de la linterna, encogió las piernas al interior del túnel. Aferrada a la escalera, apretó su brazo herido contra su pecho.

No tenía manera de saber si Figenskar la había visto o no. Pero de muy abajo le llegó un gruñido terrible.

## Capítulo Dieciocho

A Lin no se le ocurrió contar los peldaños desde el principio. Pero el túnel era tan oscuro que sentía que estaba subiendo a la nada. Contar le daba la sensación de que iba a alguna parte. Alcanzó la siguiente barra de metal y se impulsó con las piernas.

Treinta.

El brazo herido le quemaba de dolor. Un aire frío y lleno de humo subía por el pozo estrecho, y helaba las piernas tiesas y temblorosas de Lin. Apoyó la cabeza en la roca. Abajo, un círculo rojo marcaba la entrada a la jaula del perico, donde ya todo estaba tranquilo. Quizá Figenskar no supiera por dónde se había salido. O quizá supiera dónde acababa el túnel y estuviera allí esperándola, como el gato de Lomaverano junto a su ratonera favorita. Pues si así era, ni modo. Lin no podía hacer nada más que seguir subiendo.

Al llegar a cuarenta y tres, la escalera terminaba y el túnel se partía en dos. Un lado seguía hacia arriba con la corriente. El otro torcía hacia un lado, y terminaba en un resplandor rosado. Lin se metió arrastrando al túnel lateral y se acostó un momento, para estirar sus adoloridos miembros y examinar la cortada en su muñeca.

Tenía un pedazo de vidrio clavado en la herida. ¡Con razón le dolía! Lin se sacó la astilla y la tiró en el suelo. La cortada empezó a sangrar otra vez, pero le dolía menos. Animada, se fue gateando hasta el final del túnel.

La apertura estaba cubierta por una tela pesada. Cedió al toque de Lin, y dejó entrar un atisbo de luz y el crepitar de una chimenea. Ella esperó, escuchó. Nada más que el chisporroteo y siseo del fuego.

Lin volvió a subirse la capucha, se bajó hasta el piso y se acercó poco a poco por la pared para asomarse por debajo de la cortina.

Ningún Felino acechante a la vista. Sólo una oficina grande de yeso encalado con una chimenea, un cofre pequeño, un escritorio con un gramófono antiguo, y dos puertas. La luz dorada de la lámpara iluminaba un letrero junto al gramófono: Inspector en Jefe Figenskar. La cortina resultó ser un tapiz de un pájaro blanco surcando un cielo de tonos descoloridos de rubí, rosa y escarlata. Si no lo supiera, Lin jamás habría adivinado que ocultaba la entrada de un túnel.

Atravesó el cuarto y pegó la oreja a la primera puerta. Voces amortiguadas, urgentes, a lo lejos. Detrás de la segunda puerta sólo había silencio, y la madera se sentía fresca contra su piel. En un charco de agua junto a la entrada había un hilo de yute raído. Seguro que por aquí la habían metido, lo que quería decir que por aquí era la salida.

Con la mano en la manija de la puerta, Lin se detuvo. Figenskar había estado buscando a Isvan. Lo necesitaba para alguna clase de operación secreta, algo relacionado con el Margrave, algo que les iba a *pegar* a los platelinos. Y ella estaba aquí, en la oficina de Figenskar. ¿Qué clase de Girarrosa dejaría ir una oportunidad así? Con las piernas tiritando, se dio la media vuelta y se alejó de la salida.

Se encontró con que los cajones del escritorio estaban vacíos. No había un solo papel en ellos. Pero el montón de cenizas en la chimenea se veía sospechosamente grande. "Quemar la evidencia", le había dicho Figenskar a Teriko. Lo que fuera que estuvieran planeando, iba a pasar pronto.

Lin encontró un atizador y comenzó a remover las brasas.

Aunque había sido obediente, Teriko también había sido descuidado. Debajo de las cenizas, un objeto había sobrevivido a las llamas: un pequeño y delgado cilindro de cuero con un ave de presa grabada. La tapa de metal estaba demasiado caliente para tocarla, así que Lin dejó el cilindro a que se enfriara en el borde de la chimenea.

A un lado del fuego había un cofre de madera tallada. También llamado arcón. Figenskar además le había dicho a Teriko que podía *preparar el arcón*. ¿Qué tenía esta cosa? Lin empujó la tapa, pero no la pudo levantar. Se asomó a la bocallave vacía, pero no tenía idea de cómo forzar una cerradura. Aquí no iba a ganar puntos.

El último objeto en ser examinado fue el extraño gramófono. La bocina era negra y en la tornamesa había un disco extraño, gordo con canales ondulados y cuentitas de vidrio en la orilla.

Lin giró la manivela. No pasó nada. Sentía que faltaba algo, algo que debía entrar en un pequeño agujero chamuscado a un lado del aparato. Pero luego su mano rozó la aguja, y con un toquecito eléctrico se encendió con luces rojas y el brazo se colocó sobre el plato giratorio.

El chirrido de la aguja cuando se insertó en el disco le puso a Lin la piel de gallina. O quizá fuera la voz que salía de la bocina. Profunda y jadeante, sonaba plana y de algún modo muerta entre la fuerte estática que se comía pedazos de las oraciones.

—Figenskar —chirrió la voz—. La profecía dice que mi elíxir... hecho del Niño de Hielo. La adivina cantante... advertencia a Vulpes de Lucke... No debe ver la canción. Intercepta al halcón mensajero... Tráeme al niño. En la Noche Vagabunda, tendré a las Pesadillas listas... De las cenizas de la Operación Corvelie surgirá un nuevo señor.

Una respiración profunda y sibilante, otro golpe de estática, luego la voz desapareció y dejó sólo un olor a quemado. Lin fue rápido a la chimenea y tomó el cilindro. Bien podía ser un tubo para guardar mensajes, y el ave de presa grabada podía ser un halcón. Figenskar había tenido éxito. Lin se guardó el tubo en la bota. Hora de escapar.

Acababa de poner otra vez su mano en la fría manija de la puerta cuando oyó a alguien hablar del otro lado.

—¿Están seguros que no se vino para acá? —era Figenskar, que rápido se acercaba, y su voz sonaba a muerte—. ¡Quiero que la encuentren! —dijo—. ¡Ya!

Lin saltó para atrás. Tenía que esconderse, de inmediato. No había tiempo de volverse a meter gateando detrás del tapiz. Sólo le quedaba ir hacia delante, por la otra puerta, adentrarse más en las entrañas del Observatorio.

Rápido se coló y salió a un pasillo vacío bordeado de puertas. Al final había una puerta doble identificada como la sala del Observatorio. Por las ventanas empañadas Lin sólo alcanzaba a ver una luz plateada con sombras que pasaban veloces. Pero oía mucho: gritos cortados, roces en el aire, y un suspiro profundo y sostenido, como el ruido de las olas en una concha de mar. Cuando corría por el pasillo le empezaron a picar los oídos.

Salto, roce, salto, roce.

Lin reconoció las pisadas. Teriko. Se metió de un salto a la puerta lateral más cercana justo a tiempo antes de que la puerta doble se abriera de golpe.

—¡Encuéntrala! ¡Encuentra a ese postrecito!

Aguantando la respiración, Lin miró alrededor. Ahora estaba en el cubo bien iluminado de una escalera de caracol de hierro forjado. Seguía sin tener dónde esconderse. La escalera era su única oportunidad. Subió silenciosamente, y encontró otro largo corredor, un pasadizo estrecho que daba vuelta en ambas direcciones, con puertas laqueadas de rojo en el muro interno. No le tomó mucho tiempo darse cuenta de que era un círculo cerrado.

Abajo en el corredor, Teriko graznó:

—¡Sangre en el suelo! ¡Jefe! ¡Jefe! ¡Por aquí!

A Lin le batía el corazón. ¡Estúpida sangre! Con cuidado de no acercar su muñeca sangrante, abrió una de las puertas rojas. Tenía un letrero que decía Suerte, y detrás encontró un balcón techado sumido en la penumbra. Había un atril y un telescopio montados en el barandal, y más allá…

Lin se metió por la rendija para asomarse hacia el cuarto brillante.

La sala del Observatorio.

Arriba, una cúpula de vidrio lechoso brillaba con fuerza, como si desde fuera la alumbrara un sol de verano a medio día. Había miles de puntos negros grabados en el vidrio, algunos conectados por líneas rectas; constelaciones trazadas en un mapa celeste en negativo, y Lin ubicó tanto Orión como la Osa Mayor. Era el cielo nocturno de la Tierra.

Bajo la cúpula, la sala consistía de un patio en forma hexagonal. En lo alto de cada una de las seis paredes colgaba un balcón techado como el de Lin, con barandales forjados y placas que los identificaban como Esperanza, Valentía, Consuelo, Fortaleza, Suerte y Memoria. Hasta abajo, en la pared de la Esperanza, Lin vio algo que hizo que la panza le diera un vuelco. Otra salida.

Pero ¿cómo iba a llegar allá sin causar alarma? El piso de piedra de la sala bullía de trabajadores. Mascotines de todos los clanes estaban sentados tras altos mostradores con telescopios, observando las paredes, apuntando en libros. Otros acomodaban papeles o repasaban filas y filas de archiveros. El aire también estaba atestado: parvadas enteras de pinzones y canarios iban y venían bajo la cúpula.

Había ruido de aleteo, de cajonazos, de voces, y debajo de todo se oía un zumbido, como si cables de alta tensión atravesaran los huesos del edificio.

Pero el ruido más fuerte de todos, el que hacía que a Lin le picaran los tímpanos y se le acelerara el pulso, era el suspiro sostenido que había oído a través de la puerta doble. Cuando se dio cuenta de dónde provenía el sonido, se olvidó de escapar por un momento. Fascinada, caminó hasta el barandal para usar el telescopio.

En las paredes colgaban enormes espejos enmarcados. Más bien, parecían espejos, pero en vez de la sala luminosa, mostraban una neblina azul que era casi negra. Criaturas grises, fantasmales, se movían en el cristal, y no eran pinzones ni canarios. Ninguna de ellas pertenecía aquí, no al Observatorio, no a Platelia.

Las criaturas fantasmales eran niños. Cientos de niños humanos, que hablaban o cantaban, lloraban o dormían, sin otro sonido más que el suave murmullo continuo del vidrio. Debajo de cada uno había un cuadro azul claro con un nombre y un número. Después de un rato, los niños se retiraban otra vez a la oscuridad y aparecían rostros nuevos, como nenúfares liberados desde el fondo de un estanque.

Lin apuntó el telescopio hacia una niña que estaba saliendo a la superficie en la pared más cercana. La niña se retorcía acostada en una cama. Perlas de sudor se formaban en su frente, y una mancha amenazante crecía en el pecho de su camisón.

Uno de los platelinos voladores, una pinzón ágil con un anillo de oro en el pico, dio varias vueltas frente a la niña antes de lanzarse en picada al mostrador más cercano.

—Katerina Millner —les dijo cantando a los escribanos—. Ocho años. Primer plano de Valentía. ¡Enferma, por lo que se ve! —batiendo las alas, la pinzón se volvió a elevar hasta la cúpula brillante. Uno de los escribanos apuntó algo en su libro. Arriba de ellos, Katerina Millner ya se hundía otra vez en la oscuridad.

Lin soltó el telescopio, pero se agarró del barandal, aturdida. ¡El Observatorio era un lugar donde los platelinos podían ver a sus niños humanos! Recordó lo que decía Mirja cuando iba bajando hacia la jaula del perico: *¡la vi no en uno, ni en dos, sino en cuatro espejos mágicos!* ¿Sería cierto que la habían mostrado a ella, Lin Rosenquist?

—*¡Lin Rosenquist!*

La voz de Figenskar atravesó el ruido como un látigo. Horrorizada, Lin recorrió la sala con la mirada hasta ubicar la forma líquida de Figenskar; esperaba ver su sonrisa de agujas volteada hacia ella. Pero Figenskar estaba de espaldas: se cernía sobre un archivista y azotaba la cola.

—¡Pues prueba con todas las variantes!

Lin retrocedió hasta la sombra más oscura del balcón.

Pero allí no estaba segura.

—Nos vemos en la Plaza —dijo una voz ronca al mismo tiempo que se abría la puerta roja, y luego entró un ratón pinto. Se acomodó en el telescopio y puso una carpeta en el atril. Por un golpe de suerte, Lin había quedado detrás de la puerta cuando se abrió. Pero ahora se estaba cerrando. El ratón silbaba para sí mientras ajustaba el telescopio. No volteó cuando Lin rodeó con sigilo la puerta que se cerraba y salió al pasillo.

Alguien venía subiendo la escalera. Lin echó a correr, pero se detuvo en seco cuando oyó otro par de pies que venían hacia ella por el pasillo. No tuvo más remedio que probar la siguiente puerta, que tenía el letrero de Memoria.

Este balcón era más grande, bordeado por cortinas de terciopelo recogidas detrás del barandal. El piso era en pendiente, con filas de butacas mullidas, como un cine viejo. Los asientos estaban ocupados por Mascotines, ninguno de los cuales notó la entrada de Lin. Miraban fijamente un proyector de diapositivas y al conejillo de indias que estaba a un lado.

Los flecos de Marvin se estaban rebelando contra la brillantina y se paraban por todos lados. Él estaba manoseando un montón de tarjetitas grises, y se veía bastante molesto. Lin se deslizó detrás de la cortina de terciopelo para observar sin ser vista.

—Mil disculpas por la espera. Sigamos adelante, ¿quieren? —Marvin miró a su público sobre el marco de sus anteojos—. ¿Quién tiene a Jimmy? Ah, Bonso, por supuesto.

El San Bernardo del Waffleamor se puso de pie.

—¡Aquí!

—¿El chico ya tiene siete años? Válgame, cómo pasa el tiempo —Marvin le guiñó un ojo a Bonso y metió la tarjeta en el proyector, que la devoró con un zumbido y un clic. Un rayo polvoriento de luz atravesó la sala hasta el espejo del lado opuesto. De la oscuridad azul, un niño de cara pecosa salió a la superficie, identificado en el recuadro como JIMMY HALDER, 7 AÑOS. Sentado a un escritorio, envolvía un regalo. Una tarjetita decía: "¡Feliz cumpleaños!".

—¡Miren nada más! ¡Sin faltas de ortografía y todo! —Boso movió la cola—. Siempre se me olvidan esas lindas pequitas.

El conejillo de indias apretó un botón en el proyector. Expulsó la tarjeta, y Jimmy se desvaneció. Lin metió la mano al bolsillo izquierdo, tragando en seco. Ahora entendía cómo era que Rufus sabía sobre las largas y solitarias tardes junto al rosal de la señora Ichalar. Había venido a este balcón para estar pendiente de ella.

—Ésta es tuya, Sofie, todos los sabemos —Marvin escogió otra tarjeta del montón—. Te gusta cuidarla muy bien, ¿verdad?

Un par de largas orejas de conejo se alzaron en la segunda fila y la casera costurera de Rufus se levantó despacio.

—Es que estoy preocupada, eso es todo —dijo ella.

Marvin insertó la tarjeta pero el proyector la volvió a expulsar. Los Mascotines en el balcón ahogaron un grito. Alisándose el fleco, Marvin lo volvió a intentar, con el mismo resultado.

—Lo siento —dijo—. Qué crueldad que pase esta noche, pero tu tarjeta ha sido rechazada.

—No —murmuró Sofie. Le temblaban los bigotes—. Trata otra vez.

—No va a servir de nada, querida… —los ojos de Marvin rebosaban compasión—. El proyector no miente, ya lo sabes.

—¡Sólo inténtalo! ¡Por favor!

Pero Lin se daba cuenta por lo cabizbajos que se veían todos en las butacas de que estaban de acuerdo con Marvin.

No serviría de nada.

La puerta de la galería se abrió de golpe. Las extremidades de Lin se llenaron de plomo, pero de alguna manera logró cerrar bien la cortina. Pasos huecos zapatearon en el balcón, acompañados del inconfundible salto, roce, salto, roce.

—Marvin —dijo Figenskar—, ten la bondad de enseñarme a esta niña. Parece que se ha escapado de mi... lista.

Marvin carraspeó:

—Como usted mande, señor Figenskar.

Sin piedad, el proyector dio un zumbido y un clic. A Lin le empezaron a picar las orejas, luego a arder, luego a pulsar de dolor.

—¿Ésos...? —Sofie sonaba medio ahogada—. ¿Ésos somos *nosotros*?

Un clamor de asombro estalló entre los Mascotines del balcón al reconocerse en el espejo de la Memoria. Graznidos emocionados de perico cortaron el ruido:

—¡La cortina! ¡Está detrás de la cortina!

El terciopelo fue apartado de manera violenta, y Lin levantó la vista y se topó con un par de ojos como de tinta bajo un sombrero de tres picos.

—¡*Lindelina* Rosenquist! ¡Qué agradable sorpresa!

—¡Sorpresa! —gritó Teriko.

Figenskar le arrancó la capucha y otra ola de asombro recorrió la sala.

—¿Dónde está? —siseó, echándole a Lin todo su aliento a pescado. Ella se aferró del barandal, desesperada, pero Figenskar era mucho más fuerte. Hundió las garras de una mano en su suéter, la levantó hasta que sus botas colgaban en el aire, y con la otra se puso a palmear y arañar sus bolsillos—. ¿Dónde lo escondiste?

Lin pataleó y forcejeó, ahogándose con el nudo en su garganta. Las pistas y papeles que había reunido cayeron al suelo.

—¡Ayúdenme! —gritó—. ¡Está planeando algo terrible! ¡No dejen que me lleve con el Margrave!

La puerta volvió a retumbar. Y cuando Lin vio quién estaba de pie en el umbral, con ojos turbios y erizado de furia, no lo pudo evitar. Las lágrimas se escurrieron por sus mejillas.

—¡Suelta a mi niña, pedazo de gato roñoso! ¡O te verás los bigotes conmigo!

## Capítulo Diecinueve

Figenskar miró fijamente a Rufus, y Rufus miró fijamente a Figenskar. El ambiente en el balcón bullía de rabia.

—¡Suéltala! ¡Ya!

Del otro lado del Observatorio, el espejo de la Memoria seguía mostrando a Lindelina Rosenquist, once años, pálida y ensangrentada, frente a una figura amenazante con un sombrero de tres picos. Tras los primeros gritos de estupor, un silencio ahogado se había extendido abajo entre los mostradores, interrumpido sólo por los suspiros fluctuantes de los espejos.

Las orejas de Figenskar voltearon hacia la sala, hacia Marvin, hacia los otros platelinos en el balcón. Luego retrajo las garras y Lin cayó al suelo. Con las rodillas temblando de alivio, corrió al lado de Rufus.

—¡Me encontraste!

—Estás empapada de sangre —Rufus estaba temblando, pero cuando le habló a Figenskar, su voz era helada como escarcha de primavera—. Señor Inspector en Jefe. Ésta es la segunda vez que lo sorprendo molestando a Lin esta tarde. Parece que a usted le falta inteligencia para temer a los Roe-

171

dores, pero Lin es invitada de la Casa. Si se vuelve a acercar a ella aunque sea con un bigote, habrá consecuencias.

—Ya veo —Figenskar acomodó sus labios en una sonrisa. Tendió una pata hacia el proyector—. La tarjeta.

Marvin parecía a punto de desmayarse, pero se puso a aporrear el botón hasta que expulsó la tarjeta de Lin. Figenskar la atrapó sin problema.

Mientras la imagen de Lin se desvanecía de los espejos, una avalancha de susurros llenó la sala.

—Al parecer ha habido otro malentendido, ¿mmm? —Figenskar se llevó las manos a la espalda.

—¿Malentendido? —dijo Lin, ronca—. ¿Me secuestras y me echas a un costal y me encierras en una jaula inmunda y tratas de entregarme a un misterioso Margrave, y dices que fue un *malentendido*? —su voz sonaba furiosa.

La sonrisa de Figenskar dio paso a una expresión humilde, afligida.

—¡Usted me sabrá disculpar, señorita Rosenquist! Yo sólo quería proteger a la buena gente de Platelia de sus mañas de ladrona y de espía. Después de todo, se metió a escondidas a casa de Teodor. O tal vez me equivoco, ¿mmm?

—¡Sí! Bueno, me metí a su casa, pero Teodor no estaba y...

Figenskar resopló y le sonrió a su público con ojos entornados, como hacen los adultos cuando piensan que los niños son adorables. Estúpidos, pero adorables.

—¿Ah, Teodor *no* estaba? ¡Cómo *pude* confundirte con una ladrona!

—¡Ladrona! —gritó Teriko.

—Calla —le dijo Figenskar muy serio al perico—. No debes molestar a la niña, ¿mmm? ¡Espera, qué tenemos aquí!

172

—se inclinó a recoger la evidencia que Lin había reunido—. ¡Más papeles personales que no son tuyos cayeron de tus bolsillos! —se puso a hojearlos con avidez.

Lin lo miró boquiabierta. Estaba tan enojada que sus pensamientos se fundían como mantequilla en una sartén. Rufus se acercó furioso y le arrebató los papeles a Figenskar.

—No tenemos tiempo para tus falsas acusaciones —dijo—. Pero no pienses ni por un momento que ya terminamos con esto.

—Uy, ni en sueños —dijo Figenskar, todo seda y escarcha.

—Bien —Rufus condujo a Lin hacia el corredor. Se detuvo en la puerta—. Por cierto, también nos vamos a llevar la tarjeta.

Figenskar meneó la cola.

—La tarjeta es propiedad del Observatorio.

—La tarjeta es propiedad de Lin —replicó Rufus—, y la necesita. Ya.

Figenskar echó una mirada alrededor y no encontró nada más que caras ceñudas. Aventó la tarjeta al piso del balcón. Rufus la recogió y se la escondió en la bufanda.

—Salgamos de este nido de gatos.

Todos los empleados del piso los miraron con ojos desorbitados.

—¡Es ella! ¡Es la niña! —murmuraban, y cuando Lin y Rufus pasaron bajo el arco y salieron al recibidor más allá de la Esperanza, se oyó que susurraban—: Girarrosa.

Había caído la noche.

Mientras Lin se arrastraba por las entrañas del Observatorio, el cielo se había puesto negro como chapopote. ¿Cuánto tiempo habían perdido por culpa de su encierro? Lanzó una mirada hacia atrás. De cerca, el Observatorio ya no le recordaba un palacio, sino un mausoleo, con columnas de mármol y sin ventanas. Debería agradecer que al menos había logrado escapar.

—No puedo creer que me nayas encontrado.

A su lado, Rufus cojeaba bastante.

—No hubiera podido si Lass no me cuenta de Figenskar y su pesado trineo. Y luego en la colina me topé con esto —levantó un cordón de jareta empapado, mordido de los extremos y atado en un nudo doble.

Lin sonrió.

—¡El nudo doble! ¡Encontraste mi señal!

Rufus no compartió la sonrisa.

—¿Es verdad lo que dijo Figenskar, que te encontró en casa de Teodor?

—Sí. Pero descubrí un par de cosas antes de que él apareciera —Lin empezó un caótico relato de todo lo que había pasado y todo lo que había descubierto desde que se separaron: el torreón y la hermandad secreta y los planos del Pinchacerebros de la señora Zarka y el Margrave y la jaula. Rufus escuchó sin preguntas ni comentarios mientras bajaban del Cerro del Observatorio y se adentraban en los callejones del pueblo. Cuando acabó, él asintió una vez.

—¿Quieres tu cordón?

—¿Qué? —Lin se le quedó viendo. Toda esa excelente investigación y ningún punto para la señorita Rosenquist.

—Como quieras —Rufus se encogió de hombros y se guardó el cordón en un bolsillo de la bufanda—. El doctor Kott nos está esperando en Ladovento del Lago.

—¿Rufus, qué te pasa?

—¿Tienes idea de lo asustado que estaba cuando no te encontré? —su voz era dura y entrecortada.

Lin sintió que se le encendían las mejillas.

—Tú te fuiste primero. De hecho, me abandonaste por segunda vez. Y las dos veces acabé en las garras de Figenskar.

—¡Eso no es justo! —Rufus tiró de su bufanda—. ¡Te dije que te quedaras afuera del Gato Rojo, donde estabas a salvo y a la vista! Y me fui a buscarte ayuda, no porque no confiara en ti ni porque creyera que no me ibas a hacer caso.

—¡*Tú* no me hiciste caso! —Lin apretó el paso y dejó rezagado a Rufus—. Te dije que teníamos que confrontar a Teodor, pero siempre te negaste.

—Es que no entiendes.

—Tienes razón. ¡No entiendo! —Lin giró para encararlo. Rufus tenía los ojos húmedos y dolidos, y le temblaban las manos. Después de un momento agregó, en tono más suave—: Así que explícame. Por favor.

—¿Te acuerdas cuando me encontraste en las montañas arriba de Lomaverano? Esa madriguera era una guarida de zorro. Ya me tenía agarrado y yo sabía que estaba muerto. Pero entonces llegaste tú, ruidosa y con tus pisadotas de humano, y lo espantaste.

—Oh —la cicatriz plateada en la pata mala de Rufus la recorría toda, de talón a anca—. ¿Un zorro te hizo eso?

—Sé que supuestamente tengo que olvidar todo eso aquí en Platelia. Pero no soy como todos los Mascotines. Yo no me puedo conformar con waffles y té y visitas al Observatorio. Y lo que es peor, sigo actuando por instinto, como un novato cualquiera en su primer día —Rufus suspiró—. Teodor me tiene con las tripas hechas nudo desde el momento en que lo conocí. Pero no debí permitir que eso entorpeciera nuestra investigación. Lo siento. Y siento haberte dejado. Es sólo que… Hasta esta noche, siempre fuiste tan *grande*. Se me olvida que ya no.

—Pensé que tus recuerdos de antes se estaban borrando —dijo Lin—. Que se te estaba olvidando todo lo de *antes*.

Rufus se veía afligido.

—¡No! Tú no. Recuerdo todo sobre ti. Me he pasado casi tanto tiempo subido en ese balcón como tú frente al rosal.

Lin meneó la cabeza. ¿Por qué se estaba peleando con Rufus cuando en realidad quería darle un abrazo? Subió la mano y enterró los dedos en el pelaje suave junto a su oreja.

—Entonces creo que hay que dejar de dejarnos —dijo.

Los bigotes de Rufus se reanimaron.

—¿Has pensado en mi idea?

—Sigo pensando —la sonrisa de Lin fue inmediata—. Pero lo que dices suena lógico. Los desastres no ocurren cada noventa y cuatro años en punto para coincidir con el Portal Vagabundo. Tiene que haber otro camino.

—Déjame ver eso —masculló Rufus, y tomó la mano herida de Lin en la suya. La cortada de la astilla de vidrio había dejado de sangrar, pero se veía horrible y dolía peor—. ¿Trepaste por una cadena, así? Pues usted no es ninguna collona, señorita Rosenquist —le guiñó un ojo. Y fue la mejor medicina.

—No —rio ella—. Soy mucho más dura de lo que crees.

—¡Pero no tan dura como una piedra cubierta de caca!

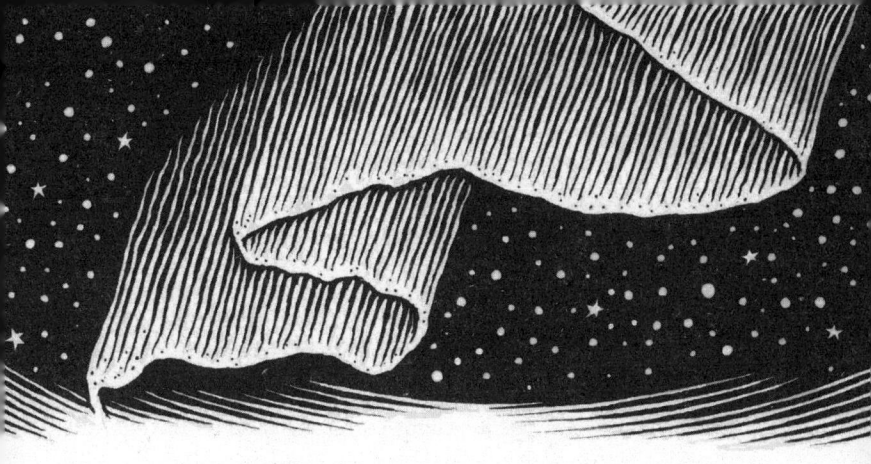

## Capítulo Veinte

El lago estaba oscuro y despejado de nieve, y los platelinos patinaban alrededor del reflejo de la Vagabunda como palomillas plateadas dando vueltas. Un aire frío corría sobre el hielo y pegaba en las casas bajas de la orilla de Ladovento. Lin y Rufus se pegaron a la más apartada de todas, la casa de aguamieles llamada el Pájaro en Llamas, la favorita de Rufus.

—Le dije al doctor Kott que aquí nos veíamos —Rufus se asomó por una ventana—. Pero no tenía idea de que tu identidad sería revelada de manera tan espectacular. Todos te vieron en el Observatorio. Es muy posible que alguien ya haya pasado por aquí con la noticia.

Tenía razón, su cuidadosa ruta por Platelia les había costado algo de tiempo. Lin frunció el ceño al ver a un Roedor de orejas rosas encendidas que hacía señas ansiosas a un grupo de Cascos en la barra. ¿Estaría hablando de ella? ¿Advirtiéndoles que una Girarrosa había sido llamada?

—Pues quizá sea mejor no arriesgarnos —dijo Lin con tristeza—. ¿No decías que Figenskar viene mucho? No quiero que le vayan a avisar que estamos por acá —le hubiera encantado entrar. De los gabinetes pintados de rosa salían risas

177

y tonadas de violín, junto con el aroma de deliciosos pasteles.

—Bueno, es verdad lo que dicen —masculló Rufus—. Los rumores se esparcen más rápido que los piojos, sobre todo aquí en el Pájaro.

—Qué nombre tan truculento, el Pájaro en Llamas.

—Cierto, pero es el mejor lugar de cuentacuentos de todo Platelia. El nombre lo tomaron de una leyenda sobre un pájaro rojo que vuela por los cielos con las alas en llamas, dando chillidos. Si traicionas a alguien, y la traición es lo suficientemente horrible, el pájaro en llamas caerá directo del cielo para morir a tus pies.

—*Eso* es truculento —Lin se acunó el brazo herido. La cortada ahora le palpitaba con furia.

Rufus vio.

—Ven. Tengo una idea.

La llevó a la parte de atrás de la casa y al interior de una bodega que olía a patines viejos y aserrín. Una luz amarilla se escurría bajo una puerta en la pared del fondo y alumbraba un tronco para partir leños en el suelo. Rufus cerró la salida con pasador y sopló para reanimar un farol que estaba sobre el recio tronco.

—Mira, de veras quisiera que no tuvieras que esperar aquí —murmuró, mientras escuchaba junto a la puerta que daba a la taberna—. Quería que oyeras las siete leyendas de las girarrosas.

—Ocho —dijo Lin—. Ocho contando al niño junto al Gato Rojo. Hay otra estatua escondida en ese callejón.

—¿En serio? —Rufus arrugó la frente—. Tendré que echarle un ojo. Creo que nunca he oído hablar de una octava girarrosa —se puso un dedo en los labios y abrió un poco la puerta sólo por un instante, lo que dejó entrar una ráfaga de voces y aromas deliciosos—. Todo en orden. Sólo voy a entrar un momento para traer al doctor y la llave de esta puerta. Pero no te daré la espalda ni por un instante. Lo prometo.

Se coló para adentro. Justo cuando la rendija se cerró, sonó un acorde de guitarra y una voz empezó a cantar. Era una tonada melancólica que subía de la oscuridad a la luz y terminaba en un profundo suspiro. Lin la reconoció de inmediato. "La canción del Margrave".

*El Margrave iba por bosques de espesura invernal.*
*Cruzó un portal por el corazón de una criatura.*
*El niño les dio su corazón para devorar.*
*Príncipe Invernal perdido en la hora Vagabunda.*
*Cuando avance la noche el rosal se marchitará.*
*Silenciado y atrapado en el frío secreto quedará.*

Lin se acercó más, temblando con las palabras. ¿Sabría el cantante lo que sabía ella? ¿Que el Margrave no era sólo otra figura en una canción vieja, sino alguien que esta misma noche estaba esperando a que Figenskar le llevara un niño?

Lin dio un paso hacia atrás. ¿Qué había dicho la voz jadeante? "La adivina cantante ha enviado una advertencia a Vulpes de Lucke. No debe ver la canción". Metió la mano en su bota y allí encontró el delgado tubo de cuero. El mensaje enviado por halcón que Figenskar había interceptado.

Con dedos helados sacó la carta, con cuidado, y la desenrolló en el tenue brillo del farol. Acertó, era "La canción del Margrave". Pero no era la misma estrofa que Teodor había cantado en el bosque.

*El Margrave cazaba con acertijos y mentiras,*
*Buscando en el Niño de Hielo su poción.*
*Espinas de oro atraviesan carne y hueso,*
¿Quién padecerá la muerte del gorrión?
*Más fuerte que Halcones y hecho de una criatura*
*Un Señor de Sangre despierta en la Invernal Espesura.*

Debajo de la canción, la autora había agregado una posdata con letra larguirucha.

> Mi querido Vulpes de Lucke:
> Sé que has estado buscando respuestas. Esto me llegó en sueños intranquilos. Es una variante de "La canción del Margrave", la que cantaba mi abuela hace tantos años. Creo que las estrofas se complementan.
> Como siempre, entender las palabras de la profecía no me corresponde a mí. Pero me parece que en la Noche Vagabunda será creado un nuevo señor, cuya magia será la más poderosa que hayamos visto desde que el último Halcón Estrella se fue. Yo que tú, cuidaría muy de cerca al Niño de Hielo.
>
> Raymonda, Reina de las Adivinas Cantantes

Lin se quedó mirando la carta. ¿Qué decía el mensaje del gramófono? *De las cenizas de la Operación Corvelie surgirá un nuevo señor*. ¿El Margrave quería convertirse en ese nuevo Señor de Sangre? ¿Y quería a Isvan para hacer alguna clase de poción? ¿Y quién era el tal Vulpes? ¿Él tenía a Isvan?

La puerta se abrió un instante y Rufus volvió con la llave. Tristemente no traía pasteles, pero sostenía una taza humeante. Cuando vio a Lin junto al tronco, ladeó la cabeza.

—Qué prometedor. Ya pusiste tu cara de acertijo.

Lin bajó el mensaje del halcón.

—¿Mi qué?

—Tu cara de acertijo. Con la barbilla levantada. Ésa que pones cuando estás a punto de descifrar algo.

—Mi papá pone cara de acertijo. Yo no.

Rufus se rio y le dio la taza.

—Toma. Algo para mantener el frío a raya.

La bebida resplandecía, plateada, en la taza, y sabía a cardamomo y fuegos artificiales. Con sólo dos sorbos Lin empezó a entrar en calor.

—¡Qué maravilla! —masculló en la taza—. ¿Qué es esto?

—Mielestrella. Nadie más que el dueño del Pájaro en Llamas sabe qué la hace brillar. Las caravanas la compran por barril. ¿Qué tienes ahí?

Lin le pasó el rollo de pergamino.

—El mensaje que encontré en la oficina de Figenskar. El que Teriko trató de quemar.

Rufus se retorcía los bigotes mientras leía la canción.

—No me gusta todo esto de espinas y carne y hueso. ¿Lin, crees que haya alguna posibilidad de que este Niño de Hielo *no* sea Isvan?

Los dos saltaron cuando tocaron la puerta, dos golpes seguidos, luego otro más. Rufus enrolló rápido el mensaje.

—Es el doctor Kott.

Le abrió a un Felino alto con un gran maletín negro.

—A ver, Rufus —dijo el doctor al entrar—, ¿qué significa todo esto?

Rufus cerró la puerta y giró con rapidez la llave.

—Disculpe tanto misterio —dijo—. Pero es que de momento no es… conveniente que entremos al Pájaro. Lin, quítate la capucha.

—Entiendo —dijo el gato al ver la cara de Lin—. ¿Puedo? —presionó alrededor de la herida en su muñeca, lo que hizo que anguilas de dolor se arrastraran por todo su brazo—. Esto necesita puntadas. ¿Cómo pasó?

Lin le lanzó una mirada a Rufus. No tenía idea de qué tanto sabía el doctor.

—Figenskar —dijo Rufus sombríamente.

—Entiendo —volvió a decir el doctor Kott mientras lavaba la sangre del brazo y la cara de Lin—. Ese hombre tiene un lado violento. Lo he oído en el Gato Rojo. Tiene ideas de grandeza sobre la excelencia felina, y opiniones menos grandiosas sobre el Pacto Platelino.

—¿Figenskar se opone a la paz entre los clanes? —aún después de todo lo que había pasado en el Observatorio, Rufus sonaba impactado. El Pacto Platelino era la base de la sociedad de Platelia, lo primero que les enseñaban a los novatos al llegar.

—Dice que es antinatural —dijo el doctor Kott—. Pero nunca pensé que llegaría al extremo de atacar a alguien de manera tan abierta.

—No lo hizo —dijo Lin—. No tan abierta.

El doctor Kott le echó un líquido transparente en la herida. Le ardió, pero el dolor disminuyó con rapidez, hasta volverse una presión extraña. Luego ensartó la aguja.

No era la primera vez que Lin necesitaba puntadas. Tenía tres en la frente de cuando Niklas y ella decidieron tirarse clavados en el arroyo de Lomaverano para buscar esmeraldas. Aquella vez había contado con anestesia local y su madre para acompañarla. Y Niklas.

—Nada mal, Rosenquist —le había dicho él—. ¿Segura que no eres la chica de las baladas de tu madre? —claro que después de eso, le resultó imposible quejarse.

Ahora tampoco se quejó. Pero tuvo que combatir el impulso de jalar su brazo y salir corriendo cuando el doctor Kott atravesó su piel con la aguja curva. El hilo se sentía como las patas de una araña trepando por la herida.

—Dime algo —dijo el doctor Kott mientras apretaba un punto—. ¿Figenskar también es responsable de la sangre en tu cara?

Lin gruñó, concentrada en respirar.

Rufus dejó de montar guardia junto a la puerta.

—No, eso pasó antes, en la Bóveda de la Máquina. Empezó a sangrar así sin más durante una demostración. ¿Tiene idea de qué pudo haberlo provocado?

El doctor colocó una tira de liquen azul sobre la herida y luego la vendó.

—¿No hubo otros síntomas?

Lin respingó.

—Oí un sonido muy fuerte que nadie más parecía oír. Justo antes. Y me dolía la cabeza.

—Me temo que la anatomía humana no es mi fuerte —el doctor Kott examinó su nariz y oídos—. Pero creo que se trata de un caso de otopatía mágica.

Rufus chasqueó la lengua.

—¿Otopa… qué?

—Sensibilidad extrema a la magia, también conocida como orejas mágicas, por los síntomas. Es un talento excepcional y muy codiciado, sobre todo en Brujisburgo. Pero si la magia es muy poderosa o de alguna manera te pone mucha presión, puede ocasionar sangrado y severos dolores de cabeza —suspiró mientras guardaba su instrumental—. Las gotas de sauce y musgoseco deben aliviar el dolor de la muñeca, pero ten cuidado. No te le acerques a Figenskar mientras estés aquí. Y lo más importante: no te acerques a la magia que te hace sangrar.

Rufus se hizo a un lado. Tenía los bigotes tensos de preocupación.

—Gracias, doctor. Lo intentaremos.

Antes de salir, el Felino se detuvo en la puerta.

—Hiciste bien en no llevarla adentro. Al parecer, los renos escarcha están asustados, la Bóveda de la Máquina casi explota y Teodor se fue galopando por el Camino de Caravanas como si tuviera una jauría de Pesadillas pisándole los talones. Encima, se rumora que hay una niña humana en el pueblo, lo que tiene a todo el mundo preguntándose si habrán llamado a una Girarrosa. Están bastante alterados ahí adentro. Lo dicho: tengan cuidado.

Una ola de excitación recorrió el comedor. Primero, Lin pensó que alguien debía haber visto al doctor salir por la puerta. Pero luego oyó las pisadas, salto, roce, salto, roce por el piso, y la voz estridente, chirriando por encima del ruido:

—¡Azul y blanco! Está vestida de azul y blanco, y esconde la cara en una capucha. ¿Alguien la ha visto? ¿Alguien ha visto a la ladrona?

## CAPÍTULO Veintiuno

Lin y Rufus contuvieron la respiración y se miraron las caras salpicadas de sombras. Pero en el comedor nadie habló para responderle a Teriko. Al parecer, el doctor Kott no tenía ninguna intención de traicionarlos. Rufus se acercó a la puerta como fantasma y giró la llave en la cerradura. El clic le sonó a Lin dolorosamente fuerte.

—¿Ahora qué? —susurró ella.

—Bueno, mi primera opción sería sacarte de aquí lo antes posible.

—¡No puedo huir y ya! —Lin se talló la frente. Los graznidos de Teriko casi la hacían sentir como si estuviera de vuelta en la jaula—. Tengo una misión que cumplir.

Rufus asintió.

—Ya lo sé. Así que antes de irnos, vamos a hacer un plan nuevo. Uno mejor —le dio la taza de mielestrella—. Primero, te puedes acabar esto. Luego me puedes contar otra vez todo lo que averiguaste. Es hora de que pongas tu cara de acertijo.

Lin le sonrió sobre el borde de la taza.

—Que no tengo —murmuró.

—Entonces invita tu cerebro a la fiesta, o haz lo que siem-

185

pre te dice tu padre que hagas.

Callados, muy callados, colocaron todos los pedazos de papel, cartas y evidencia sobre el tronco. Rufus agregó un trocito de madera por cada persona que sabían que estaba buscando a Isvan: la señora Zarka, que lo quería para su experimento; Teodor, que lo quería para la Nevada Vagabunda; Figenskar y el Margrave, que lo querían para la misteriosa Operación Corvelie.

Rufus señaló el pedacito de madera que representaba al Margrave.

—Quisiera que supiéramos más de él, aparte de que tiene la voz jadeante.

Es mi pariente, pensó Lin, por lo menos según Figenskar. Pero dijo en voz baja:

—Sabemos que se quiere convertir en un Señor de Sangre, sea lo que sea. Y que quiere hacer un elíxir.

—"Buscando en el Niño de Hielo su poción" —Rufus citó "La canción del Margrave".

Sus miradas se cruzaron sobre el tronco para hacer leña. Afuera, en el comedor, Teriko dio un chillido.

—Por lo menos lo siguen buscando —susurró Rufus—. Esperemos que eso signifique que ninguno lo tiene.

Lin se inclinó sobre los papeles.

—Empecemos por lo que sabemos —frunció el ceño ante la ilustración del Dientefrío que Isvan había llevado a la Bóveda de la Máquina—. Isvan quería este piolet. No cualquier piolet, sino éste, el que Lass encontró en el Páramo Crepitante.

Rufus se retorció los bigotes.

—Continúa.

—Hizo hasta lo imposible por conseguirlo. Primero intentó en la Bóveda de la Máquina, aunque ha de haber sufrido mucho allá abajo, y aunque la señora Zarka lo asustó tanto que entró en pánico y tiró a Nit.

—Y no olvides que se metió al torreón de Teodor y rompió un libro secreto para sacar esta ilustración —Rufus se estremeció—. Para hacer eso hay que estar seriamente motivado.

Lin le guiñó un ojo.

—Si tú lo dices. Luego, cuando Nit rechazó su petición, Isvan se metió al jardín trasero de Lass la recolectora para robarse el piolet. Dos veces lo hizo, aunque Lass también lo aterraba, y sin duda iba a saber que él era el culpable.

—Sí —susurró Rufus—. Entonces quería el Dientefrío. Pero ¿para qué?

—Bueno, Lass nos dijo que es un arma excelente. Y mejor aún, es mágica y puede controlar el hielo.

La manija de la puerta se movió. Una vez, dos, más fuerte, hasta que todo el marco temblaba. Lin contuvo la respiración.

—Allí adentro no hay nada —se oyó la voz calmada del doctor Kott desde afuera—. Sólo patines y leña.

—Patines y leña —graznó Teriko—. ¡Y quizás un pequeño ladrón! ¡Tráiganme la llave de esta puerta!

—Entiendo. Deme un momento para encontrarla —dijo el doctor Kott. La puerta dejó de sacudirse.

Rufus puso un dedo bajo la barbilla de Lin y apartó su cara de la puerta.

—Olvídate del perico —dijo en voz muy baja—. Piensa en Isvan.

Lin soltó el aire de sus pulmones. Asintió. Isvan. Isvan sentado en su ventana. Isvan metiéndose al jardín trasero de Lass. Isvan en su mesa solitaria afuera del Waffleamor.

Tomó el recibo del Waffleamor donde Pomeroy había garabateado la fecha de la última visita de Isvan: tres de octubre.

—Los waffles —dijo ella—. ¡Isvan pidió quince órdenes de waffles!

Rufus se rascó la oreja.

—Ahora sí me perdiste.

—No creo que nadie se haya llevado a Isvan —Lin hizo a un lado los pedacitos de madera—. Creo que él se fue. Los waffles eran provisiones para el camino.

—¿Para ir a dónde?

Lin le dio un golpecito a la página que había arrancado de *El libro de la Escarcha y la Flama*.

—Escucha esto: "El piolet, que lleva el nombre de Dientefrío, no sólo es un arma de defensa sumamente poderosa. También abre el sagrado Pozo Hibernalis" —levantó la barbilla—. Para eso necesitaba Isvan el Dientefrío. No como arma, sino como llave. Isvan se fue a esconder al Pozo Hibernalis.

Rufus soltó una risita queda.

—Ahora sí quiere ganarse un punto, ¿verdad, señorita Rosenquist?

Lin levantó las manos.

—No tan rápido. Aún no tenemos idea de dónde encontrar ese Pozo.

—Pues no te creas —los ojos de Rufus brillaron en la luz de la linterna—. Verás, no hay muchos pozos en Platelia. De hecho, sólo se me ocurre uno.

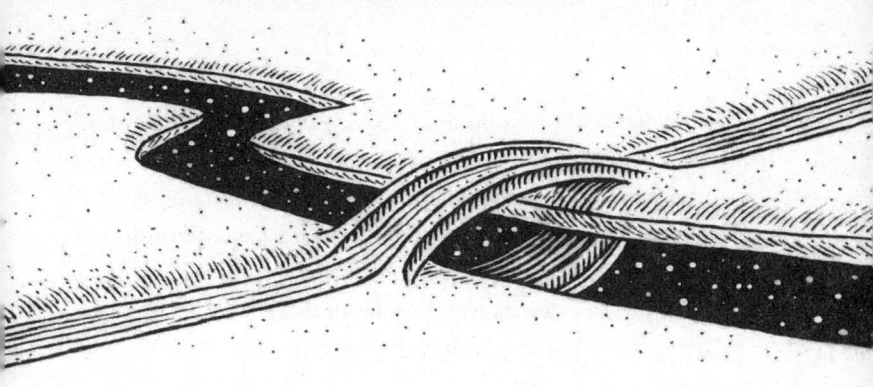

## CAPÍTULO Veintidos

El viento ondulaba el pelaje de Rufus, que se deslizaba río arriba. Sus patines dejaban un rastro de líneas blancas, pero antes de que Lin las alcanzara, las cicatrices volvían a absorberse en el agua congelada.

—Increíble, ¿no? —gritó Rufus volteando hacia atrás—. Este hielo es como la Plaza de la Nieve Eterna. Siempre está impecable.

Como un espejo, pensó Lin, pero no volteó a ver. Ningunos de los patines del Pájaro en Llamas le habían quedado, así que se las había tenido que arreglar con un par de patines acoplables. Se sentía tan estable como un becerro en primavera. Pero aún así se desplazaban con rapidez por el valle, mucho más rápido que a pie, y con cada patinada ponían más distancia entre ellos y Teriko, por no hablar de cierto inspector en jefe. Y no les estaban dejando ningún rastro que seguir.

Lin arriesgó su equilibrio para voltear hacia arriba cuando pasaron veloces bajo un puente, donde el camino cruzaba el río. Debió haber venido inconsciente cuando lo pasaron a la ida. La Vagabunda brillaba deslumbrante contra la noche. Lin adivinó que habría recorrido poco más de la mitad del camino hasta el Colmillo de Plata en el poniente. Acá afuera iba a ser difícil estar pendientes del tiempo. Los tañidos del campanario llegaban hasta el campamento montañés de Rufus, pero Lin dudaba que el sonido viajara hasta lo profundo del bosque.

—Aquí es —Rufus frenó rociando hielo; hizo ruido con su mapa—. La cresta por donde cruzamos del sendero de Sotosonoro. Estaba justo antes del Puente de Vidrio, y recuerdo que había muchos abetos blancos —se agachó a desamarrarse las agujetas de los patines—. Más vale deshacernos de estas cosas.

Lin también se agachó a batallar con las duras correas, cuando de pronto se echó hacia atrás con un aullido que voló entre los árboles como un pájaro asustado. Abajo en el hielo había vislumbrado algo blanco: una cara asustada, congelada en lo profundo.

—¿Qué haces? —dijo Rufus—. ¿Quieres lastimarte otro poco?

—No, yo… —Lin parpadeó, y la cara también parpadeó. Era sólo su reflejo—. Me pareció ver algo. No es nada.

—Bueno, recuerda lo que dijo el doctor. Cuidado con esas puntadas.

Subieron a la orilla y cruzaron con cautela el Camino de Caravanas. De allí, siguieron sus propias huellas en sentido contrario y atravesaron la cresta. Aunque la evidencia de su ruta anterior se extendía ante ellos como una línea punteada en la nieve, Lin tenía una sensación persistente de que iban por el camino equivocado; que debían dar vuelta a la izquierda, o regresar, o cruzar a la siguiente cresta. El sentimiento creció en oleadas, siempre acompañadas por órdenes susurradas, como un canto lejano.

—Los árboles *quieren* que nos perdamos —dijo Lin. En alguna parte muy lejos un cuervo graznó. Rufus se apretó la bufanda.

—No quería asustarte, pero sí. Es como si el camino se estuviera… pues…

—Torciendo bajo nuestros pies —terminó Lin. Como en la leyenda del Aventador.

Después de eso, estuvieron tenazmente atentos a las huellas hasta que las pisadas se separaron mucho. Allí venían corriendo. Lin vislumbró la luz de la estrella brillante entre las ramas, más adelante. El claro del Aventador.

Subieron con cuidado hasta el círculo de árboles altos y se agazaparon junto a una gran raíz de olmo para observar un momento. El pozo se alzaba como una torre cortada. Las piezas de la tapa no se habían tocado. Pero al final de las huellas paralelas que salían del bosque por el lado norte, faltaba algo.

—Bah —masculló Rufus—. No está el trineo. Alguien se lo ha de haber llevado.

—Sí —exhaló Lin—. Y alguien estuvo olfateando nuestras huellas.

A pocos metros, la impresión del cuerpo de Lin se abría ante ellos como un ángel de nieve, donde se había caído. Un tercer juego de huellas salía de la cabaña hasta la impresión y regresaba.

—Quienquiera que sea, ha de seguir allí adentro —susurró Lin.

Rufus se levantó despacio.

—Entonces más vale que revisemos la cabaña primero. Pesadilla o no, no podemos arriesgarnos a que alguien nos sorprenda cuando vamos a medio pozo.

La nieve crujió cuando atravesaron a campo abierto. Entre las persianas chuecas no se movía nada y la chimenea contenía el aliento. Otra vez, Lin tuvo la desagradable sensación de que los estaban observando. No se la pudo sacudir ni cuando llegaron al resguardo de las paredes de leños.

De cerca, la cabaña se veía aún más miserable. Los cimientos de piedra se habían derrumbado en algunas partes, destrozados por la helada. Los huecos entre los troncos torcidos eran suficientemente grandes para asomarse. Adentro, vieron paredes pelonas y tierra apisonada cubierta de petates húmedos. Pero ninguna figura, ni encapuchada ni no.

—No huelo nada más que escarcha y madera vieja —Rufus relajó su postura.

—Pero las huellas dicen que aquí hay alguien —dijo Lin.

Rufus se encogió de hombros.

—Mi nariz dice lo contrario. ¿A lo mejor se fue en el trineo? Vamos. Busquemos en el pozo.

Lin no estaba convencida. El canto parecía más coherente aquí en el claro, le llegaba y se volvía a perder, y de reojo veía algo que se movía todo el tiempo, como una tela delgada que le quitaban cuando volteaba.

Rufus puso los dedos en el borde del pozo.

—Parece que no muerde.

Lin lo rodeó con cuidado, como si temiera justo eso. Piedras lisas, viga transversal, cuerda deshilachada. Pero había más de lo que parecía a simple vista. Los murmullos jadeantes que escapaban del interior lo probaban. Se acuclilló.

—¡Aquí!

Cerca del suelo, había un signo tallado. Tres lenguas de fuego rampantes.

—Es el de la Mansión Hibernum —dijo Rufus—. ¡Vamos por buen camino!

—Puede ser —dijo Lin—. Pero el reloj de mesa de Teodor tiene la misma marca, y también las paredes de su torreón. Y él no es de los Hibernalis. Más bien lo contrario, diría yo —se asomó sobre el borde. La luz de estrella sólo entraba unos metros al pozo y luego era sofocada.

Rufus sacó una carterita de cerillos de su bufanda, encendió uno y lo arrojó adentro. Cayó girando por el aire antes de apagarse en la capa de nieve del fondo.

—Ratas, esta cosa está profunda.

Profunda, pero aparentemente vacía. La luz del cerillo sólo había revelado más piedras glaseadas de hielo.

—Se supone que la entrada *es* secreta —dijo Rufus, mordisqueando las borlas de su bufanda.

—Pues no sabremos nada hasta que bajemos a investigar —dijo Lin.

—¿Bajar *allí*? —Rufus escupió las borlas, tosiendo—. Digo, es una buena caída.

Lin sintió que se le abría la boca. Rufus tenía miedo. Él, que había sacado la pantufla de la Máquina de un golpe, que había confrontado a Figenskar como si fuera un gatito latoso. Le tenía miedo a las alturas. Antes, le encantaba escalar, y a veces le gustaba subirse con las garras hasta la cima de la cabeza de Lin y allí balancearse. Pero eso se había acabado el día que se cayó de su hombro. Lin se volteó, hizo como si estuviera revisando algo en su bolsillo.

—Creo que no nos queda de otra. Pero uno de nosotros se tiene que quedar aquí arriba, y ése tienes que ser tú.

—No me digas —Rufus plantó los puños en sus costados, tratando de sonar irritado, pero el pelaje de su nuca lo delataba. Se alisó de alivio, quizá con un toque de vergüenza.

Lin cabeceó hacia la cuerda.

—Es nuestra única oportunidad de llegar abajo. Tú eres más fuerte y también más pesado que yo. Creo que no lograría volverte a subir ni con las dos manos sanas.

Rufus frunció el ceño y miró de la cuerda a la manivela oxidada a Lin. La boca se le hizo nudo.

—Entiendo tu punto. Pero por todas las ratas que no me gusta ni tantito.

Sacó toda la cuerda, la probó y la tensó hasta convencerse de que las fibras resistirían.

—Mantén la cuerda bajo tus brazos —dijo, haciendo un lazo grande—. Te va a doler un poco, pero es la forma más segura, sobre todo con la muñeca como la tienes.

Lin se pasó el lazo sobre la cabeza y metió los brazos. Se subió al borde del pozo, pero Rufus la detuvo del hombro y le guardó los cerillos en el bolsillo.

—Quizá los necesites para ver. Ah, y deberíamos tener una señal por si necesitas que te suba rápido.

—¿Qué tal si grito?

—Supongo que eso funciona —murmuró Rufus—. De veras debería ser yo.

—No seas menso. Ésta es la única forma lógica —Lin columpió los pies sobre la orilla y fingió que no la horrorizaba ver el vacío—. ¿Listo?

Rufus agarró la manivela con un cabeceo adusto.

Lin se impulsó y saltó de la orilla. El lazo se apretó con brusquedad y ella se columpiaba para adelante y para atrás mientras Rufus la bajaba, con rechinidos de la manivela vuelta tras vuelta, al interior del pozo.

La oscuridad la devoró. Encendió dos cerillos en el camino hacia abajo, pero lo único que veía eran más piedras y las manchas borrosas de sus botas. Después de un rato, sus ojos se ajustaron lo suficiente para distinguir un disco gris que crecía lentamente bajo ella. El fondo.

Cuando la manivela paró con un tirón final, sus pies seguían como a un metro de distancia.

—Un poco más —gritó. El hocico de Rufus asomó sobre la orilla, arriba, y hubo una respuesta débil y farfullada. Lin lo volvió a intentar—. ¡Necesito más cuerda!

Los ecos se disiparon. No hubo más cuerda.

Si había alguna respuesta aquí abajo, debía estar oculta bajo la nieve. Pataleando en el aire, Lin agarró la cuerda sobre su cabeza y se alzó lo suficiente para pasar por el lazo. Cayó al fondo con un golpe seco, se puso de rodillas y empezó a quitar el velo de nieve. No había más que hielo negro.

Encendió otro cerillo y giró en un círculo lento. No había señales de Isvan, ni de ninguna entrada secreta, ni del piolet mágico. Pero tallado en la pared cerca de la superficie del hielo había otro de esos signos de las flamas rampantes. El tiempo y la escarcha lo habían desgastado tanto que apenas si se veían los cortes. Lin recorrió las ligeras hendiduras con la punta del dedo, pero lo quitó cuando sintió una descarga, como de las cercas eléctricas que rodean los prados de Lomaverano.

El cerillo chisporroteó y se apagó, y Lin esperó un momento, insegura. En el Pájaro en Llamas, las piezas del acertijo encajaban perfectamente. Pero ahora no podía dejar de pensar en la elegancia del hielo y la suave luz azul de la residencia de los Hibernalis. Este pozo se veía demasiado austero y oscuro para ser su lugar sagrado. Cierto, no traía el Dientefrío, que debía abrir el pozo, fuera lo que fuera eso. Pero por lo menos hubiera esperado encontrar el cristal de nieve de los Hibernalis tallado allí, como en la cabeza del Dientefrío, y no la marca de Custodio de la Flama que usaba Teodor.

De pronto un chasquido y un siseo rajaron el silencio, un sonido igual al que había oído en el torreón de Teodor en su primera visita. La marca de la flama se encendió y llenó el pozo de peste a quemado. De las piedras del pozo vino un gemido largo y profundo. Lin se agazapó y se cubrió la cabeza. El pozo no estaría planeando venírsele encima, ¿verdad? Otro gemido y un crujido fuerte. Esta vez vino de abajo.

En el breve instante antes de que se apagara la marca de la flama, Lin vio que el hielo estaba cubierto de grietas.

Se levantó de un salto.

—¡Rufus! ¡Súbeme! —jaló la cuerda, tratando de volverse a meter al lazo, pero no pudo. Fragmentos de la voz de Rufus bajaron en remolinos por el pozo, se ahogaban entre los crujidos y gruñidos.

Corrientes se agitaron bajo ella, y el agua empezó a salir por las grietas. Lin nunca había oído de hielo que se derritiera tan rápido. Unos momentos más y lo atravesaría, y cualquier oportunidad de alcanzar la cuerda —y salir del pozo— desaparecería.

Se enredó la cuerda alrededor de las muñecas y volvió a gritar.

—¡Súbeme!

En vez de eso, el hielo crujió y cedió. Lin ahogó un grito al sentir sus pies y tobillos sumergirse en el agua helada. Al instante, sintió dolor en las piernas. Las botas se le empaparon y se volvieron tan pesadas que apenas pudo sacarlas del agua.

—¡Rufus! —gritó Lin—. ¡Por favor, óyeme!

Por fin, la manivela chirrió allá arriba, y la cuerda tembló. Otro chirrido y Lin subió de golpe treinta centímetros. La cuerda le calaba profundo en la piel. Las puntadas del doctor Kott se estaban rompiendo. *Plic, plic, plic*. Una vocecita en su cabeza berreaba por encima del pánico, insistía en que ahora, si se rompía la cuerda o ella se soltaba, se mataría en la caída. Lin cerró los párpados y le dijo a la voz que se callara, y mejor escuchó el traqueteo de la manivela que la estaba llevando de vuelta a la seguridad.

Paró. Rufus la tomó de la cintura y la cargó sobre la orilla con un fuerte abrazo.

—¿Qué pasó?

—El hielo del fondo se derritió —Lin no sabía qué le dolía más, la muñeca o los hombros—. Te estaba gritando.

—¿De veras? El único sonido que oía era un eco raro, hasta que el signo ese empezó a echar chispas y todo el pozo empezó a gruñir. Te saqué lo más rápido que pude —la volvió a abrazar con fuerza—. Y pesabas como las mil ratas.

Lin resopló.

—Es que estoy mojada.

—Y sangrando —Rufus miró su venda consternado—. Otra vez tu muñeca.

Lin se retorció al ver la raya roja en la gasa.

—Toqué otro de los símbolos esos de los Custodios de la Flama. Creo que eso fue lo que provocó el deshielo. Es como si lo hubiera activado de alguna manera.

—Pero ¿adivino que no encontraste a ningún Hibernalis ni entradas secretas a pozos secretos?

—Ninguno y tampoco.

—Bueno. Pues nuestra teoría estaba mal —Rufus trataba de sonar optimista, pero Lin podía ver el peso de la desilusión en su cola—. O quizá la entrada sea invisible si no tenemos el Dientefrío. Tendremos que regresar a Platelia, a que te curen otra vez la muñeca, y luego podemos escabullirnos a la Cámara de la Cartografía, o incluso consultar a los ancianos.

Debe haber alguien... —se enderezó, con la nariz muy dilatada—... alguien que sepa del... del...

El pelo de la nuca se le erizó y giró rápido.

La puerta de la cabaña rechinó. Sonaron pasos en el porche, y luego algo dobló la esquina, levantó un brazo hacia
ellos y cacareó con su voz chillona y espeluznante.

El Aventador había llegado.

## CAPÍTULO Veintitres

La figura encapuchada se acercó a ellos arrastrando los pies, bajando con lentos crujidos del porche. Rufus se paró delante de Lin, con los puños bajo la barbilla y la espalda derecha, listo para pelear.

—¿Qué haces dentro de la Empalizada, Pesadilla?

Pero el Aventador subió las manos y se echó la capucha hacia atrás, sus ojos eran fríos espejos.

—Tú —murmuró Lin.

—Sí, niña —dijo Teodor—. ¿Qué flamas hacen aquí ustedes dos?

—Qué curioso —dijo Rufus. No bajó los puños—. Podríamos preguntarte lo mismo.

—Podríamos —dijo Lin—. Y, ¿por qué te estás haciendo pasar por el Aventador? O... —levantó la barbilla y trató de aparentar calma—. ¿Quizá tú *eres* el Aventador?

Teodor ladró un ronco y sorpresivo grito de impaciencia.

—¡El Aventador no existe! ¡Yo inventé esa historia para ahuyentar a los visitantes no deseados como ustedes! Este claro está prohibido para quien no esté iniciado en... —se calló, y Lin se dio cuenta de que Teodor había hablado más de la cuenta—. Quien no haya sido invitado por…

—¿La Hermandad de la Escarcha y la Flama?

Lin volteó a ver a Rufus, las cejas arqueadas. Con eso, Rufus había revelado que por lo menos uno de ellos había entrado al torreón de Teodor. Pero Rufus se veía tan ufano y el viejo zorro tan absolutamente estupefacto que no pudo más que sonreír.

Le tomó a Teodor varios momentos volver a cerrar la mandíbula, con ojos entornados de sospecha.

—En efecto. Y ustedes dos no fueron invitados. Así que hagan el favor de explicarme cómo llegaron aquí. Debería ser imposible, a menos que conozcan el camino del serbal.

—Seguimos nuestras propias huellas —dijo Rufus—. No fue nada difícil.

—Ah. Sospeché que podrían intentar eso. Aunque después de ver cómo huían despavoridos esta tarde, no pensé que se fueran a atrever. Pero lo que de veras quiero saber es, ¿cómo encontraron el claro la primera vez? Este bosque está encantado para volver a sacar a todos los intrusos al Camino de Caravanas.

—Pues no somos intrusos. Llegamos en trineo —dijo Rufus—. Bajamos a toda velocidad de la colina del portal cicatriz para ahorrar tiempo. No fue culpa nuestra haber acabado aquí.

Los párpados de Teodor ahora eran finas rendijas.

—En trineo. No vi ningún trineo hace rato que llegué. ¿Dónde quedó, ese trineo que dices?

Rufus se encogió de hombros.

—Desapareció. Creímos que el Aventa… es decir, creímos que tú lo habías tomado.

Todos volvieron su atención a los rastros paralelos que

acababan en el lomo de nieve junto al pozo. Tenían púas de palos y ramitas, pero no había pisadas alrededor.

—Quizá fue un recolector —sugirió Rufus—. Algún Pico que agarró las riendas y voló.

Teodor hizo un chasquido de molestia con la garganta.

—Un Pico no puede cargar algo tan pesado. Bueno, deduzco que la Girarrosa necesita otro remiendo. Más vale que pasen.

—No me gusta —siseó Rufus cuando seguían al viejo zorro para arriba del porche.

—No tenemos mucha opción —susurró Lin en respuesta, y le mostró su muñeca sangrante—. El ungüento que usó en mi pie funcionó de maravilla.

—Está bien —Rufus puso una cara feroz. Pero cuando Teodor les abrió la puerta, a Rufus se le olvidó lo malencarado—. ¿Cómo es posible? —exclamó—. ¿Dónde está la choza miserable?

Las paredes de la cabaña estaban cubiertas de libreros y tapices, y el techo pintado con infinidad de estrellas doradas. Había un fuego encendido en la estufa negra de unicornio, que llenaba la casita de dulce calor.

—Si sabes sobre la Hermandad —dijo Teodor—, no te debería costar mucho entenderlo.

—Magia —sonrió Rufus—. ¡De la mejor!

—Una runa manto —en la madera tosca del piso había tallada una elaborada marca con las tres flamas. Un zumbido cantarín salía flotando de la marca, lleno de palabras demasiado sutiles para oírse. La música que llenaba este bosque entero.

—Intrusos o no —dijo Teodor—. Bienvenidos al Hogar de la Flama —la música se detuvo.

*Lindelina Rosenquist.*

Lin sintió que decían su nombre atrás de ella, el más tenue susurro. Volteó y encontró una astilla rizada de madera levantándose de uno de los leños de la puerta. Un cincel invisible estaba tallando su nombre en la viga. *Rufocanus de Rosenquist* se oyó después, y el nombre de Rufus apareció debajo del suyo.

Toda la entrada estaba cubierta de nombres.

—Es una medida de seguridad —dijo Teodor—. Si alguien descubre el secreto del Hogar, su nombre queda aquí para que lo encuentre la Hermandad.

—¡Figenskar! —exclamó Rufus, y en efecto, tres nombres arriba del de Lin, estaba el nombre del inspector en jefe. Los cortes se veían amarillentos y gastados, hechos hace algún tiempo—. ¿Figenskar ha estado aquí?

—La noche que llegó —respondió Teodor—. Lo encontré junto al río, empapado y tieso de frío y de miedo, el novato más patético que he visto en mi vida. No tenía más remedio que hacerlo entrar en calor cuanto antes, así que lo traje aquí.

—Por eso siempre anda contando la leyenda del Aventador —dijo Rufus—. ¡No encuentra cómo regresar aquí y no lo soporta!

—Lo he lamentado muchas veces. Ese gato siempre tuvo un corazón caprichoso y lleno de ira. A pesar de todas sus súplicas y servilismo, yo no lo quería en la Hermandad, ni tampoco en la Casa. Pero la anterior inspectora en jefe era libre de elegir a su sucesor, y de alguna manera Figenskar se las ingenió para engatusarla y ganarse su corazón. Margaret era Canina. Y era buena, tenía debilidad por los callejeros.

—¿No lo dices en serio, que te arrepientes de haberle salvado la vida a Figenskar? —dijo Lin.

—No, pero en retrospectiva, estoy bastante seguro de que habría llegado al pueblo —Teodor entornó los ojos hacia las ventanas y el bosque oscuro más allá—. No importa. No puede vencer a una runa manto —señaló la mesa, donde estaban formados varios frascos y latas medio vacíos, con las tapaderas abiertas—. Siéntense.

Desapareció en el siguiente cuarto, que dejó salir un olor a hierbas y ungüentos. Lin se sentó a la mesa, pero Rufus dio unos pasos para admirar los tapices en las paredes.

Se parecían a la cortina del halcón del Observatorio, con sus vivos colores de joyas. Uno mostraba a una Felina corriendo por un bosque de manzanos, con su canasta tirada en el suelo. Otro representaba a una gaviota dando vueltas sobre una isla asolada por el viento, agarrando a un humano recién nacido por el cordón umbilical.

Rufus se detuvo frente a una escena de un barco que disparaba sus cañones contra una amenaza oculta en la orilla, mientras ratas con pata de palo se arremolinaban en cubierta.

—Todos éstos son lugares del otro lado de las montañas. ¡Lin, tenemos que ir!

—Iremos —Lin metió los dedos en los frascos y latas. Los que no estaban vacíos contenían alguna especie de semilla o hierba, granos de trigo, semillas de calabaza, y un sargazo vejigoso seco cortado en trozos. Hasta había algunas bellotas sucias.

Teodor volvió de la otra habitación, con una caja de vendas, tinturas y pomadas. Pero cuando hizo a un lado los frascos para hacerle lugar a su botiquín, se paralizó y escrutó a Lin como si fuera un espécimen raro, y él un taxidermista experto.

—Pero ¿*qué* hiciste?

El corazón de Lin latió con fuerza. Por un momento estuvo convencida de que el viejo zorro de veras podía leerle la mente, y que sabía no sólo que ella había ido al torreón, sino también que había encontrado el portafolios y los planos del Pinchacerebros que la señora Zarka le había dibujado. Le tomó un momento darse cuenta de que Teodor tenía una pata extendida. Su muñeca. Estaba hablando de su muñeca.

Le dio la mano y él le desenredó la venda. Las puntadas de pata de araña del doctor Kott se habían roto, y la sangre le manaba de las orillas.

—¿Cómo te hiciste esta cortada? —preguntó Teodor.

—Un accidente.

—Qué muchachita tan desafortunada eres. Pero no podemos permitir que nuestra Girarrosa ande por ahí sin poder usar su brazo —enjuagó la cortada con gota de sauce y empezó a sacarle las puntadas—. La pura salvia dragona no bastará para curar esto. Tengo un par de trucos bajo la manga, pero primero quisiera saber por qué andaban bobeando por mi pozo.

Lin volteó a ver a Rufus. Era el mismo dilema: no confiaban en Teodor, pero si alguien sabía cómo abrir el Pozo Hibernalis, quizá estaba sentado a la mesa frente a ella. Rufus azotó su cola con ímpetu, y Lin estuvo de acuerdo. Cerró la boca.

Teodor le lanzó una mirada a Rufus mientras ponía gotas de una tintura azul sobre la herida.

—Está bien. Entonces quizá quieras decirme cómo hiciste que se derritiera el agua.

Lin se movió en su silla.

—No era mi intención. Sólo toqué la talla en el fondo. Se encendió, y el hielo desapareció.

—Ya veo —Teodor echó su silla para atrás y arrastró los

pies hasta la estufa negra. Tenía una olla encima, y él la tocó un momento: lanzó un breve destello bajo su pata. De inmediato un aroma delicioso de comida flotó por todo el cuarto—. Me gusta mucho esta pequeña runa cocinera. Colmenillas emperador de Legenwald, listas y calientitas cuando hacen falta —sirvió puchero en tres tazones con un cucharón—. Hay que esperar un momento para que cese el sangrado. Mientras tanto, aprovechen para comer.

Escéptica o no, la panza rugiente de Lin insistió, y hasta Rufus vino a la mesa. Era un puchero espeso, con cebada y hongos dorados como monedas, y sabía a fogatas y cielos despejados de octubre. Teodor los observó mientras comían.

—¿Cómo va la búsqueda? ¿Alguna noticia de nuestro Hibernalis? —sonrió un poco—. ¿Y encontraste el *artículo* que habías perdido, joven Rufocanus?

—¿Qué artículo? —preguntó Lin, luego recordó lo que había dicho Rufus: *Teodor no tiene por qué saberlo todo*, y *Lo tengo cubierto*.

Rufus miró a Teodor con dureza, si tal cosa es posible cuando uno se está atiborrando de puchero.

—Tenemos algunas pistas.

Teodor se enderezó las mangas con movimientos tiesos, pero no insistió. Cuando todos habían vaciado su tazón, se sacó un estuche plano del bolsillo del saco y lo abrió, para revelar una pluma de ganso. La punta estaba cortada como diamante, en forma de garra.

—Puesto que no piensan compartir sus secretos y ya fisgonearon los míos, no me queda más que mostrarles lo que puede hacer una runa sanadora —Teodor colocó una tira de cuero sobre la herida en la muñeca de Lin y dejó la pluma en forma de garra suspendida encima—. Ahora quédate muy quieta.

Rufus se paró de un salto. Su tazón cayó ruidosamente al suelo.

—¡No! —gritó—. ¡No la toques con esa cosa!

Teodor volteó a verlo.

—¿Perdón?

—Dije que no la toques. Y no me pongas esa cara de confusión. A mí no me engañas con tu fachada de abuelito y tu sopa perfecta. Sabemos de tus planes con la señora Zarka. ¡Sabemos lo del Pinchacerebros!

La boca de Teodor se movió con furia sin palabras, y Lin esperaba una contestación ácida. Pero luego la cara del viejo zorro se hundió, y él bajó la pluma con forma de garra.

—Encontraron mi portafolios. Sabía que iba a lamentar haberme salido sin él.

—Así es —Rufus peló los dientes—. ¿Cómo pudiste pensar siquiera en usar esa cosa horrible con un pobre e inocente niño?

—¡Yo jamás le pedí a la señora Zarka que hiciera esa cosa! —Teodor también se puso de pie—. De alguna manera encontró una carta que yo había escrito para mis colegas sobre Isvan y el conflicto Hibernalis. La muy insolente creyó que era para ella.

¿Una carta sobre Isvan y el conflicto Hibernalis? Lin movió la barbilla.

—¡Dices la carta que encontramos en el cuarto de Isvan! En la que te quejas de la conducta de Isvan. ¡Por la que ustedes discutieron!

—Yo no diría que discutimos —masculló Teodor—. Pero sí. Ésa. No tengo idea cómo llegó a las garras de la señora Zarka.

—¿Entonces no la consideras una colega?

—Detesto su miserable Tecnomagia y todo lo relacionado —gruñó Teodor—. Esos artefactos los puede usar cualquiera, y se prestan a acciones precipitadas y a usos que no estaban en los planos originales. La Tecnomagia hizo que Brujisburgo pasara de ser el orgullo de los Reinos a ser un nido de predadores hambrientos de poder.

—¿De ésos que se aprovechan de los inocentes? —Rufus tenía el pelaje erizado de ira—. ¿De los que le meterían espinas a alguien en el *cerebro* con tal de sacarle información?

—Sólo guardé esos planos porque quería presentarlos ante los ancianos de la Casa. He estado tratando de convencerlos de clausurar la Máquina. Pero luego desapareció Isvan y centré toda mi atención en encontrarlo —Teodor se volvió a hundir en su asiento—. Isvan es alguien muy querido para mí. Jamás le haría daño. Esto se los juro, y por la Flama espero que me crean.

Lin no estaba convencida.

—Pero dejaste de visitarlo.

—Él no me dejaba entrar. Hasta le echó llave a la reja de la Mansión Hibernum.

—Le echó llave a la reja —se mofó Rufus—. Tú lo abandonaste.

—Le dejé mensajes. Pensé que era sólo rebeldía juvenil. Que si le daba un poco de tiempo, él volvería a mí...

—Pues te equivocaste —dijo Lin—. Tú eres una de las razones por las que Isvan se fue. Te tenía miedo, y a la señora Zarka le tenía pavor. Creo que quizás haya descubierto los planos del Pinchacerebros.

Teodor se talló la frente.

—Mi portafolios. Alguien se metió a mi casa y lo abrió, por eso lo he estado cuidando tanto estas últimas semanas.

Pero jamás sospeché que hubiera sido Isvan —su voz se volvió un tenue y fatigado croar—. ¿Se fue? ¿Para ir a dónde?

Lin titubeó. Pero entonces sintió la mano de Rufus en su hombro, que la pellizcó tres veces. Insiste. Busca más. Aquí hay algo. Sacó la hoja que Isvan había arrancado de *El libro de la Escarcha y la Flama*. Teodor se quedó viendo la ilustración como si fuera de una serpiente venenosa, y no de un hermoso piolet.

—Isvan hizo hasta lo imposible por conseguir esto —dijo Lin—. Fue robado la noche antes de que él desapareciera.

Por segunda vez esa noche, Teodor se veía no preocupado, no impactado, sino asustado.

—El Dientefrío abre el Pozo Hibernalis —continuó Lin—. Por eso estábamos "bobeando" allá abajo. Así que si estás diciendo la verdad sobre tu amor por Isvan, nos vas a ayudar a entrar.

—¿Fue al *Pozo Hibernalis?* —Teodor levantó uno de los frascos vacíos y lo volvió a bajar—. Estúpido —masculló—. No está preparado.

—¿Preparado para qué? —preguntó Rufus.

—El pozo de aquí afuera tiene tallada una runa deshieladora, pero no es más que un simple hoyo en el suelo. El Pozo Hibernalis no tiene nada que ver. Es una catedral glacial secreta, y nadie sabe dónde está oculta más que los propios Hibernalis. Pero yo conocí a la madre de Isvan, y me dijo una cosa.

—¿Qué? —los ojos de Rufus ya estaban brillando.

—El Pozo está afuera de la Empalizada de Espinas.

## Capítulo Veinticuatro

El Camino de Caravanas subía entre curvas cerradas por la escarpada montaña.

Lin enterró los dedos en lo profundo del pelaje de Ursus Minoris. Había montado el caballo del tío Anders por el camino que sube hasta la Cumbre Mantequilla varias veces, pero ir a pelo sobre un enorme oso pardo era un asunto por completo diferente. Su inmenso lomo se sacudía y se bamboleaba, y Lin tenía que reacomodar su peso a cada paso. Detrás de ella, Rufus la abrazaba de la cintura con un brazo, y con la otra mano se aferraba al pelaje del oso y había enroscado la cola alrededor de una de sus patas traseras.

—En realidad eso no es necesario —dijo Minoris—. No voy a dejar que se caiga la niñita humana, ni tú tampoco.

—Eso dices, pero los huesos de Roedor son quebradizos. Sólo me estoy cerciorando de que cumplas tu palabra.

—Un Ursus siempre cumple su palabra —refunfuñó Minoris, pero el balanceo disminuyó un poco.

Habían encontrado a Minoris esperándolos junto al Camino de Caravanas; compartía una bolsa de avena confitada con Fabián, el Casco amigo de Teodor. Resulta que se habían

209

topado a Ursus cuando iban saliendo de Platelia y se lo habían traído. "De protección", había mascullado Teodor, pero no quería decir de qué.

El Custodio de la Flama montaba ensimismado en la silla pintada de Fabián, los ojos fijos en los chapiteles gemelos de Pasoblanco. Después de la runa sanadora, no había hablado mucho. Lin movió la muñeca. La runa le había cerrado la herida y le había quitado todo el dolor. Ni siquiera le había quedado una cicatriz.

Ella se había preparado para el efecto de la magia, pues suponía que sus oídos mágicos le dolerían y sangrarían. Pero salvo por el sonido de la punta de diamante de la pluma de garra al rascar el cuero, lo único que había oído era un tenue zumbido cantarín.

—¿Teodor? —Lin sonrió, insegura—. ¿Te puedo preguntar algo?

El viejo zorro no volteó pero giró una oreja hacia ella.

—Tu runa sanadora no me dolió para nada, pero la máquina de la señora Zarka hizo que me sangraran los oídos. ¿Por qué?

—La Tecnomagia es burda. Rompe y desgarra, deja cabos sueltos y agujeros feos. Para quienes tienen otopatía mágica, su intensidad puede ser peligrosa.

—Tendré cuidado de no acercarme a la Bóveda de la Máquina —dijo Lin.

—Ni al Observatorio —agregó Rufus—. Eso no es Tecnomagia, pero los oídos también te sangraron allí.

Teodor giró rápido.

—¿El Observatorio? Ah, tendría que haber pensado en eso. Saliste en los espejos.

Lin arqueó las cejas.

—¿Cómo lo sabes?

—Para responder esa pregunta —dijo Teodor—, tengo que contarte la historia del Observatorio.

—Ya va a empezar con otra clase de historia —masculló Rufus, pero se acomodó para escuchar.

—Hace mil años, una Custodio de la Flama viajaba por un valle congelado y solitario muy al norte cuando descubrió una jaula subterránea. Dentro, estaban los restos de un Halcón Estrella gigante.

La jaula de Teriko, pensó Lin. Marvin había dicho algo de que alguna vez estuvo allí atrapado un Halcón Estrella.

—La Custodio de la Flama sabía que nunca lograría sacar el inmenso esqueleto, así que hizo una chimenea y quemó los huesos. Cuando vio subir el humo, tuvo una idea cautivante. Crear un vínculo entre este mundo y la Tierra en forma de seis grandes espejos. Uno sería para el recuerdo y los otros cinco para niños en apuros. Y usó las cenizas del Halcón Estrella para crear el Observatorio.

—¿Así se fundó Platelia? —preguntó Lin—. ¿Por el Observatorio?

—Exacto. Cuando los Mascotines de los Reinos oyeron hablar de los espejos mágicos, llegaron en masa al valle nevado y allí se asentaron. Y así, los platelinos empezaron su larga vigilia. Nombraron los espejos de acuerdo con los dones que el Observatorio podía otorgar: Fortaleza, Valentía, Suerte, Consuelo y Esperanza, y cuando un niño aparecía en ellos, los platelinos lo escribían en una ficha especial. Creemos que los dones apuntados allí encuentran la forma de llegar al niño.

Lin esperaba sinceramente que eso fuera verdad. Recordó a la niña en el espejo de Valentía, la que tenía la mancha amenazante en el camisón.

—Pero esta noche —continuó Teodor—, en el Observatorio ocurrió algo imprevisto. Una niña humana vino de visita y, por alguna razón, mientras estaba dentro del edificio, apareció en uno de los espejos —entornó los ojos—. ¿O quizás en varios?

—Cuatro —murmuró Lin—. Dijeron que estaba en graves problemas.

Teodor hizo un suave gruñido con la garganta.

—La respuesta del Observatorio fue concederte esos dones, los cuatro, de inmediato —estiró una pata vieja y engarruñada y tocó su mano rápido, como si estuviera cargada de electricidad—. Y por eso activaste la runa deshieladora en el pozo. Lindelina Rosenquist, estás cargada de magia.

La mano de Rufus alrededor de su cintura se apretó.

—¿Estás diciendo que Lin está llena de magia? ¿Y eso no va a ser peligroso para su otopa-cosa?

—Otopatía —Teodor lo miró con el ceño fruncido—. Puede agravarla, sí. Pero conforme vaya gastando la magia, el peligro debería irse reduciendo. Además, no es nada malo. Quizá necesite esos dones hoy en la noche.

—¿Cómo los uso? —preguntó Lin. La idea de que pudiera tener magia en la sangre la hacía sentir mariposas en la panza, fuera peligroso o no.

—No creo que puedas hacerlo a voluntad —respondió Teodor—. Los dones, sean lo que sean, elegirán su propio momento. Quizás algunos ya lo hayan hecho.

—Por lo menos uno —dijo Lin, decepcionada. Tenía que haber sabido que pasaba algo raro cuando tuvo la fuerza de subir por esa cadena en la jaula.

Tras escalar la cresta de la colina, se encontraron a la entrada de un desfiladero, hundido en la saliente entre dos cimas. Una ventisca helada salió a recibirlos y levantó la cola del abrigo de Teodor.

—Llegamos.

A la mitad del desfiladero, donde los dos grandes riscos se juntaban y formaban un cuello de botella, una gran sombra bloqueaba el paso. La Empalizada de Espinas.

Conforme se acercaron en sus monturas, Lin se dio cuenta de que la Empalizada era del mismo largo que su calle en Villavieja, y del mismo alto que la casa de la señora Ichalar. Su sombra se cerró alrededor de ellos, rota aquí y allá por luz de estrella que se colaba y moteaba el suelo con formas de hojas y espinas. Pues la Empalizada no era un muro ni una estacada, sino un seto vivo gigante.

El viento se desgarraba en las espinas, y en sus jirones había un largo y ululante alarido. Fabián reculó unos pasos hacia un lado, y hasta la enorme nuca de Ursus Minoris se erizó. Lin había escuchado un alarido así antes, arriba de la colina, cuando acababa de cruzar el portal cicatriz desde el sótano de la señora Ichalar.

—¿Qué es eso? —gritó Rufus.

—Algo horripilante que vino a husmear a la frontera —Teodor repasó la cima del seto—. Ustedes dos, de pies ligeros, síganme.

Dejaron a Fabián y Ursus Minoris en tierra y subieron por una serie de escaleras y plataformas tambaleantes hasta llegar a una saliente en la cima de la Empalizada. Rachas traicioneras se colaban entre las ramas. Lin tenía que sujetarse una y otra vez para mantener el equilibrio. Pero no se arriesgaba a que la cortaran las espinas curvas, que eran del tamaño de sables. Rufus, por su parte, agarraba las espinas como si fueran salvavidas, y se deslizaba hacia la saliente.

Del lado Pesadilla de la frontera, la nieve había sido arrancada por los crueles vientos. Al principio, Lin sólo veía un paisaje sombrío de musgo y helechos entre altísimos muros y puntas escarpadas a lo lejos. Pero luego lo notó: había algo que se escabullía de repente por el camino, como cucarachas corriendo por el piso de un armario.

Teodor la miró de reojo.

—¿Las reconoces?

Lin meneó la cabeza. Su pulso se aceleró y se le puso la piel de gallina, y no era sólo por los entes escurridizos. El aire parecía distinto cruzando la frontera. Melancólico y cambiante, lleno de horrores ocultos.

Teodor dio un gruñido.

—¿Te acuerdas que te conté que los sueños y pensamientos de los niños le dan forma a este mundo? Bueno, pues no todos los sueños son bonitos. Estas montañas son el hogar de los temores ocultos de todos ustedes. De ahí toman su nombre.

—¡Pesadillas! —Rufus se agarró de una espina con las dos manos—. No sabía que hubiera tantas tan cerca de la frontera. ¿Qué hacen?

—No lo sé —dijo Teodor—. Normalmente evitan la Empalizada. Pero esta noche, más y más están cruzando Pasoblanco a cada hora. Algo los atrae hacia aquí, quizá la Vagabunda, o algún instinto, o… esto.

Los condujo hasta un tramo del seto donde habían despejado las hojas y espinas, para exponer una enorme rama retorcida. Tenía tres marcas de flama dentro de tres marcas de flama, todas llenas con los símbolos de los Custodios de la Flama de líneas y puntos. Era la runa más grande y elaborada que habían visto hasta ahora. La rodeaba un círculo de mordidas profundas y feas que partían la madera a media runa.

—Estas marcas son iguales a las que había en la mansión de Isvan —dijo Lin—. ¿Qué son?

—Eso es algo que mucho me gustaría saber —dijo Teodor—. Porque están haciendo lo imposible. Están matando las runas guardianas de Platelia.

—¿Eso es una runa guardiana? —la voz de Rufus se volvió un rechinido—. ¿No son lo que evita que entren las Pesadillas?

—Sí. La Empalizada es fuerte pero sólo puede protegernos hasta cierto punto. Sin las runas guardianas, las Pesadillas tarde o temprano atacarían la frontera. Díganme. Hace rato, cuando fueron a mi torreón, ¿de casualidad se fijaron en las runas de la pared?

Lin se apartó de las mordidas. Al igual que los hoyos en el piso de la mansión de Isvan, sonaban a violines discordantes.

—¿Las que están debajo de las ventanas redondas?

—Sí. Mis runas de advertencia. Están hechas para encenderse si algo les pasa a las runas guardianas. ¿Viste si estaban quemadas?

Lin trató de recordar. Había estado tan ocupada con *El libro de la Escarcha y la Flama*. Y por supuesto, no sabía que esos símbolos tallados fueran runas, ni que fueran importantes.

—Creo que dos estaban manchadas de hollín.

—Pero la tercera no.

—No.

Teodor asintió.

—Entonces nos queda la esperanza de que la última runa guardiana aún viva. La runa en la Mansión Hibernum la mataron hace más de un mes, poco antes de que Isvan desapareciera. Pensé que quizás había sido un accidente. Después de todo, el hielo es una sustancia inestable. Pero hoy en la noche destruyeron también la runa de la Empalizada. Tú la oíste, Lin. Su runa de advertencia se encendió cuando estabas allí.

¡Así que eso había sido el chasquido y la peste en el torreón! ¡Por eso él los había sacado de la casa a empujones y se había ido a todo galope por el Camino de Caravanas!

—Las runas guardianas son antiguas, fueron creadas hace generaciones y no tengo la capacidad de recrearlas. Me iría a proteger la tercera y última, pero no sé en dónde está ubicada. Sólo sé que está tallada en algún lugar al norte de la Rinconada Hierbabuena.

—¿Habrán sido las Pesadillas? —Rufus tenía los nudillos blancos de aferrarse al seto.

—No —respondió Teodor—. Mientras la última runa esté viva, no pueden cruzar la frontera. Y aunque las Pesadillas son mortíferas, sus mentes se dispersan con facilidad, como los sueños de donde vienen. No son capaces de hacer conspiraciones y planes.

Lin se quedó viendo el paso entre las montañas. ¿De veras habría venido Isvan aquí, solo? ¿Habría dejado atrás la seguridad de la Empalizada sin nadie que le cuidara las espaldas? Ahora que veía las Montañas Pesadilla, Lin dudaba mucho que él hubiera venido solamente porque les tenía miedo a Teodor y la señora Zarka. *Nada* podía ser más aterrador que esta oscuridad cambiante llena de aullidos y cosas moviéndose.

A su lado, Teodor se tensó. Ella también lo había visto. Junto a una formación de rocas bajas casi al final del paso: un chispazo de luz. Otro.

Lin respiró entrecortado. ¡Los frascos en el Hogar de la Flama! ¡Los granos y nueces y semillas!

Destello, destello.

Peligro. Troles cercanos.

## CAPÍTULO Veinticinco

Lin sentía las piernas como agua mientras bajaban de la Empalizada: zorro, niña y topillo. Cada varios respiros, un nuevo y tembloroso aullido surgía de las Pesadillas afuera en el paso. Aún no lo podía creer. Las Pesadillas eran criaturas hechas de los miedos secretos de los niños, y algunos de esos miedos eran suyos.

—¿De veras hay troles allá afuera?

—Troles de nieve —dijo Teodor—. Nuestra tribu local. Son bestias brutas, pero letales.

—¡Pero hubo una señal de cazatroles allá junto a esas rocas! —Rufus avanzaba por la orilla de una plataforma—. ¿Quién más está allá afuera?

—¡No lo sé, Rufocanus! —ladró Teodor—. ¡Si tuviera todas las respuestas a todas las preguntas, no tendría que lidiar con tipos como tú! —se olvidó por completo de sus huesos de anciano y saltó de la última escalera al suelo.

—Fabián —gritó, dando trancos hacia el caballito y Ursus Minoris, que se resguardaban detrás de una rama grande—. Debes prepararte. Vamos a cruzar el portón.

La nariz de Fabián se dilató de miedo.

—¡Pero ha de haber docenas de troles allá afuera! Nadie puede contra una jauría entera de Pesadillas. Menos a campo abierto. Y de noche.

—Lo sé —dijo Teodor—. Pero no tenemos opción. Si la Girarrosa cree que Isvan está allá afuera, entonces allá debemos ir.

—Hemos hecho cosas descabelladas, pero esto… —había resignación en la voz de Fabián. Como si no tuviera ninguna esperanza de que pudieran lograrlo. Raspó la nieve congelada con una herradura—. Será como tú digas, viejo amigo. Pero los cascos no servimos de mucho contra los troles.

Eso era cierto. Sólo había un arma capaz de matar a un trol en el acto, y Lin no tenía. Veneno.

—Teodor —dijo—, ¿cuál es el veneno de los troles de nieve?

—Las semillas de los conos de abeto blanco —sacó una cajita de pastillas de su bolsillo. Estaba llena de unos granitos perlados—. Por esto tuve que regresar al Hogar de la Flama: allí guardamos nuestras provisiones. Pero este año, por algún motivo los abetos no dieron conos. Éstas son todas las semillas que nos quedan.

Le lanzó la cajita de pastillas a Lin.

—¿Me las vas a dar todas a mí? —dijo ella.

Teodor inclinó la cabeza.

—Cuando la *Rosa torquata* te llevó a ti la Llave Girarrosa, sabía que no sólo tienes cierta habilidad para resolver acertijos. También eres una experta cazadora de troles. En esto, te seguimos a ti.

Todos la miraron. Fabián con su mirada seria y triste; Ursus Minoris con sus ojos muy juntos; Teodor con un brillo astuto. Y Rufus, con los ojos brillando de orgullo. Los cuatro estaban dispuestos a seguirla al reino de las Pesadillas. Lin tragó en seco. Ella era experta, desde luego, experta en imaginar que los troles eran terribles y peligrosos, para hacer la caza más emocionante. Jamás pensó que en verdad se los fuera a topar. Y hasta ahora no había entendido las palabras de Teodor: *Esta noche, joven Rosenquist, descubrirás que algunos juegos son reales.*

—En primer lugar —dijo, haciendo cuanto podía por parecer serena y calmada—, no podemos entrar así nada más, a ciegas, en territorio enemigo. Tenemos que saber a dónde vamos.

Teodor dio un gruñido.

—Yo he visto a Clarisela Hibernalis salir al Pozo y volver en dos horas. El Pozo tiene que estar cerca del Páramo Crepitante. Pero nunca he visto ninguna formación que parezca un pozo por allí, por no hablar de catedrales glaciales —chasqueó la lengua—. Ojalá hubiera tomado la precaución de traer un mapa.

Rufus miró de uno al otro.

—Ay, está bien —masculló, mientras sacaba un rollo de papel de uno de los bolsillos de su bufanda: su "Mapa detallado de Platelia y todas las Tierras". Desenrollaron el mapa en medio de todos. Al final del Valle de Plata, había una pequeña parte del mapa que Rufus no había revelado hasta ahora: Pasoblanco y el Páramo Crepitante.

—¿De dónde sacaste esto? —dijo Teodor.

Rufus se encogió de hombros, los labios fruncidos.

—Entraste a la Cámara de la Cartografía —Teodor meneó la cabeza, indignado—. Supongo que se necesita algún tipo de valor para meterse a un lugar prohibido a robar bajo las narices de tu superior.

Así es, pensó Lin, y hacía falta aún más valor para dar la cara. Se acercó a Rufus y murmuró:

—Un punto para Rufus de Rosenquist.

El Páramo Crepitante era una cuenca ancha y poco profunda, como una sábana colgada entre las cimas de las montañas. El Camino de Caravanas trazaba una valiente línea recta al oriente, hacia una cordillera de cumbres escabrosas llamadas los Dentellones. Al norte estaban las altas Torrescuerno, de donde fluía el Arroyo Crepitante, que atravesaba el páramo hasta la Grieta Pesarosa.

—Recuerdo algo que dijo Lass, la recolectora. Se encontró el Dientefrío clavado en un esqueleto de reno escarcha cerca del manantial del Arroyo Crepitante. Que debe ser aquí —Lin señaló el extremo norte del arroyo—. No es garantía de que el Pozo Hibernalis esté en las Torrescuerno, pero es la mejor pista que tenemos.

—Si queremos ir allá, el Arroyo Crepitante es nuestra única esperanza —sugirió Fabián—. Pasa por una floresta de arbustos y árboles. Los troles de nieve no tienen mayor sentido del olfato, así que si no nos ven, tal vez tengamos una pequeña oportunidad.

—Buena idea —dijo Lin. Trazó una línea del paso entre las montañas al arroyo—. Cuando salgamos al páramo, iremos hacia la floresta del Arroyo Crepitante con la cabeza agachada. Pero eso no funcionará en el paso. Allí tendremos que correr más rápido que ellos.

Afuera de la Empalizada surgió una nueva ola de aullidos, que a todos les puso los pelos de punta. Fabián resolló, y Lin podía ver lo blanco en la orilla de sus ojos. Teodor frunció el ceño viendo el seto que gemía, se mecía, cortaba.

—Aquí pasa algo raro —dijo el viejo zorro—. Los troles de nieve son solitarios. Se llegan a atacar unos a otros. Y ahora aquí están, todos apretujados en el Pasoblanco, como un enjambre de piojos. Y la señal que vimos… lo único que se me ocurre es pensar que los mismos troles la mandaron.

Rufus resopló.

—¿Los troles haciendo señales de cazatroles? Eso no parece muy probable, a menos que estén tratando de engañarnos para que salgamos. ¿No decías que las Pesadillas no eran capaces de hacer conspiraciones y planes?

—Esperen —dijo Lin. Oyó una voz rasposa y jadeante en su cabeza, entrecortada y ahogada por la estática, pero aun así clara como el hielo. *En la Noche Vagabunda, tendré a las Pesadillas listas.*

Rufus sonrió.

—¡La cara de acertijo! ¿Lin, tienes una teoría?

—¿Qué es lo que sabes? —los ojos de Teodor centellearon con impaciencia—. ¡Por el amor de la Flama, Girarrosa, que nos estamos jugando la vida! ¡No puedo ayudarte si me dejas a oscuras!

—Creo que los troles están siendo *controlados* —Lin tomó el cilindro del halcón de su bota y sacó la carta—. "La canción del Margrave" no habla de una estrella, sino de una persona. Encontramos la segunda estrofa en la oficina de Figenskar. Se la robó a un halcón mensajero.

Teodor le arrebató la canción a Lin.

—¡Este mensaje es para mí! ¡*Yo* soy Vulpes de Lucke!

—¿Ah sí? —Rufus se alisó los bigotes, lleno de sospechas—. Qué casualidad.

—Me apellido Lucke, y *Vulpes* significa "zorro". Algo para que pienses, Rufocanus.

Rufus lo fulminó con la mirada, pero Fabián le dio un ligero mordisco a su bufanda.

—No te lo dice como insulto —dijo el caballo—. Es sólo un recordatorio. ¿Verdad, Teodor?

Teodor no respondió. Tenía el hocico canoso metido en la carta de la Reina de las Adivinas Cantantes, como si bastara acercársela mucho para descifrar las palabras.

—Un señor nuevo en la Noche Vagabunda. Un señor poderoso. Un Señor de Sangre —sus patas hicieron crujir el pergamino—. *Margrave* significa señor de la frontera. Y la frontera está siendo atacada por Pesadillas. Pesadillas que no actúan como Pesadillas.

—Eso estaba pensando —dijo Lin—. Encontré algo más en la oficina de Figenskar. Un mensaje grabado del Margrave. Decía que tendría a las Pesadillas listas, para la Noche Vagabunda. Que iban adelante con un plan llamado Operación Corvelie. No sabemos exactamente qué es, pero están cubriendo sus...

—¿Corvelie? —interrumpió Teodor—. ¿Dijiste Corvelie? Pero eso significa que...

El viejo zorro se lamió los labios.

—Cielos. He estado viendo este acertijo por el lado equivocado. Sí, *Margrave* significa "señor de la frontera", pero también es otro nombre para alguien como la Vagabunda. Que está lejos de casa. Mucho muy lejos.

Giró de manera abrupta y subió al lomo de Fabián, al que le dio media vuelta.

—Lin. Rufocanus. Que la Flama me perdone, pero van a tener que enfrentarse al Páramo Crepitante ustedes solos.

—¿Solos? ¿Tú no vas a venir? —gritó Rufus.

—No puedo —Teodor tuvo la decencia de parecer avergonzado—. A ver cómo les va allá afuera, pero no tengo más remedio que dejarlos. Recuerda, Lin. Confiamos en tus dones, y tú también debes confiar —murmuró algo al oído de Fabián, y el Casco se arrancó a todo galope.

—¡Por lo menos dinos a dónde vas! —gritó Lin tras las colas que se azotaban en el aire.

—¡La última runa guardiana! —gritó Teodor en respuesta—. ¡Tengo que encontrar y proteger a la última runa guardiana!

## Capítulo Veintiséis

Por el lado bueno —dijo Rufus entre dientes—, ya no tenemos que preocuparnos de si podemos confiar en Teodor o no.

Rufus y Lin se montaron en Ursus Minoris. Lin se agarró del pelaje entre los hombros de Minoris, y Rufus se agarró de Lin. En su mano libre, cada jinete apretó un montoncito de veintiséis semillas de cono de abeto blanco.

Todo lo que tenían que hacer era tocar la Espina Portón y la Empalizada los dejaría pasar. Lin deseó que pudieran quedarse a salvo, dentro de la frontera de Platelia. Pero Isvan había venido. Estaba allá afuera, *silenciado y atrapado en el frío secreto*. Y un cazatroles no retrocedía ante el peligro.

—Cuando quieran, pequeños. Estoy listo —dijo Ursus Minoris.

Habían tratado de decirle que no tenía que venir, pero el gran oso había insistido.

—Quiero ayudar a encontrar a ese niñito —les había dicho, meneando su enorme cabeza—. Él se estaba yendo, y yo no le entendí. Quizá si hubiera entendido, él no andaría allá afuera con los aulladores.

Lin respiró profundo.

—Rufus.

Rufus se estiró y puso la mano contra la Espina Portón, una hoz blanca cubierta de runas, como un colmillo de elefante tallado y filoso. Un chasquido recorrió la Empalizada. Las ramas se agitaron ante ellos, desenganchándose, desenredándose, soltándose, hasta que una apertura alta y puntiaguda se formó en el seto.

Ursus Minoris la cruzó caminando. La tierra congelada del Camino de Caravanas crujía bajo sus patas. De inmediato, el aire melancólico los envolvió. Se sentía aletargado y lleno de aprensión y malicia, como el instante mismo en que empieza un mal sueño. Atrás de Lin, Rufus se torcía para todos lados.

—¿Dónde ratas están?

—Shhh —siseó Lin. Habían visto a los entes escurridizos allá junto a los muros de las montañas, por lo menos a trescientos metros del portón a ambos lados. Ella tenía la pequeña esperanza de que pudieran pasar sin ser vistos, que para cuando los troles se dieran cuenta de que se había abierto la Empalizada, ellos pudieran ya haber salido al Páramo Crepitante. Detrás de ellos, la Empalizada se cerró como un susurro, trenzó rama con rama, hasta que volvió a quedar entera. En el plateado y negro desfiladero, no se movía nada, más que el viento que desgarraba sus nubes de vaho.

Minoris dio un silencioso paso adelante.

Un par de ojos verdes se encendió en la oscuridad, pálidos y grandes como aguamalas. Pero no estaban allá junto al muro de la montaña. Estaban a diez metros.

El trol se desdobló de donde estaba acuclillado, articulación por articulación. Se hizo de dos metros. De tres metros. Tenía un largo cuello y pelaje blanco y apelmazado. Y dientes.

Muchos, muchos dientes.

Un aullido desgarrador salió de sus fauces y se hundió en el corazón de Lin.

—¡Vamos! —gritó—. ¡Corre!

Los grandes músculos de Minoris se contrajeron, y se arrancó en un galope salvaje. Y cuando lo hizo, cientos de ojos verde pálido se fueron encendiendo en el paso, de dos en dos, como linternas en un naufragio. Estaban por todos lados.

¡El veneno! Lin apretó bien el puño, agarrada al lomo de Ursus que daba tumbos, trataba de equilibrarse para poder apuntar bien cuando los troles de nieve se dejaran venir sobre ellos.

Y en efecto, se dejaron venir, brotaron de la noche tan rápido que sus patas se veían borrosas sobre el suelo. Pero Ursus Minoris también corría rápido. Los troles ganaban terreno, pero cada vez que estaban a punto de alcanzarlos, se rezagaban unos cuantos pasos y aullaban con sus horribles fauces en vez de atacar. Lin lanzó una mirada de confusión hacia atrás. Los troles eran rapidísimos. ¿Por qué no hacían más que perseguirlos?

La respuesta apareció al final del paso. Un muro entero de ojos verdes se encendió, una barricada que se extendía de una montaña a la otra, como una empalizada reflejada. Sólo que ésta tenía dientes y garras en vez de espinas. Los troles estaban parados hombro con hombro, muchas filas seguidas, esperándolos.

Era una trampa.

—¡Minoris! —gritó Rufus.

—Ya los vi —rugió Minoris—. ¡Agárrense, pequeños! —dobló a la izquierda, corriendo paralelo a la pared de dientes rechinantes a una distancia de 15 metros. Ganó algo de tiempo, pero no mucho. El muro de la montaña se acercaba con rapidez.

Lin apretó bien su precioso puñado de semillas de abeto. Los troles de la barricada no reaccionaron a su cambio de dirección. Se quedaron firmes como soldados de juguete formados para una batalla. Pero para tener una oportunidad de darles a los troles con el veneno, Lin y Rufus tendrían que ponerse al alcance de los monstruos. Y aunque aventaran todas las semillas a la vez, Lin dudaba que fueran a bastar para abrir un boquete en la barrera. Su pulso le resonaba en los oídos. Nunca, en todos sus años de cazar troles, se había imaginado una situación tan desesperada.

—¡Cazatroles! —rugió Minoris, y fue a la vez una advertencia y una pregunta. Veinte saltos más y tendrían que elegir entre estrellarse en la montaña o regresar hacia la Empalizada, directo a las garras de sus perseguidores.

Un grupo de rocas se alzaba del suelo de su lado. ¡La formación rocosa donde habían visto la misteriosa señal de los cazatroles! El muro de troles la rodeaba, pero los ojos de aguamala parecían más escasos, sólo había dos filas de troles contra las rocas.

—¡Bien! —gritó Lin—. ¡Sobre las rocas!

Sintió que el brazo de Rufus se deslizaba unos centímetros cuando Minoris volvió a doblar, con un gran salto bajo ellos. Sus botes se volvieron más duros y rápidos, directo hacia la barricada de troles. Y cuando los primeros troles tendieron los brazos hacia ellos, saltó hacia el cielo.

Lin se agarró con una mano y soltó unas cuantas semillas con la otra. A su alrededor, estallidos plateados, y algunos de los ojos verdes se apagaron cuando los troles colapsaron, encogiéndose, dando alaridos, en un nudo deforme de cuerpos derretidos.

Pero no todo el veneno dio en el blanco. Y los troles que quedaban se abalanzaron sobre ellos. Sus garras buscaban sus piernas, pero Minoris encontró apoyo en las rocas y trepó más alto, aflojando piedras a cada paso. Lin sintió que algo filoso trataba de agarrarle el pie, pero lo pateó y escapó. Sin embargo, atrás de ella, Rufus lanzó un grito y su brazo la soltó.

—¡Rufus! —gritó Lin, girando hacia atrás. Uno de los troles tenía a Rufus agarrado de la cola, y los ojos de su amigo estaban desorbitados de dolor y pánico. Otro alcanzó la pata trasera de Minoris y abrió sus fauces de dientes como carámbanos astillados, listo para clavarlos.

Lin sintió una descarga eléctrica que estremeció su cuerpo. *Ella podía salvarlos.* Aventó todas las semillas de abeto a los atacantes y agarró a Rufus del cogote, para subirlo al lomo de Minoris. Cuando el veneno encontró al enemigo, el muro de troles los dejó pasar.

Minoris cayó del otro lado de la formación rocosa con un gran golpe, y salieron disparados entre los riscos del Paso-blanco, doblaron hacia el noreste por terreno abierto y baldío.

Los siseos y alaridos de los troles los siguieron por la noche, pero nadie los persiguió.

## CAPÍTULO Veintisiete

En el Páramo Crepitante, cada brizna de hierba vestía una gruesa capa de escarcha. Pero no era el frío vigorizante y protegido del Valle de Plata. Un viento amargo aullaba sobre la tierra sombría, y les roía los dedos.

Agazapada sobre el lomo de Minoris, Lin trataba de ocultarse dentro de la capucha del chaperón; lamentaba haber rechazado la parka que le habían ofrecido. La fila ininterrumpida de ojos brillantes de trol le llegaba sin invitación cada vez que cerraba los párpados, al igual que el horror del efecto del veneno. Nunca imaginó que sonara *tan fuerte*.

En su bolsillo derecho, el bolsillo del veneno, su mano se cerró alrededor de la cajita de pastillas de Teodor. Casi vacía.

Había soltado todas las semillas en esos momentos frenéticos junto a las rocas, y Rufus había perdido todas las suyas cuando el trol lo atrapó. Lin apretó los labios. Tendría que haber sido más cuidadosa al dividir las semillas, haber guardado algunas para después, para el regreso. Ahora su única oportunidad era evitar cualquier otro enfrentamiento.

El páramo estaba vacío hasta donde alcanzaba la vista, pero Lin ya sabía que no podía confiarse de sus ojos. En cualquier momento, una Pesadilla podía salir de la oscuridad. Quería preguntarle a Minoris si faltaba mucho para la floresta del Arroyo Crepitante pero, aun con los gemidos del viento, no quiso levantar la voz. Minoris parecía estar pensando lo mismo, pues avanzaba con paso suave sobre las matas y tramos de hierba, y sus pisadas se confundían con los crujidos del propio páramo.

El oso era muy ágil en la naturaleza, con hielo y nieve bajo las patas en vez de un piso pulido. Teodor también lo había comentado cuando subían hacia el Pasoblanco.

—A los Mascotines se les da mejor la vida en el pueblo y las manualidades delicadas —había dicho—, pero los Silvestres somos de corazón bravío y tenemos instintos verdaderos, y entre más los usamos, más se fortalecen —mirando a Lin y Rufus con cejas arqueadas, había agregado en voz baja—: no es casualidad que la mayoría de los Jinetes de la Escarcha sean de nuestra especie.

Minoris cambió de paso y se detuvo lo suficiente para deslizarse hacia una profunda floresta que bajaba hasta un arroyo negro congelado. El Arroyo Crepitante, por fin, y por fin un buen escondite. Matorrales de junípero y abedules enanos bordeaban las orillas, y había incluso unos árboles blancos, que formaban pabellones protectores con sus hojas perennes que sonaban como alas de murciélago cuando se agitaban con el viento.

—¡Robles fríos! También hay en el Bosque Invernal —dijo Minoris—. Su corteza es buenísima para rascarse.

Eran las primeras palabras que decían desde el paso. Lin y Rufus no pudieron evitar reírse. La sensación de las pesadillas movedizas del páramo aquí era menos opresiva, menos amenazadora.

—No era broma lo del veneno para troles —dijo Rufus—. ¡Esa cosa funciona!

—¿Estás herido? —preguntó Lin—. Ese trol te agarró de la cola…

—No es nada —Rufus levantó la cola para enseñarle a Lin, pero no fue su arco brioso de siempre. Cerca de la punta había dos cortes profundos como de tijera.

—No me parece nada —dijo Lin—. Quizá debería llevarte a rastras con el doctor.

—Puedes llevarme adonde tú quieras, mientras me sigas salvando el pellejo como ahora —la voz de Rufus sonaba ligera, pero la abrazó ferozmente.

Siguieron el arroyo helado hasta que la floresta se ensanchó y formó un tramo de pozas con orillas y playas de piedritas blancas. Allí, Ursus Minoris se detuvo bajo un árbol, dobló su gran cabeza para un lado y para el otro, y olisqueó profundo.

—No me gusta asustarlos, pequeños. Pero en el viento hay muerte.

Volvió el hocico hacia la orilla poniente.

—Allá.

No la habían visto bajo la densa escarcha. Pero en la playa había una forma inerte tendida bajo una capa blanca. Dando un silbido entre los dientes, Rufus se deslizó del lomo de Minoris y se acercó a la forma con paso ágil. Empujó la capa. Crujió al moverse.

—Oh, no.

Lin temió lo peor.

—¿Es Isvan?

—No. Es un halcón mensajero.

La capa en realidad era un ala congelada. El halcón yacía

clavado al suelo con una espina negra del tamaño de un sable atravesándole el corazón. Había padecido la muerte del gorrión.

—Esta espina es de la Empalizada —dijo Rufus—. Las Pesadillas no tocan la Empalizada.

Ambos sabían lo que eso significaba. Esto era obra de un platelino, o por lo menos, uno había proporcionado el arma. Lin también bajó del lomo de Minoris para examinar el tahalí que cruzaba el pecho del halcón. Los compartimentos estaban vacíos, pero Lin reconoció la marca del halcón quemada en el cuero. Era como la del cilindro que había encontrado en la oficina de Figenskar.

—Lin —Rufus había levantado la otra ala del mensajero y había descubierto un juego de huellas que parecía salir de la nada: profundas, con grandes tacones. Huellas de botas.

—Entonces ha privado de la vida a otro ser —dijo Rufus en voz baja—. Ha roto el pacto. Una cosa es hablar mal de las reglas, pero matar...

Pero Lin había oído la tensión nerviosa en la voz de Figenskar cuando hablaba de su "amo".

—Creo que Figenskar se deja influir más por el Margrave que por el Pacto Platelino.

—Pero si le tiene miedo, ¿por qué lo ayuda?

—Eso es lo raro —dijo Lin—. El Margrave debe haberle ofrecido algo grande a cambio. Algo que Figenskar no pudo resistir.

—¡Aquí hay una cosa bonita! —Minoris olfateaba los pies del halcón. Metió el hocico en la grava congelada y sacó algo de la tierra. Era otro cilindro para cartas. Antes de que lo mataran, el halcón seguramente había logrado enterrarlo bajo sus garras. Lin destapó el tubo y leyó en voz alta.

Girarrosa:

Todas las piezas se están acomodando. El pie se levanta, listo para aplastar. Baten las alas, listas para atacar. El corazón late, listo para partirse y desgarrarse si fallas.

No falles.

Confía en las Luces y en los Dones que has acumulado. El Señor de Sangre está despertando.

Raymonda, Reina de las Adivinas Cantantes

Rufus hizo un sonido ronco en la garganta.

—¿Confía en las Luces y los Dones que has acumulado? ¿Y eso qué quiere decir? ¿Cómo podría saber ella que ibas a estar aquí?

—No sé. No sé lo que significa nada de esto —Lin se agachó a acariciar las plumas del cuello del halcón—. ¡Pobre halcón mensajero!

Del lado oriente del páramo se oyó el triste bramido de un reno escarcha a lo lejos. Lin se levantó rápido y miró con ceño fruncido hacia las pozas y los abedules enredados. El pavor a las Pesadillas volvió a clavarle sus garras, porque vio algo. Por el arroyo congelado donde acababan de pasar: dos destellos.

Había vuelto su misterioso guía.

—Tenemos que escondernos —respiró—. ¡Ya!

—En los árboles —dijo Rufus. Por supuesto. Los troles caminaban seguros sobre rocas y laderas, pero preferían mantener los pies en el suelo por miedo a que la madera no soportara su peso.

Treparon por la corteza de cuero agrietado hasta ocultarse entre el crujir de las hojas blancas.

Rufus se abrazó con brazos y piernas a una rama firme, abrió bien los bigotes y miró a Lin de reojo. Ella esperaba haber hecho lo correcto al confiar en la advertencia. La mano le tembló un poco cuando abrió la caja de pastillas de Teodor. Sólo quedaban seis granos.

En ese mismo momento, se oyeron fuertes pasos provenientes del arroyo. Troles de nieve se acercaban lentamente a las pozas. Lin se puso un dedo sobre los labios, y hasta Minoris entendió esa señal. Ninguno de ellos se atrevió a moverse.

Fabián había dicho que los troles de nieve no tenían mayor sentido del olfato, pero Lin habría podido jurar que oía aspiraciones temblorosas cada que paraban sus pasos. Luces pálidas aparecieron bajo el árbol, verdes y gelatinosas. Tres pares, de tres troles.

Entre sus gruñidos y retumbos, había palabras.

—Llamados hemos sido —dijo uno de los troles.

—Llamados al seto de cuchillas —dijo otro.

—Llamados por el amo —concordó el tercero—. Pero *éste* nos llama más.

¿Amo? ¿Éste? ¿Eso qué significaba? ¿Y no se suponía que los troles de nieve eran tontos?

Lin sacó las últimas semillas de abeto de la caja. Debían alcanzar, si apuntaba bien. Esperó hasta que los troles estuvieran juntos, alrededor del gran tronco, se tomó su tiempo para apuntar y soltó las semillas, todas menos una. Cayeron hacia sus blancos, en línea recta. Lin esperó los aullidos.

No hubo ninguno.

¿Podía haber fallado tan garrafalmente? Ahora su única esperanza era que matar a uno ahuyentara a los otros. El corazón le latía muy fuerte cuando se estiró lo más que pudo y soltó la última semilla. Esta vez la vio caer encima de uno de los troles, pero sólo rebotó de los helechos blancos que traía pegados a la espalda. Lin parpadeó. Esto no debería ser posible. Un tiro directo debía significar la muerte para cualquier trol. A menos que...

*Esta noche, joven Rosenquist, descubrirás que algunos juegos son reales.*

—Huélanla —siseó el primer trol, enredando su larga lengua alrededor de la palabra.

—Huelan a la niña enemiga —dijo el segundo.

Arriba en las ramas, la niña enemiga estaba sentada conteniendo la respiración. Éstos no eran troles de nieve. Eran troles de Lomaverano. Y los monstruos que Niklas y ella habían inventado no eran bestias brutas para nada.

—Huélanla en el árbol —dijo el tercer trol, y levantó la enorme arma que llevaba. Un hacha.

El primer golpe cayó y sacudió las hojas; ya no era necesario susurrar. Rufus apretó el brazo de Lin.

—¿Ésos son...?

—¡Sí!

Rufus cabeceó hacia la orilla de la floresta cuando el segundo hachazo hizo temblar el árbol.

—¡Podemos correr!

Pero los troles de Lomaverano eran rápidos. Sabían atrapar y sabían cazar. Lin se había asegurado de eso con su estúpido juego. Meneó la cabeza. Nada de correr. No alcanzarían ni a salir de la floresta.

—Entonces, cazadora de troles —Rufus hizo una pausa para el tercer hachazo—. Espero que tengas una idea mejor.

Lin metió la mano al bolsillo derecho de su suéter. No

traía veneno. ¿Por qué no había traído un poco, de su cofre para cazar troles? ¿O tomado un poco de esa lata en el Hogar de la Flama? Piensa, se dijo a sí misma. ¡Invita a tu cerebro a la fiesta!

*Robles fríos.* ¡Minoris había dicho que estos árboles eran robles fríos!

Volteó para arriba. Junto en la siguiente rama había un hoyo de ardilla. Se paró de un salto y metió la mano en el hoyo. Los dedos le vibraron con una especie de electricidad. Volvieron a salir con un puñado de bellotas de tapa blanca.

Sin importarle si se lastimaba, se dejó caer un buen tramo por el tronco, y cuando ya no había ramas bloqueando su tiro, lanzó las bellotas contra los troles. Los ojos gelatinosos se pusieron verdes y se apagaron, y la floresta se llenó de chisporroteos y gorgoteos en lo que el veneno hacía su trabajo.

Cuando los gritos habían acabado, Rufus bajó con cuidado a la rama junto a la de ella.

—¡Nada mal, cazadora de troles! ¿Cómo supiste que venían?

Lin volteó con ojos entrecerrados nuevamente hacia el recodo del arroyo, donde había visto los destellos. ¿Quién los había mandado? ¿Un Jinete de la Escarcha del que Teodor no sabía? Pero, en ese caso, ¿por qué no se mostraba? Apretó los labios. De no haber sido por la señal, jamás les hubiera dado tiempo de treparse al árbol.

—Porque hice lo que me dijo la Adivina Cantante. Confié en las luces.

## Capítulo Veintiocho

Siguieron hacia el norte, por el páramo, con los bolsillos cargados de bellotas de roble frío. Pero ni vieron ni oyeron más troles. A cada vuelta del río, las Torrescuerno se hacían más altas y la floresta menos profunda, hasta que sus bordes les llegaban apenas arriba del cuello. Y por último el Arroyo Crepitante se metía donde ya no podían seguirlo: bajo tierra.

—¿Y ahora a dónde vamos? —preguntó Rufus.

—No sé. Éste debe ser el manantial del Arroyo Crepitante, donde Lass encontró el Dientefrío. Hasta aquí llegaba nuestro plan.

—Pues entonces más nos vale encontrar... —Rufus se quedó callado. Allá en las laderas había habido otro destello, a la orilla del escaso bosque en las faldas de las montañas—. Minoris —murmuró—. Nuestro guía misterioso está allá junto a los árboles. ¿Puedes detectar su rastro?

Minoris olfateó.

—El viento está a favor, pero no. Sólo huelo madera. Quizás alguna clase de metal. Pero ninguna criatura ni bestia.

Lin le dio a Rufus el triple pellizco. Allá a campo abierto estarían expuestos, pero no tenían ninguna idea mejor. Agazapados, fueron de arbusto en arbusto hasta llegar al mato- rral. Entre las raíces, había tramos de nieve que el viento no había despejado, y junto a un gran arbusto de junípero, Rufus encontró un juego de huellas muy extrañas. Profundas perfo- raciones en la tierra.

—Si es un trol, anda en zancos —dijo Rufus, rascándose la oreja—. No me imagino a un trol en zancos. ¿Y tú?

Lin tampoco. Pero Teodor había dicho que las Montañas Pesadilla eran el hogar de los miedos secretos de los niños. ¿Cómo saber qué criaturas vivirían aquí afuera, y qué patas tendrían?

Las perforaciones subían un tramo corto por la montaña, siempre resguardadas por arbustos o riscos, hasta que acaba- ban en una empinada cresta cubierta de matas de arándano. Lin pensó que su guía debía ser un alpinista excelente para no ser visto en las laderas abiertas. Pero de aquí ¿a dónde había ido?

—Siento una corriente —gruñó Ursus Minoris. Tomó las matas de arándano con una pata y para sorpresa de todos, podían abrirse como una cortina. Detrás estaba la entrada a una cañada que cortaba la montaña como un hachazo, por la que apenas cupieron. Un escondite perfecto, y, si te quedabas en los matorrales de la entrada, un lugar perfecto para una emboscada.

—Shhh —Rufus inclinó la cabeza—. Voy a tratar de oír su respiración.

Esperaron un largo rato en el aroma pardo de las raíces hibernando. Hasta Ursus Minoris trató de acallar sus fuertes y calientes resoplidos. Era el primer silencio verdadero en al- gún tiempo, y quizás eso era todo lo que Lin necesitaba. Justo cuando Rufus levantó la cabeza derrotado, Lin oyó algo. Pero no era una respiración. Era música.

O más bien, música era una descripción demasiado mansa de los curiosos sonidos que ululaban en sus oídos, una voz evocadora y salvaje que Lin no podía definir con precisión.

—Yo no oigo nada, niñita —dijo Minoris.

—Yo tampoco —dijo Rufus—. ¿Estás segura?

Lin asintió.

—Viene de la cañada. Creo que lo estoy oyendo con mis oídos mágicos.

—Está bien —dijo Rufus animado, aunque tenía la espalda erguida y tensa—. Como dijo Teodor: entonces allá debemos ir.

Bajo las raíces colgantes, no vieron más huellas ni destellos. Las paredes se cerraron más y más hasta unirse de arriba, y la cañada se convirtió en un túnel. Vetas plateadas se entretejían por los muros y los rodeaban con una luz que se extenuaba conforme se adentraban más en la montaña.

—Este lugar está raro —murmuró Minoris—. Una cueva como ésta debería oler a estiércol y huesos viejos, pero el aire se pone más fresco entre más avanzamos.

—Con razón —Rufus abrió los bigotes—. Hay una apertura más adelante.

Ahora todos la sintieron, una brisa fría y dulce que entró a recibirlos. Y al llegar al final del túnel, los tres se pararon a mirar, admirados.

Estaban al fondo de un valle profundo y encerrado, resguardado por montañas que se cerraban como un puño. A treinta metros, subiendo por la ladera, sobresalía el borde de un glaciar verde y opaco. Debajo, colgaba una majestuosa cascada congelada que atrapaba la luz de la Vagabunda y llenaba el pequeño valle de trémula luz azul.

Más que nada, el valle parecía un pozo.

—¡Éste debe ser! —dijo Rufus—. ¡El Pozo Hibernalis! ¡Y aquí, las Pesadillas no mandan para nada!

Era verdad. En el Pozo, Lin logró sacudirse el pesado letargo del páramo. Ningún trol podía bajar por estas laderas, ella lo sabía, y por todo alrededor la música se arremolinó y silbó, llenándola de calma.

—¡Miren!

Rufus había encontrado un juego solitario de huellas que atravesaban el nevado suelo del valle, camino a la cascada. No eran perforaciones ni huellas de botas, sino las marcas lisas con cinco bolitas de pies descalzos que parecían humanos, excepto que ningún humano podría caminar descalzo por la naturaleza helada.

—Vayan ustedes, pequeños —Ursus Minoris volteó hacia arriba a ver las masas de hielo con el ceño fruncido—. Yo cuidaré la boca del túnel para que no pueda seguirnos ninguna bestia de sueños.

Entraron al Pozo, Rufus con la cola en alto, la herida de trol ya olvidada. Arriba muy lejos, el viento royó el borde del valle y volcó un velo de cristales de nieve sobre la orilla. Las estrellas parpadearon, borradas por un momento por las volutas de nube, y la Vagabunda no se veía.

Cuando Rufus dio un grito de alegría, sintieron como si hubiera gritado en un santuario. Se sentó junto a un hito brillante al pie de la cascada: una linterna de nieve que por sus agujeros proyectaba luz de un plateado lechoso y un blanco dorado. Dentro, alcanzaron a ver no una vela, sino una bola de vidrio brillante, con una sombra diminuta parpadeando en su corazón. Sólo podía ser la esfera de nieve de Isvan.

Lin se dejó caer de rodillas para recogerla, pero en vez de

eso dio un grito de dolor. El frío que irradiaba de la esfera era tan severo que los dedos se le pusieron azules al instante.

Rufus la apartó un poco.

—Isvan no tiene su Máscara de Hielo, recuerda —dijo en una gran nube de vaho.

Lin asintió lentamente. Sus labios se habían apretado.

—De todas formas no estoy segura de que sea correcto tocar el alma de alguien más. Hay que dejarla aquí hasta que lo encontremos.

El viento le alborotó el pelo, y oyó un susurro a sus espaldas.

*Encuéntralo.*

Se dio la vuelta. Esperaba ver a alguien entre los pilares de hielo de la cascada, pero no había nadie, ni en el suelo del valle ni en los muros de la montaña.

—¿Oíste eso?

—¿Qué cosa? —dijo Rufus—. ¿Más música?

—No. Voces.

Los carámbanos de la cascada se enredaban y se rodeaban entre sí, unos gruesos como columnas, otros frágiles como telarañas. Cerca del suelo, dos pilares se unían y formaban un arco alto. Lin dio un paso hacia allá.

Otro suave gemido llegó susurrando, pero esta vez Lin no oyó las palabras, las *sintió* en su columna.

—Dicen que está aquí.

Rufus le agarró la mano y no fue necesario el triple pellizco. Sin decir otra palabra, entraron caminando a la cascada.

Hielo oscuro cubría el suelo como cristal; gotas congeladas yacían desperdigadas como perlas. Esto se siente bien, pensó Lin. Se siente como la mansión de los Hibernalis. Sólo que las puertas y los arcos eran más salvajes, menos como arquitectura lujosa y más como raíces vivas que crujían y suspiraban y no querían dejarlos pasar. Rufus abrió bien los bigotes, mientras avanzaba apretado entre dos carámbanos.

—¿Isvan? ¿Estás aquí? No tengas miedo. ¡Venimos a ayudar!

—Ayudar, ayudar, ayudar —sonó el eco de la cascada.

Serpenteando, llegaron hasta el fondo de la cascada, donde el hielo dejaba descubierta la roca que formaba una bóveda alta.

—Tienes razón —dijo Rufus—. Definitivamente vino por aquí —clavado en el suelo había un piolet de mango tallado y cabeza transparente que ostentaba el cristal de nieve de los Hibernalis. El piolet mágico también era una llave.

El Dientefrío.

Rufus agarró su esbelto mango.

—¡Pues por qué no! —jaló fuerte, pero el piolet no se movió—. No lo puedo sacar —dijo, molesto—. A ver. Trata tú.

Pero Lin no miraba el piolet, estaba volteando para arriba, hacia la montaña. En medio de la oscuridad, colgaba algo que no se esperaba. Alguien había puesto pernos en la roca y les había metido una cuerda roja para escalar, y había más pernos en el suelo. Muy arriba, alcanzaba a distinguir la boca de una cueva, que rodeaba la cima de la cascada. Pero la cuerda sólo subía dos terceras partes de la distancia, y allí terminaba en un rizo suelto.

—¡Isvan! —gritó Lin—. ¿Estás aquí?

—Aquí, aquí, aquí —vinieron los ecos, y a Lin le pareció que eran demasiados y que sonaban demasiado tristes.

Cuerda. Pernos. Rizo suelto. Las piezas del acertijo se unieron con un doloroso clic. Lin se dio la vuelta, aún mirando para arriba, deseaba con todas sus ganas estar equivocada.

No lo estaba. Dentro del pilar de hielo más grueso, colgaba suspendido un niño que iba cayendo. A través del hielo era como una figura de porcelana con su cabello azabache y piel pálida. Una figura de porcelana desesperada tratando de aferrarse de la nada.

Habían encontrado a Isvan Hibernalis.

—¿Está...? —Rufus carraspeó—. ¿Crees que está muerto?

—Muerto, muerto, muerto —suspiró la cascada.

Lin se mordió el labio para que le dejara de temblar. No podía ser. Después de tantas horas solitarias sentado en su ventana o afuera del Waffleamor, no podía terminar así. Se suponía que ella iba a salvarlo. Se suponía que iba a llevarlo a casa.

—No —dijo, meneando la cabeza obstinadamente—. Su globo de nieve está vivo. Eso significa que aún hay esperanza.

Rufus se encorvó, aliviado.

—Entonces mi siguiente pregunta es: ¿cómo vamos a bajarlo?

Lin volvió a menear la cabeza. De verdad no sabía. Isvan debía haberse caído donde acababa la cuerda, pero estaba muy apartado de la montaña y no era posible alcanzarlo desde el muro.

Rufus se retorció los bigotes.

—Quizás esto te parezca una locura, pero... ¿Te acuerdas cuando activaste la runa deshieladora de Teodor? Dijo que estabas cargada de magia del Observatorio. No sé si todavía quede algo después de nuestra aventura en el Páramo Crepitante, pero... —le dio un empujoncito hacia el piolet—. Si la runa deshieladora funcionó contigo, ¿quizá también funcione el piolet mágico? Y se supone que el Dientefrío deja que el portador controle el hielo. Podrías pedirle que lo baje.

Valía la pena intentarlo. En efecto, ella *había* activado esa runa deshieladora, y quizá también el gramófono en la oficina de Figenskar, que se había prendido de un chispazo cuando lo tocó. Pero desde la frenética escaramuza en el Pasoblanco, se sentía más ligera de algún modo, y sabía que algo de la magia se le había salido cuando encontró esas bellotas de roble frío. Quizá ya no quedaran más dones del Observatorio.

Lin cerró las manos alrededor del mango, dispuesta a usar todas sus fuerzas para sacarlo. Pero el Dientefrío salió del hielo como si fuera mantequilla.

—¿Sabes? Creo que tu teoría puede ser correcta —dijo Lin. No podía sonreír con Isvan congelado justo arriba de su cabeza, pero el mango frío del hacha de todas formas se sentía maravilloso en sus manos; fluía y creaba hebras de música al cortar el aire.

Puso el filo contra la raíz del pilar de Isvan. Hizo una delgada fisura blanca.

—Suéltalo —dijo.

—Suéltalo, suéltalo, suéltalo —le respondió susurrando el hielo. El Dientefrío temblaba en sus manos.

*Crac.*

—¡Está funcionando! —Rufus miró a lo largo del pilar, ahora partido en dos por la fisura. Si Lin le volvía a pegar, era bastante probable que se quebrara y les cayera encima. Pero tenían que bajar a Isvan, y si ésta era la única manera…

—Rufus —dijo ella—, creo que más vale que te pongas a salvo.

—¿Qué? —Rufus volteó a verla al instante—. ¿Y tú qué?

—¡Dije que corras! —Lin enterró el piolet en lo profundo del hielo y gritó—: ¡Libéralo!

Esta vez no hubo eco, sino un trueno que sacudió no sólo el pilar de Isvan, sino la cascada entera. De la profunda muesca donde pegó el Dientefrío, se abrieron fracturas que vetearon el suelo y treparon veloces por los pilares.

—Ratas —gritó Rufus.

—Ratas, ratas, ratas —gimió la cascada, y luego la voz se ahogó en un sinfín de crujidos.

Lo último que Lin vio fueron carámbanos chocando, desmoronándose como los huesos de un antiguo templo, y las ruinas le llovieron encima.

## Capítulo Veintinueve

—¡Lin!

La voz sonaba pastosa. También su cabeza se sentía pastosa. Estaba acostada de espaldas y su cara casi tocaba el techo. Tenía mucho frío. ¿Dónde estaba?

—¡Lin!

Quien fuera que la llamaba sonaba consternado, pues había lágrimas en sus gritos, mezclados con golpes y crujidos esporádicos

—¿Dónde estás, pequeñita?

¡Pequeñita! ¡Rufus! Y todo le regresó de golpe: Platelia, Isvan, la cascada. Debía estar atrapada bajo la avalancha. Trató de voltearse de lado. Sus pies y manos se movían débilmente contra el hielo. Tenía algo pesado sobre el pecho y los muslos, y no se podía mover. Bueno, por lo menos no estaba muerta, ni lisiada.

Un punto para la señorita Rosenquist.

—¡Cállate, Rufus! —dijo una voz profunda: Ursus Minoris—. No la vamos a oír.

Los golpes y choques cesaron, y Lin supo que estaban tratando de oír alguna señal suya. Quiso gritarles, pero no podía respirar bien. Así que se puso a raspar el hielo con la punta de su bota.

—¡Aquí! —se oyó un chillido urgente. Un rayo de luz le dio en la cara—. ¡Es ella! —Rufus, con los ojos desorbitados, apareció entre los bloques de hielo—. ¿Estás herida? ¿Te duele algo?

—No puedo… moverme… —resolló Lin.

Rufus se puso a escarbar en el hielo. Las virutas caían girando hasta aterrizar en las mejillas de Lin.

—Déjame a mí —grandes patas cafés arrancaron un bloque de hielo tras otro, para reemplazar el techo con estrellas.

—¡Con cuidado, Minoris! —dijo Rufus—. ¡Que no le caiga nada encima! No es una tetera.

—Sí, con cuidado —dijo Ursus Minoris—. No debo aplastar a la niñita —con mucha delicadeza quitó el bloque que tenía inmovilizada a Lin, quien por fin pudo tomar un dichoso respiro y levantar la cabeza. El Dientefrío estaba erguido junto a ella, la hoja enterrada en el suelo. Había cargado parte del peso del bloque. Muy posiblemente la había salvado de ser aplastada.

Lin se puso de pie y miró boquiabierta el caos a su alrededor. De la cascada no quedaba nada más que una fila de puntas astilladas donde el glaciar y la montaña se encontraban, y un tiradero de vigas rotas y escombros en el suelo del valle.

—Ahora te voy a sacar de ahí —Minoris la tomó de la cintura con las patas. Después de un suave abrazo, Lin estaba de pie junto a Rufus. Se sentía bien, excepto por uno o dos moretones y miles de huesudos deditos de roedor picoteándole la espalda y el cuello y las piernas, revisando que no estuviera herida.

—¿Te duele aquí? ¿Y qué tal acá?

—¿Y tú? —contestó ella—. ¿Tú tampoco te hiciste daño?

—Traté de sacarte, pero estaban cayendo demasiadas cosas. Corrí —Rufus tenía los hombros encorvados de vergüenza—. Lo siento. Se supone que no debemos abandonarnos.

—No, claro que sí —dijo Lin—. Te dije que te pusieras a salvo. Era lo correcto. Era lo *único* que podías hacer.

—No. La estúpida idea de usar el Dientefrío fue toda mía. Y cuando nos vayamos de aventura, tenemos que poder confiar…

Un grito de Minoris lo interrumpió. El oso estaba batallando con un grueso pilar que sobresalía entre los escombros.

—¡El niñito! ¡El niñito!

¡Isvan!

Lin y Rufus treparon sobre los trozos de hielo y grava. Juntos, los tres sacaron el pesado tronco del montón. Minoris lo rodó para que quedara al derecho y usó sus patas para apartar los cristales que empolvaban la superficie.

Era un golpe increíble de suerte.

Sesenta centímetros más abajo y treinta más arriba del cuerpo de Isvan, el carámbano estaba hecho pedazos. Excepto la parte que lo contenía por completo. Él miraba fijamente a través del vidrioso hielo con ojos de zafiro que brillaban de miedo. Lin sintió que la estaba mirando a ella.

—¿Qué esperas? —dijo Rufus—. Esta vez no te va a caer encima ninguna cascada. Termina.

Lin levantó el Dientefrío. Ninguna cascada le iba a caer encima. Pero no podía sacudirse una incómoda sensación que la atosigaba, como una astilla helada que recorría su cuerpo y se deslizaba hacia su corazón. Se le estaba olvidando algo. Algo importante.

—Esperen —dijo—. ¿Creen que se haya oído la avalancha en el Páramo Crepitante?

—Puede ser —Rufus volteó con el ceño fruncido hacia el

túnel, ahora desprotegido—. No sé qué tanto nos cubran las montañas.

Eso debe ser, pensó Lin.

—Quizá deberías volver a cuidar la entrada —le dijo a Minoris—. Por si acaso.

El Silvestre asintió, con rostro sombrío.

—No dejaré pasar a nadie.

Mientras Minoris se abría paso pesadamente por el hielo, Lin se volvió con Isvan. Era el primer rostro humano que veía en toda la noche. Pero ninguno de los platelinos le había recordado tanto a los animales disecados en el sótano de la señora Ichalar.

—¿Crees que nos pueda ver? —dijo ella.

—No sé. Yo le veo cara de… —Rufus se encogió de hombros, incómodo—. Supongo que no lo sabremos hasta que lo saquemos.

Lin tocó la punta del tronco con el Dientefrío, lo más lejos que pudo de la cara de Isvan.

—Déjalo ir —murmuró.

*Crac.*

La prisión de Isvan estalló en un millón de astillas diminutas. Salieron volando como humo y se asentaron en su cuerpo como cenizas.

Lin se acuclilló a su lado, con cuidado de no acercarse demasiado. Era como sentarse ante un fuego inverso. El frío le golpeaba la piel, le congelaba la nariz por dentro. Meneó la cabeza para despejarla. No, no eran los troles. Había algo más, algo que debía estar haciendo…

Sopló en la cara del Hibernalis y el hielo se le atoró en las pestañas. Se estaban moviendo.

—¡Lo logramos! ¡Está despertando! —la voz de Rufus resonó por todo el Pozo mientras hacía un bailecito de celebración—. ¡Quién iba a pensar que podía sobrevivir todas esas semanas metido en el hielo! —se agachó para abrazar a Lin, riéndose en su oído—. ¡Supongo que hay ocasiones en las que sí sirve tener tu alma afuera de tu cuerpo!

Isvan parpadeó. Su mirada azul pasó por Rufus hasta llegar a Lin, y se abrió más, como reconociéndola. Una sonrisa tímida le jaló la orilla de la boca.

La astilla llegó al corazón de Lin. Se puso de pie como rayo.

Del otro lado del valle les llegó un suave crujido.

El pecho de Isvan se agitó una vez y un tenue viento escapó de sus labios. Luego sus ojos soltaron los de Lin y se cerraron.

—¿Isvan? —Rufus sonaba completamente desconcertado—. ¿Lin? ¿Qué pasa?

Lin ya sabía. En el Pozo faltaba un sonido, la hermosa voz susurrante que le había cantado desde que llegaron a la cañada, y que provenía de la esfera de nieve de Isvan. Había desaparecido.

En vez de eso, se oyó un largo y terrible aullido acongojado del gran hocico café de Ursus Minoris.

## Capítulo Treinta

Minoris temblaba desamparado con cada sollozo.

—Por favor —dijo Lin—. Ya no llores.

—¡El niñito! —el lamento de Minoris sonó tan débil, tan indefenso. Pero Lin no podía decir nada para consolarlo. Ella misma quería llorar.

*El pie se levanta, listo para aplastar*, decía el mensaje del halcón. Lin se agarró las mangas del suéter. ¿Por qué Raymonda no pudo decirle tan sólo que se asegurara de que nadie pisara el alma de Isvan? En vez de eso le había dicho: "No falles". Y por supuesto, Lin había hecho justo eso.

Isvan yacía en la nieve, inerte. Tenía el pelo revuelto por los intentos de Minoris de despertarlo a sacudidas. Cristales de hielo se extendían poco a poco por su frente y sus mejillas, lo reclamaban de nueva cuenta.

Lin ahora entendía que Minoris y Lass la hubieran confundido con el Hibernalis. Isvan podía haber sido su hermano. Hasta andaban vestidos igual, de blanco y azul. Sólo que la ropa de Lin era gruesa y caliente, y la de Isvan era delgada, como seda funeraria.

—¿De veras no hay nada que podamos hacer? —Rufus

pasaba inquieto de mordisquear las borlas de su bufanda a lamerse la herida de la cola.

—No creo —Lin bajó la mirada hasta las astillas que había recogido de la linterna de nieve aplastada. Siete en total. Su última esperanza desesperada era que la magia del Observatorio pudiera hacer volver la luz plateada y dorada. Pero lo único que había conseguido era hacerse una cortadita en el dedo con los filos y embarrar las astillas de sangre. No oía ninguna canción de la esfera destrozada, y la columna no le cosquilleaba al tocarla. Era sólo vidrio, como cualquier pecera rota.

—Hay que pensar en regresar. Teodor sabe más magia que cualquiera en Platelia. Quizás él pueda ayudar.

—Si sobrevivimos el regreso por el Páramo —dijo Rufus.

Lin asintió. Tenían algunas bellotas de roble frío, pero no les quedaba ningún cono de abeto blanco. Para tener una posibilidad necesitaban a Minoris, pero no estaba en condiciones de cargarlos para nada.

—Vamos, sécate esas lágrimas, Minoris —dijo Lin con suavidad—. Todo el mundo entiende que fue un accidente. Pensaremos en algo, ya verás.

Minoris levantó la cabeza. El pelaje de su cara estaba todo mojado, pero no congelado puesto que Isvan ya no irradiaba frío.

—¿De veras lo crees?

—De veras —Lin trató de sonar confiada.

Minoris sonrió trémulamente.

—Ahora tienes que venir conmigo —levantó a Isvan en sus brazos como si no pesara nada. La cabeza del niño se mecía de un lado a otro y su brazo quedó colgando, exponiendo el bolsillo izquierdo de su saco. Algo blanco salía de la delgada tela.

—¿Y ahora esto qué es? ¿Otra carta para informarnos que

hemos fallado? —Rufus sacó el papel y se lo pasó a Lin—. Léela tú. Yo ya estoy harto de profecías.

Lin la abrió. Era una carta arrugada, sí, pero no era de la Reina de las Adivinas Cantantes.

—Voy a leerla en voz alta —dijo Lin—. Porque creo que es la carta que él te escribió a ti, Minoris.

—La que no pude leer —Minoris inhaló entrecortado, pero agachó la cabeza para escuchar.

Anoche volví a soñar a mi madre. Y esta vez me habló.

Tengo que ir al Pozo Hibernalis a tratar de liberarla. El camino será peligroso, pero de todas formas Platelia ya tampoco es un lugar seguro para mí. Y tengo la sensación de que quizá la conoceré allí, a la niña asustada de mi sueño, la que estaba rodeada de hielo destrozado.

Lass la recolectora va a estar muy enojada conmigo. Si no regreso, dile que lo siento. Si Teodor te pregunta, no le digas nada. No sé en quién confiar, más que en ti, mi querido y silvestre amigo.

Lágrimas frescas salpicaron la nieve de gris cuando Minoris abrazó fuerte a Isvan.

—¡Y yo fui el que lo maté! Después de que logró pasar a los troles y todo.

—A todos se nos olvidó la esfera de nieve —dijo Lin. Isvan había soñado con ella. Con el momento de su muerte. Ésa era la niña en el retrato de Minoris: Lin Rosenquist, la Girarrosa fracasada. Su arma favorita para matar: la estupidez—. Fue culpa mía tanto como tuya.

—Esperen un momento —dijo Rufus—. ¿Él vino aquí a liberar a su madre? ¿No lo ven? Eso significa…

Volteó con ceño fruncido hacia la cuerda roja para escalar. Rodeando los restos de la cascada, la cueva entre la roca y el glaciar ahora había quedado expuesta. Allí estaba tratando de llegar Isvan cuando se cayó. Y si tenía razón, si Clarisela Hibernalis estaba viva en alguna parte de esa cueva, ella podía hacer caer la Nevada Vagabunda y salvarlos a todos.

A casi todos.

A manera de disculpa, Lin tocó la mano de Isvan. Estaba tan tremendamente fría.

—Eso significa que tenemos que terminar lo que él empezó.

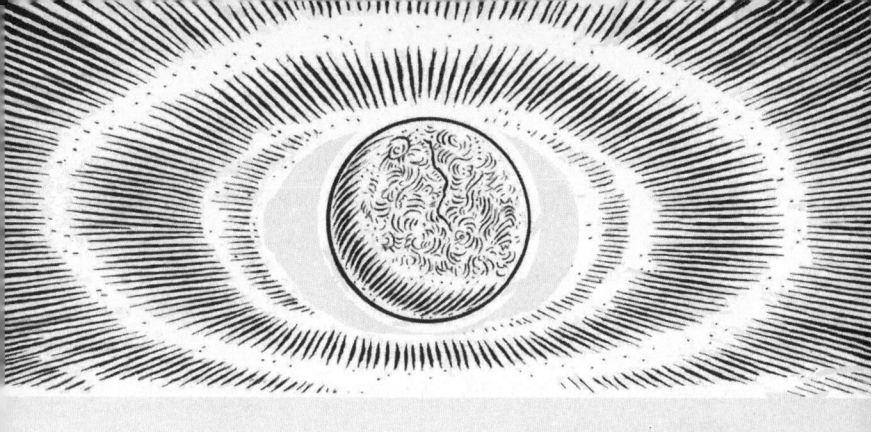

## Capítulo Treinta y uno

El bloque verde del glaciar cabía exactamente en la montaña. Signos blancos garigoleados ocultaban cualquier secreto que pudiera haber detrás, pero Lin y Rufus tenían la llave.

Lin levantó el Dientefrío un poco indecisa. Ya había usado el piolet en dos ocasiones, y en ambas el hielo más o menos había explotado a su alrededor. Pero no sabía cómo controlar su fuerza mejor. Así que al mal paso darle prisa.

—¿Podrías hacerte a un lado, Rufus?

Rufus estaba parado con la espalda contra el portal; miraba el hielo destrozado en el suelo del valle. Abajo, Ursus Minoris se veía como un cachorrito de oso, con un muñeco de porcelana aún más pequeño en los brazos. Al subir la cuerda por el muro de la montaña, Rufus no había dicho palabra.

Lin sabía que ahora le daban miedo las alturas, así que le había dicho que si quería podía quedarse en tierra. Rufus se había rehusado, diciendo que "ya nadie iba a dejar a nadie" de ninguna manera. Pero le había costado. La cueva en la cima de la cascada en realidad no era mucho más que un reborde lleno de piedritas resbaladizas, y Rufus estaba demasiado aterrado para moverse.

—Rufus —dijo Lin—. ¿Ves que las habilidades e instintos naturales de Teodor y Minoris se han fortalecido entre más los usan?

—Ajá —dijo Rufus entre dientes.

—Bueno, pues una cosa que sé de ustedes los topillos es que son muy buenos para escalar.

Rufus levantó la vista. Se veían los bordes blancos a la orilla de sus ojos.

—¿Lo somos?

—Lo son. Te trepabas a mi suéter por todos lados, ¿te acuerdas?

—Pero me caía —Rufus arrugó la cara—. Traía la cola insensible e inutilizada, igual que... igual que ahora.

—Te caíste una vez, y sólo porque ya te estabas poniendo viejo. Pero nunca fuiste más feliz que cuando viajabas en mi hombro. Puedes hacer esto, si tratas de recordar esa sensación. Y puedes tomarme de la mano, así no necesitas tu cola.

Le tendió la mano. Rufus se le quedó viendo a su mano, luego a su suéter, y Lin casi pensó que se iba a negar. En vez de eso, empezó a respirar bien en vez de con jadeos superficiales. Con cuidado, con mucho cuidado, y sin despegar la espalda de la roca, se hizo a un lado.

—Apúrate.

Lin clavó el Dientefrío en medio del bloque, entre dos espirales blancas.

—¡Ábrete!

En vez de otra tormenta de hielo destrozado, vino un silencio y luego un chasquido. Como las ramas de la Empalizada, el hielo se hizo a un lado, abriendo un portal. Un intenso resplandor azul salió del interior, junto con un tenue coro de música.

Rufus dio dos pasos temblorosos y se metió disparado por el portal. Lin lo oyó dar unos cuantos respiros de alivio, y luego se quedó muy callado.

—Lin —murmuró—. Tienes que ver esto.

Lin dejó el Dientefrío en el hielo y también entró.

La catedral glacial.

Estaban en un gran salón, donde las estrellas brillaban a través de las facetas de vidrio cortado del techo. Copos de nieve desperdigados danzaban y giraban en lo alto, sin asentarse nunca en el suelo. Las paredes estaban talladas con los mismos signos blancos garigoleados que cubrían el portal y el mango del Dientefrío. De repente dejaban espacio a mosaicos tridimensionales de gemas y cristal azul incrustados en el hielo, que mostraban a los Hibernalis con esferas hechas de perlas gigantes.

Sentado en un rincón, había un trol de nieve engarruñado y cubierto de escarcha. El intenso frío lo había preservado, pero Lin supuso que llevaba mucho tiempo muerto. ¿Cómo se había metido hasta aquí arriba?

El trol de nieve no estaba solo en el salón. En un féretro en medio del piso yacía Clarisela Hibernalis, quien agarraba su esfera de nieve con dedos blancos y esbeltos.

Quizás estuviera durmiendo, pero bajo su vestido perlado su pecho no subía ni bajaba, y su piel parecía de cera.

—Se ve igual que Isvan —dijo Rufus, y Lin supo que no se refería al pelo azabache.

—Su esfera de nieve nos dará la respuesta —respondió ella, y cruzó el salón para examinar la bola de vidrio.

Había una pequeña fisura en el cristal, más corta que una pata de araña, pero astillaba la luz. Lin podía oírla, una nota discordante en la música Hibernalis. Pero en el centro, una manchita resplandecía valientemente, con un plateado lechoso y un blanco dorado.

—¡Está viva! Tenemos que encontrar la manera de despertarla —Lin estiró la mano para tocar el brazo de Clarisela.

—¡No! —gritó Rufus—. Se te van a congelar los dedos.

—No pasa nada —dijo Lin—. Clarisela tiene su Máscara de Hielo. Si vive entre los de sangre caliente, no puede ser peligrosa al tacto. Además, sólo voy a tocar su vestido —ojalá sirva de algo, pensó, y sacudió la manga de la Hibernalis.

Máscara de Hielo o no, los dedos igual le dolieron. Sin pensarlo, Lin quitó la mano bruscamente y de inmediato se dio cuenta de su error. Las perlas de hielo bordadas en la tela del vestido se le pegaron a la mano, tan fuerte que jaló el brazo de Clarisela.

Tintineando contra las perlas de hielo, la esfera de nieve se resbaló y empezó a caerse de su corpiño.

Lin no tuvo más remedio que atraparla. En la fracción de segundo que le tomó empujarla otra vez sobre Clarisela y ponerla a salvo, una oleada de náusea recorrió su cuerpo, y sintió una descarga eléctrica pasar por la punta de sus dedos. Y aunque un chorrito de sangre goteaba de su barbilla, empezó a respirar mejor.

—Ése fue el último —dijo—. El último don del Observatorio.

Rufus tomó sus manos adoloridas entre las suyas.

—¿Qué era?

—Creo que Esperanza.

Rosas frescas florecieron en las mejillas de Clarisela, como si acabara de regresar de una enérgica caminata en la nieve. Abrió los ojos, y brillaban como zafiros. Se fueron nublando de confusión cuando vio quiénes la habían despertado: un topillo de Sundevall y una niña humana.

—¿Ustedes quiénes son? —su voz era baja y melodiosa.

—Me llamo Rufus de Rosenquist —dijo Rufus—. Y ella es Lin Rosenquist, mi niña humana.

—Una Girarrosa —Clarisela se levantó de su féretro—. ¿Cuánto tiempo he yacido aquí?

—Desapareciste hace siete años —dijo Lin—. Hoy es la Noche Vagabunda. Ya casi es media noche.

—Media noche en la Noche Vagabunda. Y tú eres una Girarrosa, que ha venido a salvarnos en un momento de extremo apuro —por un momento, el rostro de Clarisela se contrajo—. Ustedes… Ustedes han venido porque necesitan que cree la Nevada Vagabunda.

—Y para liberarte —añadió Rufus rápidamente—. Siete años es mucho tiempo para estar metida en un glaciar —abrió los bigotes hacia los restos encogidos del trol de nieve—. Sobre todo atrapada aquí adentro con una Pesadilla.

Las manos de la Hibernalis temblaron cuando miró su esfera de nieve. Parecía buscar algo en esa luz, pero no lo encontró. Sus hombros se encorvaron.

—Vine aquí a tallar el hielo para la Máscara de Hielo de mi hijo. Pero una jauría de troles de nieve debe haber encontrado la entrada a la cañada. Llegaron por atrás y me tomaron por sorpresa. En la refriega que siguió, uno de ellos sacó el Dientefrío del hielo.

—¡Se cerró el portal! —dijo Lin—. Y nadie sabía dónde encontrarte, porque nadie conocía la ubicación del Pozo.

—En mi ira, convoqué la furia del invierno sobre el norte. Pero mi enojo me costó caro. Sólo sirvió para tapar las huellas que había dejado —Clarisela pisó el suelo de la catedral entre el crujir de la seda—. Siete años perdidos por la tontería de no cuidarme las espaldas. Yo creía que los troles de nieve no podían escalar, pero éstos habían aprendido a confiar en las escaleras. No volveré a subestimarlos.

—Lo mismo digo —masculló Rufus, enroscando su cola con mucho cuidado—. Hay otras tribus de troles que no son de nieve en el páramo. Nos topamos a tres viejos conocidos de Lin, de allá del bosque donde vivía.

—¿Troles de bosque? ¿En el Páramo Crepitante? Entonces los Reinos en verdad han cambiado mientras estuve aquí metida —levantó la esfera de nieve para examinar la grieta—. Mi hijo era mi única ventana al mundo. Su esfera de nieve y la mía están sintonizadas. Yo sabía cómo asomarme a la suya, para ver lo que él estaba viendo. Pasé años tratando de comunicarme con él en sus sueños para decirle dónde estaba. Pero él sólo oía los ecos de mi voz —Clarisela meneó la cabeza—. Luego un día presencié una escena terrible en su esfera. Ese nefasto Felino del Observatorio...

—Figenskar —dijo Lin.

—Figenskar, sí. Le tendió una emboscada a mi hijo en nuestra casa. Isvan apenas logró escapar por la escalera oculta, y no pudo ver el rostro de su atacante. Yo sabía que él y Teodor se habían distanciado, y nadie más podía protegerlo. Así que me acosté en el féretro y usé todo el poder que me quedaba, arriesgando mi esfera de nieve para llegar hasta él y enseñarle el camino para venir. Tal vez... —contempló sus rostros—. ¿Tal vez no oyó? ¿Puesto que vinieron ustedes y no él?

Rufus clavó la mirada en los dedos de sus pies, mordiéndose su acelerada lengua. Lin iba a tener que tratar de encontrar las palabras adecuadas, sólo que no tenía idea de cómo.

Pero Clarisela inclinó la cabeza y le murmuró a su esfera:

—No es necesario que respondan, ya lo sé. Llévenme con él.

En el portal, Clarisela sacó del hielo el Dientefrío, que saltó gustoso a sus manos, como saludando a una vieja amiga. El glaciar volvió a cerrarse, con sus signos garigoleados y todo. Luego la Hibernalis tocó los fragmentos de la cascada rota con el piolet y dijo:

—Escalera.

Con rechinidos y gruñidos, la cascada volvió a salir, un carámbano tras otro, sólo que esta vez había una escalera de caracol entre los pilares.

—No creo que Isvan supiera de esa función en particular —murmuró Rufus.

Clarisela fue la primera en bajar por la escalera transparente. Sus pies descalzos no hacían ningún sonido sobre el hielo.

—A diferencia del Valle de Plata, en las Montañas Pesadilla hay verdaderas estaciones. A veces el deshielo reina en el Pozo, aunque nunca en la catedral. Y cuando la cascada no está congelada, el Dientefrío puede conjurar escalones para su portador.

—Seguro que así fue como Isvan quedó atrapado en el hielo —dijo Lin—. Se cayó de espaldas a la cascada, y se congeló a su alrededor. Y el Dientefrío no pudo ayudarlo.

—Hay tantas cosas que no tuve tiempo de enseñarle a mi hijo —dijo Clarisela con tristeza—. Pero lo que más me pesaba era que no tuviera su Máscara de Hielo. Siempre estaba solo, incluso viviendo entre los buenos platelinos —meneó la cabeza—. Había más de los nuestros, antes, seres que podían guardar el secreto del saber. Pero el poder de los glaciares está disminuyendo, en este mundo y en el otro.

Ursus Minoris los estaba esperando cuando llegaron abajo. Sin decir palabra, extendió el cuerpo inerte de Isvan. Un suspiro quebrado cruzó los labios de Clarisela. Su mano se cernió sobre la frente de Isvan por un momento. Las perlas de su manga tintinearon. Le alisó el pelo con dedos ligeros.

—Ya es un muchacho tan grande.

La expresión de su rostro hizo que a Lin le diera un vuelco la panza. Le recordó algo que no podía acabar de precisar, un dolor sin nombre que ella había hecho a un lado. Junto a ella, Rufus se movió.

—Íbamos a llevar a Isvan con Teodor —dijo él—. Pensamos que quizás él podría hacer algo.

Clarisela volteó la cara, hacia el túnel que salía al Páramo Crepitante.

—Tal vez. En todo caso, nos tenemos que ir del Pozo. Voy a tratar de crear un caballo de nieve para Isvan, pero la cañada lo va a espantar.

—Me pregunto si seguirá allá afuera —le susurró Rufus a Lin cuando pasaban por la oscura hondonada. El Páramo Crepitante ya empezaba a pesar sobre Lin, en su cabeza y sus manos, y Rufus tuvo que recordarle—: Nuestro guía misterioso.

No habían visto ninguna señal de él desde que descubrieron la cañada, y estaban seguros de que no había entrado al Pozo Hibernalis. Cuando salieron de detrás de la cortina de arándanos a las laderas de las Torrescuerno, buscaron sus huellas. Pero no había perforaciones frescas.

Clarisela contempló su esfera de nieve. La grieta había avanzado otro par de centímetros por la superficie.

—Esperaba que cuando Isvan me encontrara, pudiera usar su esfera de nieve para sanar la mía —dijo—. Ahora no sé si tendrá la fuerza para hacer el más sencillo de los hechizos de invierno. Pero lo voy a intentar.

Levantó la esfera hacia el cielo y empezó a cantar. Una nube de hielo saltó del suelo, brillando y centelleando, y poco a poco fue creciendo y tomando forma de caballo.

En los oídos mágicos de Lin, el hechizo Hibernalis no se parecía a las órdenes susurradas de las runas talladas ni a los rechinidos brutales de la Tecnomagia. La música de las esferas de nieve y del caballo que se formaba fluía suave y misteriosa, como la luz de la media luna.

Toda la noche, Rufus no había dejado de prestar atención ni una sola vez cuando ocurría la magia. Pero ahora estaba parado de espaldas al caballo de hielo. Miraba hacia el páramo y mordisqueaba las borlas de su bufanda. Lin se acercó a él. No veía ningún movimiento en el campo asolado por el viento, pero sabía tan bien como Rufus que los troles andaban por ahí.

—¿Qué pasa?

—¿Eh? Es que me pareció oler algo. Me llegó hace un momento, pero ya... —olfateó tan fuerte que le temblaron los bigotes—. Es muy tenue. No acabo de ubicarlo.

—Yo sólo huelo matorrales congelados.

—No. Es otra cosa, algo conocido. Algo desagradable...

Lin volteó a pedirle su opinión a Minoris, pero el Silvestre estaba de pie meciendo a Isvan en sus brazos, mirando a Clarisela batallar. El caballo no acababa de formarse, al parecer. La cuarteadura ya se había extendido otro par de centímetros por la esfera de nieve, y ahora el brillo plateado lechoso y blanco dorado se hizo más tenue, como si una sombra lo hubiera oscurecido.

Lin frunció el ceño. El oscurecimiento se movía con el viento. Levantó la vista y volteó hacia atrás.

Una sombra *había* oscurecido la esfera de nieve, y era la

sombra de la criatura que venía volando y se lanzó en picada a la ladera, antes de que Lin pudiera ni respirar. ¿Qué hacía *él* aquí?

Y antes de que Lin pudiera gritar, antes de que Clarisela pudiera terminar su magia, y antes de que Rufus pudiera recordar de dónde conocía ese olor, la criatura alcanzó su objetivo.

Fue un ataque perfecto.

Sólo tenía la fracción de un momento, pero sus filosas garras se cerraron justo alrededor de la esfera de nieve y la arrebataron de las manos extendidas de la Hibernalis. Con un graznido triunfal batió las alas y se fue volando, con el alma de Clarisela y la esperanza de todo Platelia entre sus garras.

Clarisela se veía como si le hubieran dado un puñetazo en la cara. Su canción terminó con un gruñido, y se tambaleó dos pasos de lado. El caballo de hielo se disipó en el aire.

—¡Teriko! —logró decir Lin por fin, pero desde luego que era demasiado tarde. El lugarteniente de Figenskar ya era sólo una sombra que se desplazaba con rapidez y hacía parpadear las estrellas sobre el Páramo Crepitante. Iba directo hacia el Pasoblanco.

—Bueno —dijo Rufus sombríamente—. Al fin reconocí ese olor. Caca de perico.

## Capítulo Treinta y dos

*Todas las piezas se están acomodando. El pie se levanta, listo para aplastar. Baten las alas, listas para atacar.* Lin apretó en su puño el mensaje del halcón de la Reina de las Adivinas Cantantes. Ahora la única partecita que faltaba era un corazón partido y desgarrado, y tendría un puntaje perfecto.

Sobre el Páramo Crepitante, la Vagabunda brillaba con fuerza. Lin había perdido todo sentido de su posición en el cielo ahora que no podía usar el Colmillo de Plata para medirla, pero sabía que se les estaba acabando el tiempo.

—¿Por qué se llevó la esfera de nieve? —dijo Lin—. ¿Por qué no me llevó a mí?

Rufus escupió en la nieve.

—Estoy seguro de que si pudiera, te hubiera llevado, pero pesas mucho para él. Quiere que lo sigamos —le dio un tirón a su bufanda—. Supongo que sin tu globo no va a haber Nevada Vagabunda, ¿verdad, Clarisela?

Clarisela bajó la mirada hacia las astillas de la esfera de nieve de Isvan, y las huellas rojas que Lin había dejado cuando trató de unirlas.

—No, yo… No.

—Entonces tenemos que tratar de atraparlo. Sólo que no veo cómo.

—Yo puedo cargarlos —dijo Minoris—. Corro muy rápido.

—Yo sé que sí —dijo Lin—. Pero ¿con cuatro pasajeros en tu espalda y el Pasoblanco atestado de troles? No nos quedan semillas de abeto blanco. Esta vez vamos a llegar por un lugar abierto. Ni siquiera tendremos el elemento sorpresa a nuestro favor.

Minoris no respondió. En vez de eso vino un crujir de varitas y ajetreo de ramas del bosque.

El pulso de Lin se aceleró. Justo lo que necesitaban. Más troles.

—¡Regresen a la cañada! —siseó, tomando un puñado de bellotas de su bolsillo.

—¡Esperen! —Rufus dio un paso adelante—. ¡Allá! ¡Entre los juníperos!

Una luz pequeña pero brillante. ¡El guía!

—Hola —llamó Lin—. ¿Hay alguien allí?

—¡Por favor! —exclamó Rufus—. Queremos darte las gracias por salvarnos. ¡Sal!

Y así lo hizo, estrellándose entre los arbustos, abriéndose camino sobre matas y piedras con largas patas negras que perforaban el suelo a cada paso. Por un nauseabundo momento, Lin pensó que era una especie de araña gigante. Pero luego vio que su cuerpo estaba hecho de madera plana y pulida, y que sus extremidades eran de hierro forjado macizo, salvo por la cuarta pata, que acababa con una parte más tiesa de acero gris. Como una pata de palo. ¡O una refacción!

—Es nuestro trineo —le murmuró a Rufus—. ¡Nuestro trineo de la colina!

En los últimos metros, como para probar que Lin tenía razón, el trineo estiró las patas y enroscó las puntas en elaboradas espirales, hasta volverlas patines. Frenó con un derrapón justo enfrente de Rufus. Él se le quedó viendo con ojos desorbitados.

—¿Éste es nuestro guía misterioso? ¿Un trineo?

El trineo meneó su pequeña linterna y la tenue luz brilló con fuerza.

—Bueno, eso explica cómo fue que desapareció del claro del Aventador, y por qué no huele a criatura —Rufus se rascó la oreja—. ¿Qué quiere? No, me retracto. Una mejor pregunta es: ¿cómo puede querer algo? ¡Es un trineo!

—Ése no es sólo un trineo, joven Rufus —Clarisela habló en tono bajo, como si estuviera en presencia de un animal peligroso—. Es un trineo de caravana. Y en una de ésas, nos salva la vida. No existe criatura más rápida de éste lado del muro.

—¿Viaja con las caravanas? —Rufus paró las orejas.

—*Es* la caravana. Sin él y los de su especie, no habría comercio por las Montañas Pesadilla. Son demasiado peligrosas. Pero un trineo de caravana puede trepar cualquier montaña y deslizarse por cualquier colina, y sabe pelear con las Pesadillas tan bien como cualquier Jinete de la Escarcha. Es ferozmente leal y muy quisquilloso en cuanto a la compañía que guarda. Me parece que éste les ha tomado cariño a ustedes dos.

—¿De veras?

—Yo diría que sí, de lo contrario no los hubiera ayudado. En algún momento deben haber hecho algo para impresionarlo.

—¡La refacción! —una sonrisa de deleite se extendió por el rostro de Rufus—. El trineo estaba averiado, pero me parecía tan hermoso, que le mandé hacer una nueva punta de patín y la llevé a la colina.

Clarisela asintió.

—Con eso ganarías su favor, y muy merecidamente. Pero también he de decirles esto: los trineos de caravana tienen otopatía mágica. Se dan cuenta cuando alguien tiene potencial para la magia poderosa —apretó las astillas de la esfera de Isvan a su pecho—. No sé cómo fue que éste acabó separado de su caravana, pero debemos agradecer que intervino la mano de la fortuna. Pregúntale si nos quiere ayudar a alcanzar al Pico.

—Trineo de caravana —dijo Rufus—. Sé que esta noche ya nos has ayudado bastante. Sin ti, nunca hubiéramos encontrado a Teodor en el Hogar de la Flama, ni hubiéramos podido encontrar el punto débil de la barricada de troles, ni hubiéramos escapado de esos troles en la floresta del Arroyo Crepitante, y jamás hubiéramos encontrado la entrada al Pozo Hibernalis. Pero ahora necesitamos pedirte que nos ayudes una vez más. ¿Nos llevas de regreso a Platelia?

El trineo avanzó un poco y las riendas cayeron de su espalda y aterrizaron a los pies de Rufus. Eran una maraña azul medianoche. Las levantó, deshaciendo los nudos con dedos veloces.

—¿Cómo le hago?

—Pregúntale, Rufocanus —dijo Clarisela—. Los trineos de caravana pueden hablar con sus conductores.

Rufus se acomodó en el asiento. Abrió más los ojos.

—*Sí* me habla —dijo—. No exactamente con palabras, sólo imágenes y sentimientos, pero… —aspiró, desconcertado—. ¡Es tan viejo! ¡Y hay niños *bergfolk* ahí dentro! Una bruja los atrapó en el bosque y cortó el árbol, y ¡oh, no! ¡Su caravana fue rodeada por troles! Fue el único que logró escapar, pero estaba tan cansado que chocó con una montaña y se rompió…

Rufus estaba con la boca abierta y los ojos vidriosos. Lin le agarró la pata.

—Quizá sea mejor que te bajes de ahí.

De pronto volvió en sí.

—No, está bien. Dice que te subas, Lin. Quiere ayudarnos. Pero… —se volvió hacia Clarisela y Ursus Minoris—. Pero dice que no puede cargarnos a todos. No con una pata mala. No si queremos alcanzar a Teriko.

—No —Lin meneó la cabeza—. Ni hablar. No podemos dejar a nadie en este páramo infernal.

—Yo la cargaré, señora mía —dijo Ursus Minoris—. Los cargaré a usted y al niñito a su casa en Platelia.

Clarisela apretó el Dientefrío en su mano.

—El trineo de caravana tiene razón —su voz sonaba como hielo endureciéndose—. Vayan. Atrapen al perico y recuperen mi alma. Minoris y yo tenemos el Dientefrío. Llevaremos a Isvan a casa.

—No —dijo Lin débilmente, pero sabía que tenían razón. Si ellos no iban tras Teriko, no iría nadie. Apoyó la frente en el flanco de Minoris—. Siento mucho que te hayamos metido en esto —al niño inerte en sus brazos no le dijo nada, pero esperó que él entendiera. *Siento mucho no haberte salvado.*

—Yo los llevaré hasta su casa —retumbó Minoris—. Y un Ursus siempre cumple su palabra.

Rufus ayudó a Lin a subir y ella se acomodó detrás de él, abrazando fuerte sus costados. De inmediato, el trineo desenrolló sus patines volviéndolos patas y empezó a escalar por la pendiente de la montaña. Lin volteó para atrás, intranquila, hacia el oso y Clarisela Hibernalis, ahora la última sobreviviente de su pueblo.

—¿Crees que logren llegar a la Empalizada?

—¿Viste el trol muerto dentro del glaciar? —respondió Rufus—. Creo que no hay que subestimar a Clarisela. El trineo le tiene mucho respeto.

—Espero que tengas razón —Lin apoyó la cabeza en la espalda de Rufus. Desde que había usado la última dosis de magia del Observatorio, la vibración saltona en sus brazos y piernas había cesado y sentía una extraña calma en su interior.

—¿Rufus? —masculló—. No creo que la *Rosa torquata* haya elegido bien cuando me dio la llave. Todo lo que hay a mi alrededor se rompe. No me importa que el nombre de Girarrosa nunca mienta.

—Y a mí no me importa lo que digas, pequeñita. La noche aún no termina. Verás que te hacen tu estatua.

—Pero ¿Rufus? —estiró la mano para rascarle el pelaje detrás de la oreja—. He estado pensando en eso que dijo Fabián en la Empalizada. ¿Lo de que *Rufocanus* era un recordatorio? Bueno, pues *rufocanus* se refiere a la especie de topillo que eres, así como *Vulpes* significa zorro. Viviste toda tu vida en una casa humana, pero ése no era tu lugar. Tú no eres sólo un Mascotín, Rufus. También eres un Silvestre. Creo que eso es lo que Teodor trataba de decirte.

Rufus no respondió. Pero apoyó la cabeza en su mano.

El trineo se abría paso entre la maleza. Lin se tapó la cara con las manos para evitar el azote de las ramas. Ella pensaba que el trineo iba a cruzar el páramo, pero en vez de eso seguía escalando por el bosque.

—¿No tendríamos que ir para el otro lado?

—Quizá yo lleve las riendas, pero aquí no decido nada —dijo Rufus—. El trineo va adonde quiere.

A media montaña, el trineo dio media vuelta. Enroscó las patas en patines.

—Ay, ratas —masculló Rufus.

El trineo se lanzó sobre el musgo cubierto de escarcha, traqueteándose y crujiendo con cada piedra y raíz, mientras el viento les aullaba en los oídos.

Lin cerró los ojos. De pronto, la panza le oprimió las piernas, y el traqueteo del trineo disminuyó. Cuando se atrevió a mirar, el páramo era un mar de escarcha, no enfrente, sino debajo de ellos. El trineo de caravana no sólo podía caminar como araña y deslizarse como trineo. ¡También podía volar!

Pero apenas. Podían sentir cuánto batallaba cuando se remontaron al cielo sobre corrientes traicioneras. Rufus se hizo bolita, bien agarrado de las riendas. Debía estar muy asustado, pero no se quejó.

Hasta que vieron Pesadillas. Y entonces ninguno de los dos pudo evitar gritar.

Por todo el Páramo Crepitante marchaban troles de nieve en pandillas irregulares. No estaban solos. Lin vio troles de bosque con sus armaduras de corteza y savia, troles de río con sus piernas de muchas articulaciones, y troles de arena con sus caparazones de cristal. También había otras formas, marionetas altas y delgadas con brazos de guadaña, sonámbulos rojos con batas que ondeaban, y nubes hombre llenas de insectos que cambiaban y se movían con el viento.

Abajo, en el hielo oscuro del Arroyo Crepitante, Clarisela era una manchita blanca en el lomo de Ursus Minoris. Ninguna Pesadilla los había descubierto aún, y mientras avanzaran por la floresta, Lin pensó que podían estar a salvo. Les había dado todas las bellotas que habían tomado del roble frío. Pero con o sin veneno, Lin temía que no lograran cruzar el Pasoblanco.

Entre los empinados muros del paso, las Pesadillas se habían agrupado en cuadros. Estaban formados frente al enorme seto, bloqueando el Camino de Caravanas.

—¡Se preparan para atacar! —gritó Lin sobre el ruido del viento cuando el trineo cruzaba la frontera, muy por encima de la Empalizada.

—Creo que tienes razón —exclamó Rufus—. Si el tal Señor de Sangre los está controlando, debe tener un plan.

*Operación Corvelie*. Por primera vez desde que habían cruzado el portal de la Empalizada, los pensamientos de Lin volvieron al Margrave, y a la partida desesperada de Teodor para proteger la última runa guardiana. La palabra *Corvelie* había detonado todo. ¿Qué era? ¿Qué quería decir?

Libraron las Cumbres Blancas, y el Valle de Plata se abrió ante ellos. Se veía tan pacífico e inocente, con Platelia como un collar resplandeciente junto al lago. El trineo empezó a batallar mucho, y apuntó la nariz para abajo, en picada hacia el río. Justo antes de que los taparan las copas de los árboles, Rufus gritó:

—¡Lin! ¡Allá! —y señaló hacia Platelia.

A lo lejos, tan lejos que era como una gota de tinta en una hoja blanca, Lin alcanzó a ver una figura azul volando, nítida contra la cúpula blanca.

Teriko había llegado al Observatorio.

## Capítulo Treinta y tres

Lin Rosenquist se encontró de pie en los anchos escalones del Observatorio. En la sombra de estrella detrás de las columnas se alzaba una puerta fortificada con cabezas de halcón de bronce. Rufus apretó su mano.

—No deberías estar aquí.

Lin volteó a verlo.

—¿Qué?

—Sabemos que sólo están tratando de atraernos hacia acá, de vuelta a las garras de Figenskar. ¿Y qué tal si vuelves a salir en los espejos? ¿Qué tal si la magia es demasiado para ti? —Rufus examinó la herida en la punta de su cola—. Debo entrar solo.

—No —Lin le apretó la mano tres veces—. Nadie vuelve a dejar a nadie. ¿Qué le va a impedir a Figenskar atacarme aquí afuera cuando estés adentro? ¿Y qué clase de Girarrosa sería yo si no me presento a mi prueba final? Entraremos juntos.

Rufus le mostró su sonrisa de labio hendido.

—Ya sabía yo que por algo te quería de compañera de viaje —estrelló su talón en la puerta. Hizo un ruido estremecedor, pero aunque de seguro había resonado por todos los

277

corredores y galerías, nadie vino a quitar el cerrojo.

—Todos los trabajadores se han de haber ido a la Gran Plaza —dijo Lin. Puesto que no tenían tiempo de andar por ahí buscando apoyo, ella tenía la esperanza de que al traer la noticia del asesinato del halcón mensajero pudieran ganarse por lo menos a algunos de los empleados, pero iban a tener que arreglárselas solos. Hasta el trineo de caravana los había dejado para regresar a ayudar a Clarisela y Minoris.

—No me importan los trabajadores. Al que quiero es a Figenskar, y sé que sigue ahí dentro —Rufus azotó la cola—. Intentemos por su entrada privada.

Se escurrieron hasta la parte de atrás, al ala baja y cuadrada que albergaba la oficina del inspector en jefe. No tuvieron ni tiempo de probar la manija cuando oyeron un ruido del otro lado de la puerta. Un ruido de rozaduras y tintineo.

—¡Ahí viene!

Rufus escupió en la nieve.

—¡Que venga!

Una forma conocida apareció en la puerta, con un enorme llavero. No era Figenskar, sino un rollizo conejillo de Indias con chaleco y flecos rebeldes que habían vencido a la brillantina de una vez por todas. Marvin se puso una garra redonda sobre la boca.

—¡Cállense, que los va a oír!

La oficina del inspector en jefe estaba iluminada sólo por las brasas en la chimenea. Los anteojos de marco de carey de Marvin reflejaron su brillo trémulo cuando los hizo pasar.

—No tienen idea del gusto que me da verlos —la voz del Roedor era chillona, y no dejaba de pasar los dedos por el llavero—. Aquí estaba yo, deseando desesperadamente que alguien viniera a rescatarme, ¿y quién se aparece a la puerta?

Nada menos que una Girarrosa con su platelino.

—Tranquilízate, Marvin —dijo Lin—. Te vamos a ayudar si podemos. ¿Qué pasa?

—Es el inspector en jefe. ¡Creo que se volvió loco!

Rufus condujo a Marvin hasta la silla del escritorio de Figenskar y lo hizo sentarse en el cojín de seda roja.

—¿Dónde está Figenskar?

—En la sala principal.

—¿Y Teriko?

—No lo he visto. ¡Ay, qué horror! No debería decir nada. Él es mi jefe, yo...

Rufus cruzó una mirada con Lin y cabeceó hacia la puerta del corredor. Lin se apresuró hacia allá para estar atenta a cualquier pisada.

—¡Tú cuéntanos lo que viste y ya! —dijo Rufus.

Marvin empezó a picar el letrero en el escritorio de Figenskar.

—Ya estábamos cerrando, apagando los espejos. Tal parece que no es seguro permanecer en la sala durante la Noche Vagabunda. Hemos tenido fluctuaciones en la magia de los espejos toda la noche. ¿Quizá tenga algo que ver con la celebración? —esto último se lo dijo a Rufus, apresurando las palabras.

Rufus se encogió de hombros.

—Yo qué sé.

—Ah. Yo era el último que quedaba, y estaba dando una última ronda por la galería, cuando de pronto los espejos se volvieron a encender a mi alrededor. Poco después, el inspector en jefe entró a la sala con una especie de objeto que brillaba.

Lin y Rufus cruzaron miradas por encima del gordo cuello de Marvin. La esfera de nieve.

—Figenskar se sentó en el suelo, y se puso a tararear y cantar una vieja canción. Parecía muy alterado. Hasta confundido.

—¿Qué clase de canción? —dijo Rufus.

—Nunca la había oído. De algo grave. ¿O decía Margrave? Sí, creo que eso era. Margrave.

Lin y Rufus se volvieron a mirar con ceños fruncidos. ¿Qué estaba tramando Figenskar?

—Me retiré lo más silenciosamente que pude —terminó Marvin—. Gracias al cielo, no me oyó.

Rufus arrugó el hocico.

—¿Por qué no te fuiste y ya?

—¡Estaba a punto! Pero mi llave sólo abre la puerta principal, y para llegar a ella tenía que pasar por la sala, así que necesitaba el llavero maestro de Figenskar. Acababa de encontrarlo cuando ustedes llegaron —levantó la mirada, con los labios temblando—. ¿Ustedes tienen alguna idea de qué se le metió al inspector en jefe?

—La verdad, no —dijo Rufus—. Pero sí sabemos lo que es ese objeto brillante. Sólo tenemos que encontrar la manera de quitárselo.

Marvin se paró de un salto.

—¡Esperen! ¡Digo, no pueden meterse a la sala así nada más! Ya les dije que el inspector en jefe no anda normal. ¡Podría ser peligroso!

—Somos dos contra uno, es la mayor ventaja que hemos tenido en toda la noche —dijo Rufus—. Incluso si se aparece Teriko, creo que tenemos una buena posibilidad.

—Me tienen que prometer que tendrán cuidado —dijo Marvin—. Todavía tienen la tarjeta de Lin, espero.

—La tenemos —Rufus dio una palmadita en un bolsillo

de su bufanda.

—Gracias al cielo —Marvin suspiró aliviado. Arrastrando los pies, se acercó a Lin y le dio un abrazo torpe y tieso. Su pelaje le picó en la mejilla—. Buena suerte, Lin Rosenquist. Eres una niña humana muy valiente.

Se volvió hacia Rufus.

—Y tú, Rufus. Nunca olvidaré cómo te enfrentaste al señor Figenskar en el balcón de la Memoria —le dio un fuerte abrazo. Rufus le dio unas palmaditas en el hombro, un tanto avergonzado.

—No te preocupes, Marvin. Lin y yo sabemos lo que estamos haciendo. Vamos a estar bien.

De mala gana, Marvin lo soltó. Sacó un pañuelo del bolsillo de su chaleco y se secó los ojos.

—No me atrevo a acompañarlos. ¡Por favor, perdónenme! No soy un héroe de verdad como ustedes.

Rufus infló un poco el pecho.

—No digas eso. Nos has ayudado mucho. Si quieres hacer algo más, podría ser útil que des aviso a las personas indicadas de lo que está pasando aquí. Busca a Teodor en la Casa o en la Rinconada Hierbabuena, y si no lo encuentras, dile al doctor Kott.

Marvin asintió, demasiado conmovido para hablar.

—Bueno —Rufus se echó los extremos de la bufanda sobre los hombros y giró la manija de la puerta—. ¿Lista?

Lin trató de respirar profundo.

—Lista.

Salieron al corredor. Las lámparas estaban apagadas, pero un manchón índigo se filtraba por las ventanas del fondo.

—Adiós —chirrió Marvin al cerrar la puerta tras ellos. Sus gafas reflejaron el azul.

—Pobre tipo —dijo Rufus—. Se veía bastante alterado.

Avanzaron por el corredor, seguidos por sombras largas y ondulantes. Lin podía sentir la magia de la sala del Observatorio como cables de alto voltaje zumbando. Al llegar a la puerta doble, trataron en vano de asomarse por el vidrio emplomado. Pero oyeron el chillido de Figenskar sobre el flujo de suspiros de los espejos.

—¡Espinas de oro atraviesan carne y hueso! ¡Espinas de oro atraviesan carne y hueso!

Rufus empujó las puertas. Pero se movieron apenas un centímetro antes de pegar con algo grande y pesado del otro lado. Lin no podía meter ni la mano por la apertura.

—¿Ahora qué? —murmuró.

—No sé. Si tan sólo pudiéramos ver lo que está pasando adentro —Rufus probó la manija para subir a la galería. Se abrió sin el menor ruido—. Ven, hagamos lo que haría un cartógrafo. Reconocer el terreno.

En la escalera negra como boca de lobo, Lin sintió comezón y cosquilleo en la espalda. Era como si hubiera alguien revoloteando atrás de ella, a la espera del momento perfecto para atacar. Rufus también debió sentirlo, porque se la pasaba volteando para atrás, rozando la cara de Lin con sus bigotes. La puerta del primer balcón —el de Suerte— estaba emparejada y los invitaba a la luz parpadeante.

Cuando se deslizaron hasta el balcón y se asomaron entre el barandal, entendieron por qué la sala del Observatorio estaba teñida de azul. La cúpula de vidrio que hacía un rato había brillado con tal fuerza ahora estaba apagada. El cielo nocturno de la Tierra había desaparecido. La única luz provenía de los espejos. Estaban vacíos, al igual que toda la sala. Nadie volaba bajo la cúpula, nadie garabateaba nombres en tarjetas. En el gran piso de piedra no se veía ni un alma.

Excepto una.

Figenskar estaba sentado en el suelo, encorvado y de espaldas a ellos, con la cola enroscada. Se mecía para adelante y para atrás, regodeándose con algo que Lin no alcanzaba a ver, y todo el tiempo aullaba entre risotadas:

—¡Espinas de oro atraviesan carne y hueso!

Rufus se alzó en silencio para asomarse por el telescopio, luego se volvió a sentar para susurrarle al oído a Lin:

—En efecto, es la esfera de nieve de Clarisela. Tenemos que bajar.

Lin echó un vistazo a la sala. La puerta doble estaba bloqueada por uno de los mostradores, por eso no abría. Pero las cortinas del balcón de la Memoria se veían firmes. ¿Quizá podían amarrarlas juntas y usarlas de cuerda?

De pronto, la puerta del balcón de la Fortaleza se azotó y Teriko salió de un salto. Lin se agachó, segura de que los habían descubierto. Pero el perico ni siquiera volteó a verlos. Saltó al barandal, abrió las alas y graznó hacia la cúpula:

—¡Listo! ¡Todo está listo!

Figenskar dejó de cantar. Desenroscó la cola. Con un movimiento fluido enderezó la espalda y se puso de pie, y cuando volteó hacia ellos no había ni locura ni debilidad en su rostro, sólo amenaza. En sus manos traía la esfera de nieve.

—Excelente —dijo Figenskar—. Esta noche, lugarteniente mío, en verdad te has ganado tu premio.

—¡Premio! —gritó Teriko.

La esfera de nieve brillaba valientemente, con su plateado lechoso y su blanco dorado, pero la luz casi se ahogaba en el resplandor azul de los espejos.

—Se rumora que Isvan Hibernalis está muerto —Figenskar

arrastró las palabras—. ¡Muerto y perdido en el Páramo Crepitante! Eso me sienta bastante mal, he de admitir. Pero lo muerto, muerto está, ¿mmm, Teriko? Sólo tendremos que atrapar otro gorrión. ¡Y esta vez no escapará de nuestras garras!

Figenskar lanzó la esfera al aire juguetonamente, y la atrapó con una pata.

—Puesto que Isvan ya no existe, ésta es la única esfera Hibernalis que queda. Claro que también estoy al tanto de que cierto par de Rosenquists han buscado a un Hibernalis con desesperación toda la noche. Debe ser importante, o la Hermandad jamás hubiera llamado a una Girarrosa. Así que necesitan esta esfera de nieve.

Hizo una pausa para arañar el frágil cristal con su pata.

—Por lo tanto, no les queda más remedio que venir aquí, a la guarida de Figenskar. Han demostrado un talento notable para meterse y salirse de lugares que tienen prohibidos, así que voy a asumir que ya encontraron el modo. ¿Mmm?

Volteó alrededor de la sala. ¿Se lo imaginó Lin o se detuvo un instante en su balcón? Levantó un brazo hacia la galería.

—¿Y bien? ¿Qué esperas? ¡Ésa es tu entrada!

Para sorpresa de Lin, no los estaba señalando a ellos ni tampoco a Teriko. Estaba señalando el balcón de la Memoria, donde un rostro apareció de entre las sombras.

—A… aquí estoy, señor Inspector en Jefe.

Marvin.

Se veía como si estuviera a punto de vomitar, pero lo que hizo fue encender el proyector. En la mano tenía un pequeño cuadro gris. Lo metió a la máquina. Un zumbido. Un clic. Un rayo brillante moteado de polvo atravesó la sala.

Rufus volteó hacia Lin. Se le veía lo blanco de los ojos.

—¿Qué pasa? —exhaló Lin. Rufus no respondió. Se agarraba la bufanda y buscaba con desesperación en sus bolsillos secretos. En el espejo de la Memoria, una imagen azul estaba saliendo de la oscuridad.

—Damas y caballeros —gritó Figenskar—. ¡Ha llegado la hora del juego final del gato y el ratón! ¡Con ustedes... Lin Rosenquist!

Rufus la agarró de la capucha y la apartó del barandal, como si eso pudiera salvarla.

No podía. Pues todos los espejos, de las seis paredes de la sala del Observatorio, se habían llenado de la misma imagen: Lin Rosenquist, de once años y en graves problemas, batallaba por ponerse de pie con oscuras líneas de sangre escurriéndole de las orejas.

FORTALEZA · CONSUELO · MEMORIA

## Capítulo Treinta y cuatro

Rufus de Rosenquist estaba furioso.

Nunca había caído tan estúpidamente en una trampa. ¡Mil ratas se lo lleven, con su loco, y con su abrazo, y con su *héroe*! Bueno, quizá todavía tuvieran una oportunidad. Dos contra tres eran números menos bonitos, pero aún podían huir.

Si es que Lin lo lograba. La pequeñita estaba temblando y otra vez le sangraba la cabeza. ¡Esa roñosa otopatía mágica! Rufus la hubiera ido a botar al Páramo Crepitante. Y esta vez Lin estaba en *todos los espejos*. Tenía que sacarla de ese edificio.

—Lin. Tenemos que irnos. ¿Puedes llegar abajo?

Lin asintió, pero no engañó a Rufus. Sus iris parecían bañados en leche, y tenía el cuello flojo. Demasiado vulnerable. Romper, agrietar, no era problema para un gato.

Un fuerte aleteo perturbó las olas de suspiros bajo el domo de vidrio. Teriko venía volando directo hacia su balcón, con garras y pico abiertos, un ojo fijo en Lin.

Tampoco era problema para un perico. Rufus empujó a Lin hacia la puerta.

—¡Corre! ¡Baja y sal por la oficina de Figenskar! ¡Yo te sigo!

Corrió de regreso al barandal y se asomó para abajo. Uy, sí, bastante alto para quebrar un hueso frágil o muchos. No importaba. Si esa gallina emperifollada quería a Lin, iba a tener que pasar por un Roedor seriamente enojado. Rufus se subió al barandal, y mantuvo el equilibrio sobre sus patas traseras.

Teriko graznó al verlo, y se puso a aletear y patalear en el aire. Pero Rufus había calculado el tiempo bien. Era demasiado tarde para que Teriko cambiara su curso. Topillo y perico se estrellaron en un estallido de plumas azules. Teriko se agarró de Rufus, y Rufus se agarró de Teriko. Se balancearon, se fueron de lado y luego cayeron.

Para eterno alivio de Rufus, cayeron adentro. Llenaron el balcón de patas volando, garras y dientes. Rufus pateó y rasguñó lo más duro que pudo, pero Teriko era más malo. Pronto, el perico lo tenía atrapado bajo una pata con garras.

—¡Premio! —gritó—. ¡Premio!

La curva ganchuda de su pico destelló cuando alzó la cabeza, listo para atacar. Rufus levantó las manos para protegerse al menos el hocico, y pateó con las patas traseras una vez más. Se preparó. Esperó tres latidos, diez.

Pero Teriko no atacó. Se dejó caer sobre Rufus con un chillido apagado y no hizo ningún esfuerzo por levantarse.

Rufus arqueó el cuello para ver quién lo había rescatado. Silbó entre sus dientes. No quién. Sino qué. La punta estrecha del telescopio escurría sangre. Debió haberle pegado en la cabeza a Teriko cuando lo pateó.

Qué suerte.

Ni tanta, porque ahora estaba atrapado bajo el cuerpo inerte de Teriko. Sus huesos de pájaro eran huecos, así que no pesaba mucho. Pero era alto, tres metros del pico a la cola, y sus alas abiertas eran enormes. El balcón entero estaba tan lleno del roñoso perico que Rufus no lograba salir. Se tuvo que conformar con retorcerse entre las puntiagudas garras hasta lograr asomarse entre el barandal.

Las pisadas de Lin se habían perdido en lo profundo del Observatorio, pero los espejos mostraban cada paso que daba. Justo ahora, la pequeñita se tambaleaba de puerta en puerta por el corredor. Ninguna la dejaba entrar.

Rufus sintió una gota helada en la nuca. Depredador. Volteó para abajo.

Figenskar estaba en la sala del Observatorio. Había metido la esfera de nieve en una bolsa negra, pero fuera de eso no se había movido. Una pluma azul le pasó revoloteando frente a la cara y aterrizó en sus botas, pero el inspector en jefe no volteó siquiera a verla. Sólo miraba los espejos, con la paciencia de un gato afuera del agujero de un ratón.

Aquí había algo raro. Figenskar se había pasado la noche persiguiendo a Lin. La había hecho caer en su trampa, y ya hasta la tenía atrapada en un corredor. ¿Por qué sólo estaba observando?

En los espejos, Lin había llegado a la oficina de Figenskar. Trastabilló hasta la puerta trasera, pero ya no estaba abierta y no tenía puesta la llave. Esa bola de estiércol de Marvin seguro la había cerrado antes de venir a la sala a traicionarlos.

A Rufus se le arrugó la nariz. Una gran cantidad de errores hubiera podido evitarse esta noche si tan sólo hubiera tenido el sentido común de confiar en su maldita nariz. El estiércol de perico en las laderas de las Torrescuerno, sí. Pero antes de eso, el extraño olor en la Mansión Hibernum, dejado por el cómplice secreto de Figenskar, que esperaba para atrapar a Isvan si regresaba. Ahora lo sabía, claro; era buenísimo para ver cómo encajaban las piezas cuando alguien más ya había armado el rompecabezas. Brillantina. Pegajosa y apestosa brillantina. Se le revolvía la panza solamente de pensarlo. Y esas pisaditas delicadas en el jardín, había sido Marvin desde el principio.

Rufus volteó hacia el balcón de la Memoria, con la intención de atravesar la desgreñada y mofletuda cara de Marvin con la mirada. Ese conejillo de Indias merecía saber lo despreciable que era, lo patético y cobarde. Pero no estaba allí.

Un gruñido ufano se oyó abajo en la sala. Los puntiagudos dientes de Figenskar estaban todos a la vista, triunfales. Lin había descorrido el tapiz del Halcón Estrella y se estaba metiendo a gatas por el hueco en la pared. Había tomado el único camino que le quedaba. Y, se dio cuenta Rufus, el único camino que Figenskar no conocía.

Así que eso era lo que estaba esperando. Por alguna razón, Figenskar necesitaba saber cómo había escapado Lin de la jaula. Y ahora que lo sabía…

Doble roña.

Figenskar se echó la bolsa al hombro y se dirigió a la puerta doble con pasos largos y decididos.

Rufus dejó salir toda su furia Silvestre. Esta vez no le iba a fallar a Lin. Esta vez la iba a salvar.

—¡No te le acerques! —gritó, empujando y torciendo las alas de Teriko, sin importarle si tronaban o se rompían, hasta que logró darse la vuelta y ponerse de pie. Llegó de un salto a la puerta del balcón. Estaba cerrada con llave. La pateó y la arañó, pero la *roñosa* puerta no se abría.

Figenskar ya había empujado a un lado el mostrador y estaba saliendo por la puerta doble. El gato traía una gran llave en una garra, y aunque los espejos seguían siseando y murmurando, Rufus oyó que la giraba en la cerradura del otro lado de las puertas.

—¡Marvin! —rugió Rufus—. Marvin, pedazo de excremento de rata, ¿estás ahí? ¡Abre la puerta!

Pero no hubo respuesta. Rufus se acuclilló. No quería ver lo que le estaba pasando a Lin, pero tampoco soportaba desviar la mirada.

Los espejos estaban casi a oscuras, excepto por un par de manos temblorosas agarradas a una escalera en un túnel estrecho. Las manos se detuvieron un momento. Luego bajaron a una velocidad tremenda, saltándose cada tercer peldaño.

Lin salió del túnel a una luz roja y deprimente, pataleando. Su cara se veía furiosa cuando se soltó de la escalera y se arrojó a la percha más cercana. Cayó de pie, pero de inmediato resbaló y se dio un panzazo en la viga cubierta de suciedad. Le escurría sangre de la nariz y los oídos.

Detrás de ella, en la esquina de la imagen, una sombra se estaba formando. Lin gateó por la percha, pero la sombra era rápida y segura. Alargó una mano con garras, pero antes de que la alcanzara, Lin se lanzó de la percha a la cadena. Volvió a resbalar y cayó con crueles tirones hasta que pegó en la parte de arriba del espejo de Teriko. Ahí se quedó con las piernas alrededor del nudo que amarraba el espejo a la cadena, mientras el marco de metal se mecía de un lado a otro. La pequeñita estaba jadeando.

—¡Sigue adelante, Lin! —dijo Rufus entre dientes—. ¡Lo tienes que intentar!

Pero Lin no lo intentó, y cuando la imagen se amplió para mostrar más de la escena, Rufus entendió por qué. La puerta estaba cerrada, el pesado candado en su lugar. Lin no tenía a dónde ir.

Detrás de la forma flaquita de Lin, una oscuridad más profunda se deslizó por los barrotes de la jaula. Poco después, Figenskar apareció en el círculo de luz de las antorchas, seis metros debajo del marco del espejo. Extendió las patas y habló. Lin no se movió. Las antorchas se reflejaban en su cara.

El gato se encogió de hombros. Abrió su bolsa y sacó una pequeña estrella centelleante que llenó la cueva de un plateado lechoso y un blanco dorado. Tras poner la esfera en el piso de la jaula, Figenskar apoyó encima el tacón de su bota. Un paso y el alma de Clarisela sería aplastada para siempre.

—Roña —murmuró Rufus.

Una lágrima se abrió camino por la mejilla de Lin. Ella levantó la vista a la cadena, hacia el techo de la cueva al final del túnel. Pero nadie llegó a salvar a la pequeñita. Lin bajó la cabeza y se dejó caer hacia las garras de Figenskar, que la esperaban ansiosas.

## Capítulo Treinta y cinco

Lin tenía un sabor a metal en la boca y sus pensamientos eran pájaros dispersos en una tormenta de dolor de cabeza. Le tomó varias bocanadas de aire húmedo y apestoso acordarse en dónde estaba y por qué no podía mover los brazos.

Jaula. Atrapada. Figenskar.

Le había amarrado las manos a la espalda, recargada en los barrotes de la jaula. Algo le raspaba la garganta: uno de sus costales, que envolvía su cuerpo y estaba apretado alrededor de su cuello.

Figenskar estaba colgado de la cadena, de cabeza, usando los dientes en el nudo que sostenía el espejo de Teriko. La esfera de nieve de Clarisela estaba en el fango junto a una bolsa negra y un morral de terciopelo rojo, no lejos de Lin. Y en el candado de la puerta de la jaula había una pequeña esperanza: la llave. Lin trató de levantarse pero esta vez Figenskar había sido más meticuloso. También le había amarrado las piernas. Con un pequeño golpe, se dejó caer otra vez contra las rejas de la jaula. Un sonido diminuto, pero suficiente para Figenskar. Se dio la vuelta y le sonrió con su boca de agujas.

—Buena chica, ¿mmm? Espera quietecita a Figenskar. ¡Pronto acabará todo, pequeña Girarrosa!

Ya había desatado el nudo y ahora bajó el marco del espejo, hasta abajo, donde quedó suspendido a medio metro del suelo, de cara a Lin.

El espejo estaba lleno de astillas.

Alguien había sacado los vidrios rotos de la caca de perico, había limpiado cada pieza por completo, y las había vuelto a poner en el marco.

Figenskar aterrizó con suavidad y se acercó a Lin con paso tranquilo.

—He de confesar que me da curiosidad. ¿Rompiste el espejo a propósito o fue pura suerte?

Lin parpadeó. ¿De qué estaba hablando?

—Vamos, no va a cambiar nada que me lo digas. Satisface la curiosidad de este pobre gato. ¿Lo hiciste a propósito?

—Yo… quería cortar la cuerda —Lin sentía la lengua dormida y pegajosa.

Figenskar se rio.

—¡Lo sabía! Por un momento pensé que había sido descubierto. Que se trataba de un astuto plan de Girarrosa para detenerme. ¡Pero sólo querías cortar la cuerda!

Levantó el morral de terciopelo del suelo.

—Supongo que también fue la suerte lo que te inspiró a robarte esto —dijo, sacando un pequeño objeto resplandeciente del morral. Una astilla de vidrio.

Era la astilla que Lin se había sacado de la muñeca cuando iba subiendo por el túnel secreto. Un extremo seguía negro de sangre seca. Figenskar se lamió la punta de la cola y la usó para limpiarla.

—Sabía que tenías que haberla escondido en alguna parte

del Observatorio, porque no la traías cuando te registré en el balcón de la Memoria. Hice que mis ayudantes buscaran por todos los lugares donde hubieras podido poner tus pálidas patitas, detrás de cada puerta que estaba abierta cuando andabas prófuga. Al final me di cuenta de que tenía que estar escondida por donde te escapaste de la jaula. Y nadie sabía por dónde había sido más que tú y tu asqueroso Roedor.

Figenskar entornó los ojos hacia el techo. Desde el suelo, era imposible distinguir la entrada al túnel, pero la percha más alta formaba una línea granulosa en la oscuridad. ¿Dónde estaba Rufus? ¿Por qué no venía?

—Fue una estupidez de mi parte, lo reconozco, que nunca sospeché que hubieras encontrado una salida por el techo. Estaba convencido de que te habías escabullido cuando Marvin abrió la puerta. Pero no podía encontrar la pieza faltante. Por eso tuve que engañarte para que me mostraras dónde estaba. Y lo hiciste. Caíste en una trampa tras otra.

Lin volvió a parpadear. ¿Qué quería decir? ¿Había montado todo el numerito en la sala del Observatorio sólo para conseguir ese pedacito de vidrio?

—Claro —ronroneó Figenskar—. Esta tarde cuando te estaba cazando, la astilla era sólo un detalle menor. Pero vital. ¡De nada sirve tener a una pequeña y jugosa Girarrosa sin esto!

Con muchísimo cuidado acomodó la última astilla en su lugar. Y la astilla de preocupación volvió al pecho de Lin, deslizándose hacia su corazón. ¿Qué tenía el espejo del perico? ¿Qué cosa no estaba viendo?

Figenskar revisó el espejo y presionó las líneas hasta que el vidrio quedó parejo.

—Lástima que te veas como trofeo de gato. Pero estoy seguro de que mi amo estará complacido. Después de todo, eres una Girarrosa, y estás en graves problemas. Todos los espejos de la sala, todos mostrando a una Rosenquist —dio una risita burlona—. Tu corazoncito aterrado debe estar escurriendo dones mágicos, ¿mmm?

Con el tacón de su bota, empezó a raspar las capas de tierra del piso de la jaula. Al ir quitando la mugre, un diseño empezó a surgir, tallado en la piedra: tres lenguas de fuego llenas de extrañas letras de líneas torcidas y puntos. Ahora que la mugre no la ahogaba, Lin podía oír su canto susurrado con bastante claridad.

Una runa, y poderosa.

—¿Sabes? Creo que ésta es mi parte favorita del plan. Sólo los inspectores en jefe conocemos la ubicación de esta runa. Para equilibrar el *gran poder* de la Hermandad —Figenskar abrió la bolsa negra y sacó un artefacto de acero que levantó para que ella viera, como si estuviera presentando un arma cargada especialmente mortífera. Parecía un brazo arrancado del tronco, con alambres y cables a todo lo largo, como músculos y ligamentos expuestos. Pero en vez de mano, tenía una boca llena de dientes como de tiburón.

Una oleada de magia recorrió a Lin, presionándole los tímpanos. Conocía esta sensación: enfermiza, estridente, *mal*.

Tecnomagia.

Figenskar le dio una palmadita al artefacto.

—Mi Arruinarunas. Impresionante, ¿mmm? Mi cooperación con la señora Zarka ha resultado de lo más provechosa. Se acabó eso de andarles rogando a los tontos engreídos de la Escarcha y la Flama. Ya no necesito su permiso para usar magia —oprimió un botón que asomaba entre los cables—. Y lo más lindo de todo es que puedo usar mi magia para acabar con la suya —el aparato abrió más las fauces, dislocó su mandíbula como una serpiente. Los dientes se veían imposiblemente filosos, y Lin no tuvo duda de que eran los mismos que habían dejado las mordidas que encontraron en el piso de la Mansión Hibernum y en la rama de la Empalizada de Espinas.

—La tercera y última runa guardiana de Platelia —dijo Figenskar, casi con solemnidad—. La tallaron aquí por la magia del Halcón Estrella. Y al igual que el halcón, la famosa protección mágica de Platelia ahora será historia —hundió el artefacto en el piso. Hubo un aullido metálico como de un cuchillo cuando lo afilan, seguido de un fuerte *crac* y luego silencio.

En medio del punzante dolor de cabeza, Lin pensó en el torreón de Teodor, y la runa de advertencia que allí debía estar humeando en este mismo momento. ¿Estaría allí el viejo zorro? ¿Vendría a buscarla? Pero ésas no eran las preguntas correctas para nada. La pregunta correcta era: *¿por qué* Figenskar había destruido las runas?

El gato la miraba por el espejo. Una de las cuarteaduras partía su sonrisa en dos.

—Entonces, la runa guardiana está quebrada, el espejo reparado y la pequeña Girarrosa metida en su costal. Creo que está todo listo.

Tocó la parte de atrás del marco.

Cientos de luces rojas despertaron a su alrededor. Se prendían y se apagaban, se perseguían en patrones marcados y angulares. El dolor de cabeza de Lin la apretó más. El espejo era otro aparato de Tecnomagia.

Figenskar no había sido maldecido con oídos mágicos, porque se veía de lo más tranquilo cuando sacó un frasco de su bolsa. Estaba lleno de un líquido oscuro que dejaba una mancha aceitosa en el vidrio cuando la agitaba.

—Aguaespina. O, como yo la llamo: jugo de gorrión —metió el frasco en un agujero de un lado del marco. Se tironeó pesadamente.

—La cancioncita de la adivina en realidad no era muy difícil de descifrar, ¿mmm? ¿Espinas de oro que atraviesan carne y hueso? ¿Junto con la muerte del gorrión? —Figenskar encendió otro interruptor—. ¿Qué más podía ser?

El marco del espejo empezó a zumbar y dio un clic mientras las luces rojas parpadeaban más y más rápido. Humo de escape café y dulzón empezó a subir en espiral. El vidrio empezó a temblar, como aire ardiente, y una por una las cuarteaduras desaparecieron.

El dolor era tan severo que Lin tuvo que cerrar fuerte los ojos hasta que el marco dejó de zumbar. Cuando los abrió, veía puntos blancos que bailaban por todo su campo visual.

La imagen en el espejo había cambiado. La cara de emoción de Figenskar había desaparecido. La cueva entera había desaparecido. En su lugar, el espejo mostraba una escena nueva: un gran salón de piedra gris, con un mosaico gigante de un cuervo rojo en el piso. El salón tenía una sola ventana. Daba a cumbres escarpadas a lo lejos, y un valle acho y poco profundo cuya forma Lin reconoció. El Páramo Crepitante.

Había una figura de pie frente a la ventana, de espaldas.

Era alto y vestía una capa negra, su cabeza oculta detrás de un cuello duro. Pero Lin no necesitaba verle la cara para tener miedo. La espalda del hombre absorbía toda la vida y toda la esperanza. Todos los instintos de Lin le aullaban que corriera.

—Sonríe, pequeña Rosenquist —Figenskar se quitó el sombrero y se hincó en una rodilla sin importarle que su pelaje se hundiera en caca de perico—. Sonríele al Margrave.

La figura alta se volvió para mirarlos.

Tenía el mismo nombre que la Vagabunda, y era fácil ver por qué: contra el cuello de su capa negra como la noche, la cara del Margrave brillaba blanca como una estrella. Su pelo relamido era pálido y traslúcido, al igual que su piel. Pues el Margrave no era Mascotín ni Silvestre, sino humano.

Atravesó la habitación con paso ágil. Cuando se acercó al espejo, Lin vio que la piel alrededor de su boca estaba extrañamente marchita y gris. Acercándose más, el Margrave exhaló en el vidrio. Lin alcanzó a ver sus dientes color peltre en encías que parecían entintadas. Con un dedo largo y pálido, escribió tres palabras en lo empañado: "Niño de Hielo".

Figenskar se puso de pie, agitó la cola y meneó la cabeza. El Margrave mostró los dientes, furioso, y la cola de Figenskar cayó al suelo, pero el gato no retrocedió. Él también exhaló en el vidrio y escribió su respuesta: "Girarrosa".

A Lin se le cerró la garganta, dejando fuera todo el aire, dejando dentro todo el sonido. La estaba ofreciendo a ella en lugar de Isvan.

El Margrave abrió un frasco de cuello estrecho y se tomó el líquido negro que contenía.

—Eso es, amo, *piensa* —masculló Figenskar—. Un Niño de Hielo es potente, sí, pero ni siquiera un Hibernalis podría superar a una Girarrosa, ¿mmm? ¡A una Girarrosa llena a reventar de magia platelina!

Levantó el costal para que su amo la viera. Lin colgaba indefensa frente al espejo mientras el Margrave la contemplaba con sus ojos caídos.

Ella lo *conocía*.

Era difícil verlo en ese rostro adulto y demacrado, pero reconoció los párpados caídos, la nariz respingada, la postura echada hacia delante. El niño en las sombras. La estatua oculta del Girarrosa con el cuervo muerto a sus pies. El Margrave era Edvard Uriarte.

—¿Qué le pasó? —dijo ella sin voz.

—La boca del Margrave se ha marchitado por beber Aguaespina. Lo ayuda a controlar a las Pesadillas, pero lo envenena —Figenskar ladeó la cabeza—. Eso cambiará esta noche. Hoy, en la Noche Vagabunda, el Margrave se convertirá en el señor más poderoso de todos los Reinos, un Señor de Sangre, con toda la magia que pudiera desear. Así lo dice la profecía. Así lo dice la canción.

—¡No! —Lin forcejeó, pero la garra de Figenskar no se aflojó en lo más mínimo.

—Claro que sí. Lo único que necesita el Margrave es beber su poción especial y será más fuerte que la propia muerte.

Detrás del Margrave, montado en un estante con ruedas de hospital, colgaba otro artefacto de Tecnomagia. Un anillo metálico con tres delgadas espinas de oro, con mangueras y botes conectados a las espinas, y un gran frasco de vidrio para calentar el líquido y darle el espesor necesario.

Un Extractor de Espinas.

—Verás, mi pequeña Girarrosa —murmuró Figenskar—, la sangre de los gorriones no puede crear a un señor. Pero la sangre de una niña…

Finalmente la astilla de preocupación dio en el blanco. Lo entendió. Era ella, Lin Rosenquist, quien padecería la muerte del gorrión. *El corazón late, listo para partirse y desgarrarse.* Un grito se formó en su pecho, pero lo único que escapó fue un pequeño gimoteo.

—Pobre niñita —siseó Figenskar—. Atrapada en el costal, no puede correr, no puede respirar, no puede hacer nada al respecto.

El Margrave vio a Lin forcejear. Abrió la boca para exhalar sobre el espejo, y en el vaho teñido de gris escribió: "SÍ".

—¡No! —gritó Lin—. Rufus jamás dejará que me lleves. Va a venir. ¡No vas a llegar ni al Puente Platelia!

Figenskar se rio entornando los ojos.

—¡Niña boba! No voy a cruzar el Puente Platelia para nada, ni tú tampoco. Para la Operación Corvelie no hace falta.

Buscó por la parte inferior del marco hasta que su pata encontró una palanquita. La accionó. Todas las luces rojas se encendieron, y otra vez el espejo empezó a crujir y zumbar y temblar.

Otra oleada violenta de Tecnomagia desgarró el cuerpo de Lin, quien ahogó un grito de dolor y terror. Con la oleada de magia, el vidrio del espejo se había desintegrado. El marco ya no era una ventana.

Era una puerta.

## CAPÍTULO Treinta y seis

El inspector en jefe de Platelia hizo una profunda reverencia ante al Margrave.

—Excelente decisión, mi señor de las Pesadillas —dijo Figenskar con su voz más acaramelada y sedosa—. Y ahora, la segunda parte de nuestro plan.

El Margrave bebió del Aguaespina y levantó su brazo, como un oficial en el campo de batalla, o un titiritero con hilos muy largos. Y al salón de la montaña fueron llegando, fila tras corpulenta fila, y se formaron en los mosaicos rojos del piso hasta que el cuervo desapareció bajo sus garras.

Troles.

Troles de nieve con dientes como carámbanos rotos, troles de río con patas de muchas articulaciones, y hasta unos cuantos troles de Lomaverano que veían a Lin con malicia candente. Todos llevaban antorchas encendidas, y todos esperaban la orden del Margrave. Él los controlaba, como había controlado el ejército en el Pasoblanco.

—¿Sabes? Cambié de idea —Figenskar no pudo evitar regodearse al oído de Lin—. *Ésta* es mi parte favorita de Operación Corvelie. Yo entrego a una niña mágica para la poción del Margrave, y él me entrega Platelia. Verás, los troles van a rebanar a la buena gente de Platelia como garras en mantequilla. Y cuando los valientes, los estúpidos y los desafortunados hayan muerto, ¿quién crees que aparecerá con su morral lleno de veneno para troles para salvar a los demás?

Soltó a Lin un momento para levantar su bolsa de terciopelo rojo.

—Retacado de bellotas y semillas de abeto blanco, y piedritas de río blancas y redondas. Todos los tesoros que los Recolectores no pudieron encontrar en el Bosque Invernal este año, y tengo aún más en el cofre de arriba.

—¿Por eso estás colaborando con el Margrave? —gritó Lin—. ¿Para que haya una invasión de troles y que puedas *fingir* que salvas a Platelia?

—Sólo una invasión modesta. Quiero estar seguro de poder controlarla —rio Figenskar—. Después de esta noche, los platelinos llevarán flores a *mi* estatua, no a la tuya. Sólo que la mía no va a estar en la Plaza de la Nieve Eterna. Estará en la Gran Plaza, enfrentito de mi palacio.

Del lado Pesadilla del portal, dos troles de Lomaverano se habían adelantado para agarrar a Lin cuando cruzara. Sus largos dedos se retorcían y sus ojos de aguamala resplandecían con odio. Junto al Extractor de Espinas, el Margrave hizo un sonido de impaciencia con su boca seca y marchita.

—La niña —resolló, como si cada palabra lo lastimara—. La Vagabunda se está poniendo. Crúzala ya.

—Desde luego, señor —Figenskar deslizó sus garras en el costal. Aire frío entró por la apertura y jaló el pelo de Lin. Los troles de Lomaverano babearon cuando Figenskar la acercó más al portal. Ella forcejeó con todas las fuerzas que le quedaban, retorciéndose y cabeceando.

—¡Auxilio! ¡Por favor! ¡Ayuda!

—Nadie te va a oír —dijo Figenskar—. Nadie va a venir. ¡Hora de irte, pequeña Rosenquist!

—¡No lo hagas! —suplicó Lin—. ¡Figenskar, piensa en tu niño humano! ¡Sé que alguna vez quisiste a un niño humano, tiene que ser así!

Figenskar gruñó.

—La quise, sí. Ella también me quería, aunque me picoteaba con crueldad. Sólo una vez le devolví una mordida, y entonces su padre me ahogó en el río. Así que ahórrate los lloriqueos, Lin, porque cuando estás en un costal, el amor y los ruegos no significan nada. Absolutamente nada.

Levantó el costal del piso de la jaula. Las lágrimas corrían por el rostro de Lin.

—Por favor —lloriqueó—. Déjame ir.

Una voz cortó el aire arriba de sus cabezas.

—¡Exacto, Figenskar! ¡Déjala ir!

Los ojos de Lin subieron sobre una ola deliciosa de esperanza. Agarrado a la punta de la cadena, estaba Rufus. En su mano tenía una navaja chica, con la hoja contra la cuerda que sostenía el espejo.

—¡Déjala ir o toda esta porquería de Tecnomagia se va al suelo!

Figenskar se paralizó.

—Rufus —dijo, y había semejante odio en esa única palabra que a Lin le picó el cuero cabelludo.

—¿Sorprendido, Figenskar? —dijo Rufus—. No deberías estarlo. Las puertas conmigo no sirven. Después de todo, soy un Rosenquist.

—¿Cómo? —siseó Figenskar.

Rufus resopló.

—Ah. Marvin tenía la llave. Sólo tuve que hacerlo entender lo que su jefe le tenía planeado al pobre Isvan.

La presión alrededor del cuello de Lin se apretó. La punta de las garras de Figenskar eran navajas contra su piel.

—Le rompo el cuello.

—Claro que no —dijo Rufus, seguro y tranquilo—. Parece que tu mentado Margrave quiere un niño mágico para su poción, y esta noche ya perdiste a uno. Apuesto a que no le gustaría que perdieras a otro. ¿*Mmm*?

Figenskar gruñó. Metía y sacaba las garras de las patas mientras pensaba. Adentro, afuera, adentro, afuera.

Adentro.

Arrojó a Lin al suelo y se alejó del espejo de un salto. Cayó con un golpe suave y estaba otra vez de pie, con la esfera de Clarisela entre las manos.

—¡Está bien! Pero esto lo aplastaré con gusto.

Rufus peló los dientes. Apenas ahora Lin se dio cuenta de que la navaja temblaba contra la cuerda, y que su cola herida colgaba suelta a su lado.

—Dame la esfera de nieve y te doy la navaja —dijo.

—Dame la navaja y te doy la esfera de nieve —reviró Figenskar, y se acercó otra vez al espejo. Rufus empezó a serruchar la cuerda. El espejo empezó a bailar y rechinar, el portal titiló.

—Espera —gritó Figenskar, apartando la esfera de nieve de su cuerpo—. Te la aviento si tú avientas la navaja.

Rufus dejó de serruchar y asintió parcamente.

—A la de tres —dijo. Lin contuvo la respiración.

—Una —Figenskar azotó la cola.

—Dos —Rufus apartó la navaja de la cuerda. Había cortado unas cuantas fibras, pero faltaba mucho para partir la cuerda. El viento helado del portal le revolvió el pelo a Lin. Oía gruñidos y chasquidos del salón del Margrave.

—¡Tres!

Y estalló el caos.

Rufus soltó la navaja, que se hundió en la suciedad de perico. Figenskar aventó la esfera de nieve, pero la tiró muy abierta, y Rufus tuvo que soltarse de la cadena con todo menos la cola para atraparla. Quedó colgado de cabeza de la punta de la cadena, abrazando la esfera a su pecho, sangrando de su herida.

Figenskar se abalanzó contra Lin. Ella pataleó y luchó por zafarse, mordiéndole las patas, y por fin pudo *gritar*.

En el salón del Margrave, todos los troles le respondieron a gritos.

Así que Figenskar nunca se percató del *cric cric* de peligro hasta que fue demasiado tarde. De pronto, un sonido claro resonó por toda la cueva, nítido y preciso sobre el ronco gruñido de los troles, como una cuerda de guitarra rompiéndose.

La cuerda tronó.

El espejo cayó al suelo de un golpazo y se hundió treinta centímetros en la caca de perico. Con crujidos y gruñidos, se quedó en pie. El marco echaba chispas. Las luces rojas se prendían y se apagaban. Unas cuantas astillas del espejo parpadearon regresando a la existencia, mostrando la cueva y no el salón en la montaña.

Del otro lado, el Margrave lanzó un rugido tan terrible, tan lleno de rabia que sus labios marchitos se rajaron.

Muy despacio, el marco del espejo se empezó a ir para atrás, inclinando la cara del Margrave más y más hacia el techo hasta que Lin lo perdió de vista.

Se oyó un chillido ahogado de Figenskar. Con la cola temblando de pánico, saltó hacia adelante para tratar de evitar que el espejo cayera.

Lin no tuvo ni tiempo de pensarlo. Se dio la media vuelta, echó las piernas amarradas hacia el aire y las estrelló contra la espalda de Figenskar para aventarlo hacia adelante, al interior del espejo.

Aulló y pataleó, pero no le sirvió de nada. El portal centelleante se tragó sus patas delanteras. Su sombrero y sus hombros desaparecieron. Su espalda se hundió en una cascada de chispas. Y cuando el pedazo de basura Tecnomágica cayó estrepitosamente al piso de la jaula, el aullido de Figenskar se cortó de golpe.

El vidrio estalló por todas partes. Lin se hizo bolita, tratando de ocultar su cara sin manos para cubrirse. Las astillas llovieron como flechas todo alrededor, atravesaron el fango, algunas a escasos centímetros de su cabeza. Pero tuvo una suerte increíble y ninguna le dio.

Cuando todo se tranquilizó, levantó la cabeza. El espejo estaba tirado en el suelo. Pequeñas espirales de humo salían del marco todavía, pero las luces rojas se habían apagado.

Rufus ya había logrado bajar de la cuerda y ahora venía saltando entre el vidrio roto, y se echó en el fango junto a Lin.

—¡Pequeñita! ¿Estás bien?

—¡Sí! —dijo Lin, y era verdad. El alivio que la recorría era tan fuerte que se llevó tanto el mareo como el sabor metálico en su boca. Rufus la olisqueó, con los bigotes tensos de preocupación.

—Uy, tus pobres oídos…

Pero Lin lo miraba con asombro.

—¿Cómo cortaste el espejo? ¡Aventaste tu navaja!

—Así es. Y las navajas están muy bien para tallar cruces

y demás. Pero se te olvida algo. Algo que Figenskar también olvidó. No sólo soy un Rosenquist y un Silvestre. ¡También soy un molesto Roedor!

Y con eso, Rufus se inclinó y royó las cuerdas que ataban a Lin en un santiamén. Cuando la liberaba del costal, Lin no pudo evitar reírse.

—¿Cómo dices? —sonrió Rufus—. ¿Un punto para Rufus de Rosenquist? Que sean dos, uno por cada uno. Acabamos de salvar a Platelia de una invasión de troles.

—Por ahora. Pero mejor que sean tres. Porque ahora tenemos esto —Lin levantó la esfera de nieve. Sucia y mugrosa, brillaba más fuerte que nunca con su plateado lechoso y su blanco dorado—. Bueno, si es que encontramos a Clarisela a tiempo.

Rufus giró la llave en el candado.

—Mandé a Marvin por delante a buscar a Teodor. ¿Y sabes? Creo que esta vez sí va a hacer lo que le dije —abrió la puerta.

Lin volteó hacia atrás a ver la jaula del perico. La jaula del Halcón Estrella, se corrigió, y se condolió de la gran ave blanca que alguna vez estuvo atrapada allí. Qué terrible lugar para perder toda esperanza. Por un momento le pareció sentir una corriente fría como la roca en su cara.

Pero el espejo seguía en el piso de la jaula, roto, el vidrio disperso en el fango como un halo rojo. En medio del marco vacío había algo inerte, sangriento y rayado.

Media cola de gato.

## Capítulo Treinta y siete

Los Rosenquist bajaron corriendo el Cerro del Observatorio hacia el corazón del pueblo. Calles y callejones estaban desiertos. Nada se movía más que los letreros laqueados que se mecían con suavidad en la brisa, y la esquina despegada de un cartel del hermoso cielo de la Noche Vagabunda que decía: "¡Nos vemos en la Plaza!". En el cielo de verdad, sólo quedaba una delgada tira de negro entre el Colmillo de Plata y la resplandeciente y turbulenta Vagabunda.

Pegada al pelaje del pecho de Rufus, la esfera de nieve de Clarisela también brillaba. La había tenido que llevar él, pues no podían confiar en los pies de Lin. A veces sentía que casi ni tocaba el suelo, otras veces los sentía como plomo, y se hundían en la capa congelada de la nieve. Esto se lo había hecho el Observatorio, ella lo sabía. Una vez más había estado en graves problemas metida en sus entrañas y, una vez más, los dones del Halcón Estrella la habían inundado. Sentía la magia correr a través de ella, desenfrenada y voluble, empujándole la bilis a la garganta.

Cuando subían la última colina antes de la Gran Plaza, un trueno gigante estalló sobre la ciudad y su sonido los estremeció, fuerte y profundo. Rufus tomó a Lin del brazo para equilibrarla.

—Viene una tormenta. Tenemos que encontrarla rápido.

—Así es —respondió Lin—. Pero eso no fue un trueno. ¿No sentiste cómo tembló todo? Creo que algo acaba de explotar. Algo relacionado con poderes inmensos.

—Ay, roña. Tienes razón. Mira.

La Gran Plaza estaba a reventar de gente. Sus cuerpos eran una masa negra que ocultaba el suelo por completo, y no estaban de humor festivo. Las orquestas habían dejado de tocar. Los puestos de palomitas habían sido abandonados. Los platelinos estaban perfectamente quietos, de cara al campanario y la gran puerta principal de abajo, como si estuvieran oyendo un discurso. Excepto que la puerta estaba cerrada y los escalones vacíos.

Pero Rufus no estaba señalando hacia la congregación ominosa, sino hacia una humeante chimenea gorda y café que salía de una de las bodegas rojas detrás de la Casa.

La Bóveda de la Máquina.

—Vamos. Hay que rodear por atrás —dijo Rufus—. De todas formas te lo iba a sugerir. No podemos arriesgarnos a atravesar esa multitud.

Retrocedieron colina abajo sin ser vistos y se adentraron en los callejones de Heartworth. En la calle afuera de la Bóveda de la Máquina se toparon con una inesperada pareja: Clarisela Hibernalis, apoyada en el puente de la bodega, y Nit, el encargado de cálculos, muy intranquilo a su lado. Las grietas en los cimientos de la bodega se habían extendido varios metros desde la escalera, y salía humo sucio de la entrada a la Bóveda.

—¡Clarisela! —Rufus corrió hacia ella—. ¡La tenemos! ¡Recuperamos tu esfera de nieve!

Pero la Hibernalis tenía la mirada perdida, como si no lo viera. Su vestido estaba manchado de hollín y líquido café, y la palidez había vuelto a su rostro. Cuando Rufus trató de devolverle la esfera, ella no se movió para tomarla.

—¿Dónde está Isvan? —preguntó Rufus—. ¿Y Teodor? ¿Nos podría ayudar?

—Tú... ¡eres una Girarrosa! —la frente amplia de Nit era toda arrugas y asombro—. ¡Una Girarrosa de verdad! ¡Con razón me defendiste!

—Hola, Nit —dijo Lin, de alguna manera encontrando una sonrisa para el pequeño Roedor. Le daba gusto que hubiera podido salir de la bóveda.

—Creo que la Hibernalis está en shock —dijo Nit con su voz aguda y muy queda—. No se mueve ni habla. Ni siquiera cuando le digo que tiene que alejarse del Vaporespino.

Lin hizo gestos por el denso humo que salía de debajo del engrane.

—¿Qué pasó allá abajo?

—La señora Zarka los vio cuando llegaron a la Casa —dijo Nit—. Con Isvan y la esfera de nieve rota. Lo vio como una oportunidad de demostrar su oficio, de convencer a la Casa que sin importar lo que Rufus pudiera contarles sobre sus peligros, la Máquina es demasiado valiosa para prohibirla. Estaba segura de que podría reconstruir la esfera usando las astillas como base. Así que me mandó a la Casa para invitar a Teodor a la bóveda.

Le lanzó una mirada a Clarisela.

Pero Teodor no estaba en sus habitaciones, y cuando me enteré de que ella era la madre de Isvan, le pedí permiso a ella. Espero... espero no haber hecho nada malo.

—¿Trataron de usar la Máquina pare reconstruir el alma

de Isvan? —dijo Lin—. ¡Esa máquina ya era un peligro haciendo botones y zapatos!

—Lo siento… pero la señora Zarka insistió, y los cálculos en realidad salieron bien, y Clarisela parecía de lo más ansiosa por hacerlo, así que…

—Tuve que dejar que la señora Zarka lo intentara —la voz de Clarisela ya no era rica y melódica, sino un ronco susurro. Se sostenía del barandal de la bodega, con los nudillos azules—. Yo soy una Jinete de la Escarcha, por siempre atada, por siempre jurada a proteger el equilibrio entre los Reinos. Y dar mi vida si es necesario. Pero no la vida de mi hijo —volteó a ver su esfera de nieve como si le repugnara—. Usar la Tecnomagia de esta manera estaba mal, yo lo sabía, pero… No usarla era peor. Tenía que dejarla tratar.

—Pero fracasó —dijo Rufus.

Nit carraspeó.

—Supongo que la Máquina seguía inestable después de todas las piezas que le cambiamos hace rato. Todo empezó a temblar y los muros se nos venían abajo. Traté de sacar a todos, pero la señora Zarka no quiso separarse de la Máquina… yo… debería volver a buscarla.

—No puedes —Lin meneó la cabeza—. La bodega entera se te puede venir encima, y ese humo…

—Vaporespino —repitió Nin, frotándose con ansiedad las manos.

—Como se llame, te puede matar.

Clarisela soltó el barandal.

—La esfera de nieve de Isvan. Todo. Todos. Perdidos.

Lin buscó palabras que hicieran sentir mejor a la Hibernalis. Pero no se le ocurría ninguna. Las arrugas en el rostro de Clarisela también cortaban el corazón de Lin. Se suponía que ella debía salvarlo. Se suponía que ella debía salvar a Isvan.

—Lo siento —murmuró.

Rufus miró de una a otra, con los bigotes caídos.

—Pero aún tenemos tu esfera de nieve. Y la Vagabunda aún brilla sobre Platelia —nuevamente le ofreció a Clarisela su esfera de nieve—. Ten. Tómala.

La Hibernalis dejó caer sus manos y contempló la esfera. Todos lo hicieron. La grieta en el vidrio se había extendido hasta llegar de polo a polo, escurriendo una delgada franja de rojo que teñía la luz de rosado. La música se había enrarecido.

—Ustedes vieron lo que pasó cuando traté de hacer un caballo de hielo —dijo Clarisela—. Y ésa era una canción sencilla, que aprendemos de muy chicos. La Nevada Vagabunda es la magia más poderosa y compleja que un Hibernalis puede realizar. Mi esfera no tiene la fuerza necesaria. No con esa falla.

Rufus trató de azotar la cola, pero su herida de trol no lo dejó.

—¿Estás diciendo que aunque tengamos una esfera de nieve y a una Hibernalis y una estrella fugaz en el cielo, de todas formas no podemos crear la Nevada Vagabunda?

—Yo… —Clarisela se quedó callada. Alguien los observaba desde la esquina. Su saco de tweed se había desabotonado y sus pupilas se veían moradas en la oscuridad. Y cuando se acercó a ellos, encorvado y veloz, Lin pensó que ya no caminaba como un anciano, sino como un zorro cazando en el bosque, eligiendo bien su momento.

Teodor miró a Lin y a Rufus, pero a quien saludó fue a Clarisela.

—Hermana de la Escarcha. Qué alegría que Platelia ya no esté sin una Hibernalis. No te preguntaré dónde has estado. Ya habrá tiempo para viejas amistades después de conjurar la

Nevada Vagabunda. ¿Quieres acompañarme al campanario? Tienes que hacer un trabajo —le ofreció su brazo.

—No puede.

Teodor volteó a ver a Rufus.

—¿Perdón?

Por respuesta, Rufus simplemente le mostró la esfera de nieve.

Teodor se quedó viendo la grieta.

—¿Cómo?

—Isvan ha muerto. Su esfera de nieve fue destruida —murmuró con voz ronca Clarisela—. Lo deposité en tus habitaciones en la Casa.

La cola de Teodor arrastraba en el suelo, pero se enderezó las mangas.

—Haré lo que pueda.

Clarisela buscó una respuesta en el rostro de su viejo amigo y cuando él le volvió a ofrecer su brazo, ella lo tomó. Se apresuraron por la calle, como una majestuosa reina llevando amablemente a un ancianito lisiado, aunque Lin sabía que era al revés.

—Más nos vale seguirles el paso —dijo ella, tomando a Rufus de la mano.

Nit se quedó solo bajo el engrane que tanto se parecía al monóculo de la señora Zarka. Los ojos le lloraban en el Vaporespino.

—Una girarrosa —murmuró para sí.

## CAPÍTULO Treinta y ocho

Entraron a la Casa por una de las puertas traseras y pasaron por lo que parecía una sucesión interminable de oficinas y salas de espera a oscuras. Todas las velas estaban apagadas al igual que las lámparas, y los Mascotines que los miraban desde sus retratos con marco de oro estaban pintados en las sombras.

—¿Dónde están todos? —dijo Rufus.

—Todos están en la Plaza —respondió Teodor.

—¿Hasta los ayudantes de la Casa? Estaba seguro de que ellos estarían trabajando, tratando de encontrar una solución.

—No les he informado de nuestra situación. ¿Y qué solución puede haber, más que la que camina a mi lado? —miró a Clarisela, que se había retraído a sus pensamientos y no parecía escucharlo—. ¿Cómo rompió su esfera de nieve? ¿La encontraron en el Pozo Hibernalis?

Le contaron a Teodor todo lo ocurrido afuera de la Empalizada, y del espejo de Tecnomagia en la jaula, y de Figenskar y el Margrave y su maléfica Operación Corvelie.

—No sabemos cómo le hicieron Clarisela y Ursus Minoris para pasar con Isvan por la Empalizada, pero quizás el trineo de caravanas tuvo algo que ver —Rufus se asomó al patio de la Casa—. Me pregunto dónde andará. Dijo que si podía, nos vería aquí.

Teodor se paró en seco.

—En este momento tenemos cosas más importantes de qué preocuparnos —resopló—. Lleva a Clarisela a mis habitaciones. En seguida vuelvo —retrocedió unos pasos y desapareció por otro corredor.

En el pasillo afuera de las habitaciones de Teodor, encontraron a Ursus Minoris, que montaba guardia. Tenía una rajada fea en el pecho, y traía una oreja destrozada.

—¡Minoris! —Lin lo abrazó, con cuidado de no apretar sus heridas—. ¡Me alegra tanto que lo hayan logrado!

Al gran oso le brillaron los ojos.

—Fue más fácil cuando llegó el trineo de caravana, pero de todas formas nos hubiéramos abierto camino peleando, ¿verdad, mi señora? ¿No fue lo que dijo? ¿Que luchamos como Jinetes de la Escarcha?

Clarisela ni lo vio, y Minoris meneó la cabeza con tristeza.

—¿Quizá debería sentarse y descansar?

Condujeron a Clarisela a la oficina del cronista en jefe, un estudio amplio poblado de libros y plumas de ganso y mapas extendidos, con piedras de aumento de pisapapeles. Velas de cera aguardaban frías en grandes candelabros, y las cenizas de la chimenea estaban muertas.

Pero de la recámara adjunta surgía un resplandor blanco, de copos de nieve que danzaban bajo el techo con luz propia, siempre retozando, sin asentarse nunca, como en la catedral glacial.

El cuarto sólo contaba con un camastro estrecho y una pequeña mesa de noche. Pero la cama había sido recubierta con capas entrelazadas de hielo, y sobre este nido plateado yacía Isvan. Su rostro estaba cubierto de una fina escarcha que reflejaba el brillo de nieve, y tenía los brazos cruzados sobre el pecho, pegados por el hielo.

Clarisela se paró a sus pies.

—Déjennos.

—Aquí está tu esfera de nieve —Rufus la tendió con suavidad contra el vientre de la Hibernalis y, para alivio suyo y de Lin, por fin la tomó—. Minoris tiene razón. Deberías sentarte y descansar —dijo—. La grieta sólo va a empeorar si tú...

Clarisela suspiró, y el puro sonido recubrió las paredes con una nueva capa de escarcha. A Lin y Rufus les pareció prudente retirarse al estudio.

Las velas y candelabros se encendieron, y la chimenea cobró vida de repente. Teodor entró, cargando una taza humeante que temblaba y se regaba a cada paso apurado. Sin mirar a Lin y Rufus, se adentró en la tumba hechiza. La puerta estaba congelada, así que el viejo zorro no pudo cerrarla para que no oyeran. Pero empezó a hablar quedo y Lin no lograba descifrar sus palabras, hasta que la desesperación se coló en su voz.

—¡Pero tú sabes lo que va a suceder si el Portal Vagabundo no se abre! La Empalizada se vendrá abajo y el pacto terminará. Todo se irá deteniendo. El letargo se irá extendiendo. ¡Hasta que se haya gastado la última partícula de magia y Platelia deje de existir!

—Mi fuerza está quebrada —respondió Clarisela—. No puedo realizar ni siquiera el truco más sencillo, mucho menos crear la Nevada Vagabunda. Y si por algún maravilloso golpe de Suerte pudiera lograrlo, mi alma se destrozaría en el proceso, y los Hibernalis habrían dejado de existir. En noventa y cuatro años, cuando aparezca la próxima Vagabunda, el mundo igual se va a acabar.

Un pesado silencio llenó el cuarto, sólo interrumpido por crujidos de la chimenea. Lin contuvo la respiración. Finalmente, Teodor habló:

—Por siempre atada, por siempre jurada. Pero sólo tú puedes tomar la decisión.

El viejo zorro salió de la recámara, aún cargando la taza que ahora contenía té congelado. Arrastró las patas hasta el escritorio más cercano, desenvolvió su pluma de runas, y se sentó a tallarle una runa deshieladora al lechoso pedazo de hielo. Rufus se apoyó en la mesa. Tenía todo el pelaje erizado.

—¿Ni siquiera vas a *tratar* de curar a Isvan?

Teodor no levantó la vista.

—Ninguna runa sanadora puede resucitar a quien ha muerto.

—¿Y qué querían decir con eso de que "Platelia deje de existir" y que "El mundo igual se va a acabar"?

—Ah —Teodor ladeó la cabeza mientras dibujaba las tres lenguas de fuego—. Supongo que ya puedo decirte por qué tiene que abrirse el Portal Vagabundo. A estas alturas da igual —empezó a llenar las llamas rampantes de letras—. La tormenta de dicha salvaje de la Nevada Vagabunda es el elemento, el material, del que está hecho nuestro mundo. Al paso de los años, los pensamientos y sueños y juegos de todos los niños de la Tierra siguen dando forma a los Reinos. Pero sin la materia prima de la dicha de la Nevada Vagabunda, Platelia y el resto de este mundo morirá lenta, pero seguramente. La magia mayor, como la Empalizada de Espinas, será la primera en caer.

Rufus estrelló los puños en el escritorio. La taza de té tintineó.

—¿Por qué *ratas* no nos dijiste esto antes?

Teodor levantó el hocico, sus ojos dorados se veían turbios.

—¿Hubieras hecho las cosas de otra manera de haberlo sabido, Rufocanus? ¿Hubieras tratado con más ganas de salvar a Isvan o a Clarisela? ¿O hubieras titubeado, paralizado por las posibles consecuencias de tus actos? No. Era mejor que actuaras sin la carga del miedo —bajó la pluma con punta de diamante—. Lástima que fracasaron.

—Eso —dijo Rufus, y ahora estaba temblando— no es justo. Lin y yo hicimos todo lo que nos pediste. Encontramos a Isvan. Hasta encontramos a Clarisela. Descubrimos a un traidor que estaba entre nosotros, y evitamos una invasión de troles al corazón de Platelia. ¿Y dices que somos unos fracasados? ¿Que no hicimos nada bien?

—No seas tonto. *Espero* lo bueno. Si no fueras medianamente aceptable la mitad del tiempo, ¿crees que te hubiera elegido?

—¿Elegido? —Rufus dio un pisotón—. ¿Elegido para qué? ¿Para ser tu tabla de picar?

—No, pedazo de idiota redomado. Para ser mi aprendiz en la Hermandad de la Escarcha y la Flama.

Por un largo momento, Rufus se le quedó viendo a Teodor.

—Yo. Tu aprendiz. Para ser un Custodio de la Flama.

Teodor suspiró mientras envolvía su pluma de runas en su cuero.

—Quizás a estas alturas ya te hayas dado cuenta de que eres un Silvestre, además de un platelino. Por lo tanto, debes tener potencial tanto para ser valiente y seguir tus instintos verdaderos como para ser diligente y bueno con las manos. El doctor Kott me ha estado dando lata con lo de tus talentos desde el día que llegaste, y ahora lograste encantar a un trineo de caravana para que te apoye. Son muchos contra mí.

—Ah —por una vez, a Rufus no se le ocurrió ninguna réplica ingeniosa.

—Y esta noche incluso probaste que estás dispuesto a dar tu vida por otros. Aunque sólo la Flama sabe de dónde ibas a sacar la paciencia y el talento para dibujar una runa.

—¡De eso no te preocupes! —Lin sacó el mapa de Rufus y lo desenrolló junto a la taza de té—. Rufus dibujó todo esto, incluyendo las señales.

El viejo zorro miró con ceño fruncido el "Mapa detallado de Platelia y todas las Tierras".

—Nada mal —hizo a un lado su taza de té—. Pero eso ya nada importa. El Portal Vagabundo no se abrirá. Todas las runas guardianas de Platelia han sido destruidas. Hay un ejército de Pesadillas en el Pasoblanco, y la Empalizada se marchitará esta misma noche. Rufus no tendrá tiempo ni de tomar la más sencilla lección de grabado antes de que nuestro mundo se desmorone —bajó la voz—. A menos que ustedes dos tengan algún milagro de Girarrosa bajo la manga.

Las grandes campanas del campanario empezaron a repicar, doce pesadas campanadas que resonaron por toda la Casa e hicieron tintinear los tinteros en el escritorio y le encresparon la columna a Lin.

Media noche.

Afuera en la Gran Plaza, un gruñido salió de la multitud. Lin se asomó detrás de las cortinas. No alcanzaba a ver mucho, pero oyó gritos furiosos y vidrios rotos. En el cielo, el Colmillo de Plata tapaba casi la mitad de la Vagabunda. En nueve minutos más, se habría ido. Lin respiró profundo y se volvió hacia los otros. No tenía idea de qué iba a hacer ni a decir.

*No falles.*

La puerta de la sala se abrió de golpe, y un pequeño Mascotín entró a trompicones, tosiendo fuerte.

—¡Nit! —gritó Lin—. ¿Estás bien?

—Sí, yo... —un severo ataque de tos estremeció al ratón hasta doblarlo—. Perdón. Yo... El Vaporespino...

Lin lo sentó en una silla y le palmeó la espalda.

—¿Entraste a la bóveda? —Clarisela había salido de la cámara de hielo, y su voz flaqueaba.

Nit le sonrió radiante a Lin.

—Sí... Quería ser digno de tu ayuda... ¡Quería ser digno de la Girarrosa! —su sonrisa desapareció y volvió a toser—. Oí lo que dijeron de la esfera de Isvan, y quería sacar las astillas. El Vaporespino disminuyó un poco, así que bajé. La señora Zarka está... —meneó la cabeza—. No pude ayudarla. Tampoco pude abrir las compuertas, y había un interruptor que parecía estar atorado, y la Máquina despertó, y... —levantó los brazos en un gesto fatigado que quizá significaba "enorme"—. Y después encontré esto.

Se enderezó para revelar una pequeña bola de vidrio en sus manos.

—Me temo que no salió bien.

La esfera de nieve de Isvan yacía entera y perfecta en la mano de Nit. Pero en vez del plateado lechoso y el blanco dorado, estaba llena de algo oscuro. Algo que chapoteaba y fluía cuando la mano del ratón temblaba, no era café como el Aguaespina, sino de un profundo color carmesí.

—¡Es *sangre*! —dijo Lin.

Nit dio un aullido y le metió la esfera en las manos tan rápido que casi se la arrojó.

Lin la atrapó. Se sentía fresca y pesada contra su piel. La sangre dejaba un rastro como de llanto lodoso por dentro del vidrio. ¿Acaso eso fue…? ¿Acababa de sentir que algo se movía allí dentro?

Sintió las miradas de todos, la de Teodor que era dorada y la de Clarisela que era zafiro y la de Rufus que era negra.

*Empieza con lo que sabes.*

Sabía que los dones del Observatorio le daban poder para encender la magia. Y sabía que los dones funcionaban. Fortaleza y Consuelo, Valentía y Suerte, y Esperanza. Todas las cosas que Isvan tanto necesitaba para su travesía, y aún más para esas horas largas y solitarias en el marco de la ventana de la Mansión Hibernum. Sólo tenía que dárselos.

Lin cerró los ojos.

De pronto una descarga eléctrica la hizo arquear la espalda. Los oídos le pulsaban y sus palmas resplandecían mientras la magia del Observatorio salía de ella en un torrente desenfrenado. La esfera de Isvan se puso más y más caliente, hasta que le quemó los dedos.

Finalmente, alguien se la sacó de las manos. Lin respiró jadeando, por primera vez desde que había atrapado la esfera. Una hermosa calma inundó su cuerpo.

Rufus la sostuvo cuando se hundía hacia el suelo, y su cara gris fue lo primero que ella vio cuando parpadeó para quitarse las lágrimas. Lo segundo fue a Clarisela, que mantenía la mirada fija en la esfera de sangre. Lo tercero la hizo que levantara la barbilla.

De pie en la entrada de la recámara estaba un niño temblando. Su pelo estaba enredado con escarcha y carámbanos rotos, y Lin reconoció el pequeño tirón en la comisura de sus labios que anunciaba el silbido del viento. Sólo que sus ojos ya no eran zafiros. Eran cafés, como las galletas de nuez con pimienta. Como los de Lin.

El niño abrió la boca.

—Mamá. Tengo frío.

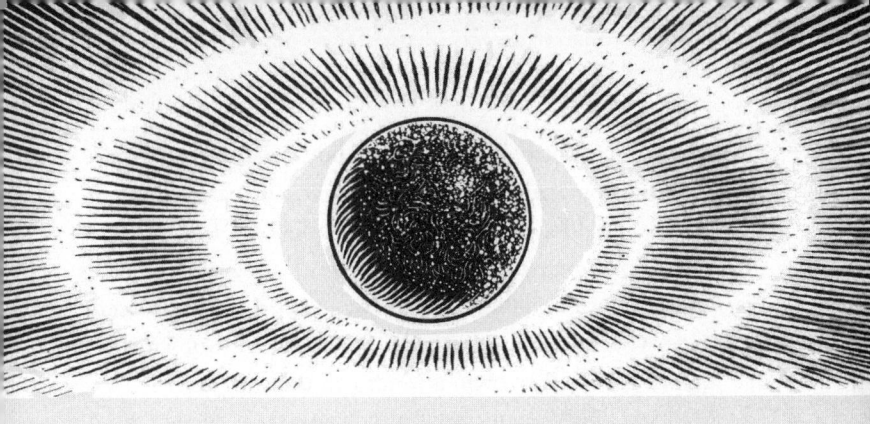

## Capítulo Treinta y nueve

Clarisela puso la esfera suavemente en las manos de Isvan. Con un suspiro, cayó de rodillas frente a él y lo envolvió con sus brazos. Isvan sonrió, y por primera vez se parecía al niño de la foto en la Mansión Hibernum. Pero mientras se abrazaban, la piel de Isvan se fue poniendo más y más pálida, y luego se puso azul.

—Tengo frío —volvió a decir él. Los dientes le castañeteaban.

Clarisela lo soltó. Luego se puso de pie, asintió despacio para sí misma y dio un paso atrás.

—Oí tu sueño, mamá. Traté de encontrarte.

—Lo sé. Todo va a estar bien.

—Claro que no —Isvan miró con el ceño fruncido a su madre. Ella manejaba su esfera de nieve con cuidado, tiesa, como una extremidad lastimada—. Estás herida.

Clarisela puso la clase de sonrisa frágil que usan los padres, creyendo que lograrán engañar a sus hijos.

—No tenemos que preocuparnos por eso. Mejor vamos a calentarte. Quizá Teodor te pueda traer un poco de té.

Del otro lado de la sala, Teodor se puso en acción y arrastró los pies hacia Isvan con la taza tintineando en su platito.

Pero Isvan ni lo miró. Levantó su globo rojo. Dentro, la sangre giró un momento, cubrió todo el vidrio de carmesí, y Lin pudo oír su sonido. No era música. Ni palabras. Un corazón.

Un corazón palpitante que hizo que el corazón de la propia Lin se saltara un latido. Y la grieta en la esfera de Clarisela palideció y se cerró, hasta quedar sólo una finísima cicatriz. La música Hibernalis volvió a sonar con toda su pureza.

Clarisela ahogó un grito y trató de agarrarse de algo, pero Teodor estaba allí para sostenerla.

—¡Estás curada! —dijo el viejo zorro—. ¡Él te curó! Pero ¿cómo? ¿Será que…?

Sus ojos dorados recorrieron la habitación y encontraron al tímido Roedor merodeando junto a la puerta.

—Nit —dijo—, dime si tengo razón: ¿la señora Zarka metió las astillas de la esfera de nieve de Isvan en la Máquina sin haberlas limpiado?

La frente amplia de Nit se arrugó.

—Sí, señor Teodor. Creo que así fue. Estaban un poco embarradas, pero ella sintió que no había un momento que perder…

Teodor echó la cabeza para atrás y ladró una risa.

—¡Qué tonto he sido! Pensaba que Lin debía ser la Girarrosa más torpe de todos los tiempos, con todas las cortadas que se hizo —se acarició el pelaje de la mejilla, sin parar de reír—. Agradezcamos que por fin te hiciste una herida que yo no estuve allí para curar.

—No entiendo —dijo Lin.

—Las astillas estaban embarradas porque *tú* te cortaste el dedo con ellas —apuntó una garra torcida hacia la esfera nueva de Isvan—. Lindelina Rosenquist, esa alma está hecha de tu sangre. Una máquina jamás podría crear vida. Pero la sangre de una niña…

—… puede hacer un señor —concluyó Lin sin aliento.

*Oro no siempre significa oro.*

Al fin, la profecía de "La canción del Margrave" se había acomodado, pero habían entendido todo mal.

El Señor de Sangre había despertado. Pero no era el Margrave. Era el Niño de Hielo.

La mirada de Isvan pasó de Teodor a Lin y de regreso. Parecía listo para huir.

—No tengas miedo —se apresuró a decir Teodor, al darse cuenta de su error—. Tu madre tiene razón, todo va a estar bien. Te vamos a ayudar. Y, por favor, perdóname, muchacho. Tenía que haber sabido que me cerraste las puertas porque tenías miedo. Te juro que fue un malentendido. Yo jamás le pedí a la señora Zarka que hiciera ese abominable Pinchacerebros.

La runa en el trozo de té helado se encendió.

—Te ves muy frío —dijo el viejo zorro—. ¿No quieres un poco de té?

Isvan exhaló suavemente por sus labios, pero ya no sonaba como el viento. Con manos temblorosas, aceptó la taza ahora humeante y le dio un largo sorbo.

—Gracias.

Teodor sonrió como cuando uno siente el primer calor de la primavera.

—Una buena taza de té cura todos los males, sobre todo si tiene leche. O eso decíamos allá en mi tierra.

En silencio y con la espalda erguida, Clarisela observó a su hijo, el Señor de Sangre, beber su té. Pero cuando las mejillas de Isvan se empezaron a calentar y le dejaron de temblar las manos, los hombros de Clarisela se encorvaron y pequeñas perlas de hielo empezaron a escurrir por su cara.

Una escena diferente en un lugar diferente llegó de improviso a los pensamientos de Lin: Anna Rosenquist, parada de espaldas a la entrada del cuarto de Lin en el ático. Traía puesta su bata a cuadros, la que usaba en las mañanas acogedoras de waffles y té con leche, y sostenía una bandeja de desayuno. Pero sus manos estaban blancas apretando las asas de la bandeja. Así, Lin lo sabía, se vería su madre si Lin no estaba en su cama en la mañana.

Cuando volteó, vio que Rufus la estaba mirando. Su cola colgaba pesada y sus ojos eran de tinta. Lin trató de sonreír, de pensar en algo que decir, pero Rufus respiró profundo y abrió uno de los bolsillos de su bufanda. Acunada dentro, había una llave vieja y renegrida, grande como su mano y con forma de rosa. La llave girarrosa.

—¿Tú tienes la llave? —el gruñido de Teodor parecía más una sonrisa—. En realidad nunca la perdiste, ¿verdad?

Pero Rufus siguió mirando a Lin.

—No me la iba a quedar. Sólo quería asegurarme de que nadie pudiera obligarte a partir si tú no querías. El portal no te dejará pasar sin ella —puso la llave con delicadeza en la palma de la mano de Lin—. Clarisela —dijo—, si no te molesta hacer esa Nevada Vagabunda, creo que a Lin le gustaría irse a su casa.

## Capítulo Cuarenta

En el gran salón bajo el campanario, Isvan estaba sentado junto a la chimenea, envuelto en mantas. Lin cruzó el piso de mármol y carraspeó.

—Me dijeron que tengo un minuto. Sólo quería despedirme.

Él levantó su mirada de ojos castaños.

—Ojalá no tuvieras que irte tan pronto. Siempre soñé con una hermana. Contigo, en realidad.

—¿No vienes afuera?

Isvan meneó la cabeza.

—Quería ver todo desde el campanario, pero mi madre y Teodor necesitan que recupere mis fuerzas —estiró las manos hacia las llamas que saltaban—. Nunca supe que el fuego podía ser tan reconfortante.

La esfera roja titilaba en su regazo, y Lin no pudo evitar preguntarse... ¿Qué poderes tendría? ¿Era segura siquiera?

—Teodor quiere que lo ayude a hacer una nueva runa guardiana para Platelia —dijo Isvan—. Cree que no necesitaremos más que una. Dice que mi magia ahora es tan fuerte como la de un Halcón Estrella.

—Qué bien —Lin trató de que su voz sonara ligera—. Las Pesadillas no sirven para ir a las tiendas y las casas de aguamieles. ¿Se siente muy diferente? ¿Tu esfera de nieve?

—Ya no es de nieve —los dedos de Isvan envolvieron el vidrio—. No estoy seguro de cómo llamarla. ¿Esfera roja? ¿Esfera de sangre?

—¿Qué tal esfera del corazón? —dijo Lin—. Suena menos... macabro.

Él asintió.

—Y sí. Se siente diferente —respiró entrecortado y luego se rio—. Loco.

Una brizna de música bajó flotando del campanario. En cuanto la canción de Clarisela empezara en serio, Lin tendría que estar en posición.

—Ya me tengo que ir —dijo—. Siento mucho que hayamos roto tu esfera. Siento mucho que no puedas acercarte a tu madre ni vivir en la Mansión Hibernum.

Eso lo hizo sonreír, el jalón chueco que a Lin ya tanto le gustaba.

—Desde que me acuerdo, mi madre ha estado atrapada en el rincón más lejano de mis sueños. ¿Qué son uno o dos metros comparados con eso? Y no voy a extrañar esa casa. Sólo necesito mis dibujos y mi telescopio.

—La cosa con los telescopios —dijo Lin—, es que sólo sirven para ver lo que está lejos.

—Cierto —los ojos de Isvan destellaron—. Pero no te preocupes. Me muero de ganas de probar los waffles de Pomeroy calientes. Además, lo mismo se podría decir de los mapas.

Lin se rio.

—Cierto.

Afuera, en la Gran Plaza, un suspiro recorrió a la multitud. Clarisela debía estar lista. Lin tendió la mano.

—Cómo quisiera que algún día pudieras venir a cazar troles.

Isvan estrechó su mano con solemnidad, y su piel se sentía tibia y seca.

—¿Quién dice que no lo haré?

Lin esperó a la orilla de la Gran Plaza, abajo de la primera colina, como le habían indicado. Rufus se había ido a hacer alguna labor importante para su nuevo maestro, pero la iba a alcanzar aquí. Lin estiró el cuello para buscarlo en la multitud, pero lo único que alcanzaba a ver eran siluetas de orejas y sombreros y movimiento inquieto. El silencio escalofriante se había roto, y oyó risas y charla, y hasta la banda había empezado a tocar otra vez. Lo único que quedaba de la Vagabunda era la orilla de su disco iridiscente y su cola titilante de blanco y verde. Bajo los arcos del campanario, Clarisela Hibernalis danzaba, y el reloj debajo de ella marcaba cinco minutos después de la media noche.

Rufus había querido sacar a Lin a los escalones de la Casa para que los platelinos pudieran conocerla y saber lo que había hecho por ellos esa noche. Pero Teodor les había dicho que no había tiempo para discursos y explicaciones, ni para la tradicional fiesta en su honor. Lin tendría que marcharse tan silenciosamente como había llegado.

—No te preocupes, Girarrosa —dijo una voz. Lin giró y vio que Teodor salía de la sombra del quiosco con un paquete blanco en los brazos. Sus ojos cambiaron de espejo a dorado cuando se paró junto a ella y miró por encima de la Plaza—. No serás olvidada.

—No me preocupo —dijo Lin, molesta de que otra vez la hubiera agarrado desprevenida. Pero por lo menos iba a poder hacerle una pregunta que la había inquietado desde que reapareció—. ¿Teodor, *por qué* nos dejaste en la Empalizada?

—Adiviné la identidad del Margrave. Y aunque al final no logré encontrar la runa guardiana, juzgué que mis fuerzas estarían mejor empleadas defendiéndola —Teodor se enderezó las mangas—. Verás, se trataba de *Corvelie*. Fuera de la Hermandad, pocos la conocen con ese nombre. En la leyenda, le dicen el Pájaro en Llamas. Pero alguna vez fue la Silvestre de un Girarrosa.

—Edvard Uriarte —dijo Lin—. El niño con el cuervo a sus pies. ¿Te diste cuenta de que él sabía cómo cruzar la Empalizada?

—Me di cuenta de que podía controlar a las Pesadillas. Para cumplir su misión hace tantos años, el joven Uriarte detuvo a una banda de sonámbulos rojos que se la pasaba atacando a las caravanas. Hizo que lo obedecieran. Al parecer, ha perfeccionado esa habilidad desde 1919. Y supe que sin la runa guardiana, las Pesadillas bajo el mando de una mente astuta y amargada, encontrarían cómo entrar a Platelia de uno u otro modo.

El reloj del campanario dio un salto. Seis minutos después de la hora.

—¿Cómo se convirtió en el Margrave? —preguntó Lin—. ¿Por qué está amargado?

—No todas las historias de Girarrosas son bonitas. En la Tierra, la familia de Edvard Uriarte había muerto, todos víctimas de una epidemia. Él vivía en la calle, muerto de hambre. Así que cuando le llegó el momento de regresar por el Portal Vagabundo, no quiso.

—Oh —la voz de Lin apenas se oyó. De pronto, todas sus dificultades en Villavieja dejaron de parecerle tan graves.

—En aquellos días, el Custodio de la Flama de Platelia era una pavo real que disfrutaba de un buen espectáculo. Le había hecho a Edvard un juego de alas con runas talladas y un pico, para que pudiera subir volando hasta el Portal Vagabundo disfrazado de Halcón Estrella. Pero lo que hicieron fue que Corvelie se polveó las alas y se pintó el pico de plateado, y ella tomó su lugar en la ceremonia. Quizás hayan pensado que el portal no funcionaría para ella, que podría pasarlo ilesa, como si fuera cualquier tramo de cielo, sacudirse el polvo de las alas y escabullirse. Era un plan osado, y quizás hubiera funcionado, salvo por una cosa. Sólo dos cosas pueden pasar por el portal: la Girarrosa y la Llave. Todo lo demás se *quema*.

Lin tragó en seco.

—¿Ella se incendió?

—Murió antes de caer al suelo. Edvard se trató de esconder, pero fue atrapado antes de que se pusiera la Vagabunda y mandado a casa. O eso dicen los registros. Al parecer, están mal —suspiró—. La Hermandad decidió que la verdad sería demasiado cruel para los platelinos, y trataron de que la suerte de Edvard y Corvelie no llegara a las casas de aguamiel. Pero su historia, como todas las historias, encontró la manera de filtrarse. Se convirtió en un cuento de miedo. Una leyenda de terror.

—Pero ¿y la estatua de Edvard? ¿La gente no se pregunta quién es?

—No la ven —Teodor sonrió con tristeza—. Como tú, Edvard Uriarte estuvo aquí en secreto. Había cumplido su misión, y la Hermandad sintió que no podía negarle su estatua. Pero la pusieron en las sombras y la ocultaron con una runa manto. Ahora sólo es visible a la Hermandad, y en raras ocasiones a otros con otopatía mágica muy poderosa. La hemos dejado en pie para que el horror no sea olvidado por quienes tienen la tarea de recordar.

—Entiendo que él se quisiera quedar. Rufus y yo... —Lin

se corrigió. No quería meter a Rufus en problemas—. *Yo* también me quería quedar.

—Por supuesto. Todos los Girarrosas se quieren quedar al principio, cuando están ebrios de la dicha del reencuentro. Pero al final, todos cambian de parecer.

—Por lo menos existe el balcón de la Memoria —dijo Lin—. Me siento un poco mejor de saber que Rufus me estará mirando.

—Entonces Rufus no te lo dijo. Bueno. Eso hasta yo lo entiendo —Teodor meneó la cabeza con lástima—. El Observatorio nos permite ver a nuestros niños humanos, pero sólo por un tiempo. Un día, sus tarjetas dejan de funcionar. El proyector deja de leerlas. Y a partir de ese momento, perdemos a nuestros niños para siempre.

—¿Porque se mueren?

—No. Porque dejan de ser niños.

Lin se llevó las manos a la boca. ¿Qué decía Sofie? *Un momento, todo es como antes, y al siguiente…* Seguramente sabía que su niña estaba a punto de cambiar. Y Rufus… No. Lin se rehusaba a llorar enfrente de Teodor.

—Así es la vida —dijo Teodor, no exento de simpatía—. Con el tiempo, también Rufocanus va a estar bien —puso el paquete blanco en los brazos de Lin—. Tienes que ponerte esto. Es lo que traías cuando cruzaste el portal, así que soportará el regreso.

Era su pijama, seca y remendada. De mala gana, Lin se quitó el chaperón, la túnica y los pantalones calientes, y se puso la pijama.

—¿Dónde se abrirá el portal?

—En el cielo. No vas a tener alas con runas talladas, pero alguien te va a llevar.

Teodor señaló: una conmoción recorría la multitud. Rufus. El topillo venía hacia ellos y los platelinos le abrían paso. Por la forma en que batallaba, Lin se dio cuenta de que venía arrastrando algo grande por toda la Plaza, y luego alcanzó a ver las espirales de hierro forjado.

—El trineo de caravana.

—Así es —dijo Teodor—. Es una noble criatura. Cuando le expliqué la situación, se ofreció de voluntario. ¿Y quién sabe? Quizá sea lo suficientemente veloz para dar la vuelta justo en el momento preciso.

—¿Y si no? —Lin se cerró bien el suéter—. Tiene un repuesto que lo vuelve más lento. ¡No puedo permitir que se arriesgue así!

—No puedes quedarte aquí. Yo pensaría que el caso de Edvard Uriarte ilustra este punto a la perfección —Teodor carraspeó—. Debes regresar a tu propio mundo. El trineo de caravana lo sabe. La decisión fue suya.

Rufus libró la multitud y se acercó a ellos, cojeando severamente. Jaló el trineo y lo detuvo, enrolló las riendas con cuidado y las colocó en el asiento.

—Para ti.

Un murmullo recorrió la Plaza. Una luz blanca había aparecido bajo los arcos del campanario. El vestido de Clarisela Hibernalis se hinchaba sobre el borde, y su esfera de nieve brillaba en sus manos. El reloj mostraba las doce con siete minutos.

—Ya empezó —dijo Teodor—. Y me parece que justo a tiempo. Adiós, Lindelina Rosenquist —con una expresión petulante, abotonó su saco de tweed. Pero justo antes de irse, como si fuera sólo una ocurrencia sin importancia, agregó—: ¿Y Girarrosa? Si algún día conoces a un niño, o más bien a un hombre muy viejo, llamado Balthasar Lucke, ¿me harías el favor de darle mis saludos?

Se alejó caminando, encorvado y con patas tiesas. Lo último que vio Lin antes de que la multitud lo devorara fue la punta blanca de su cola de zorro. Volteó a ver a Rufus.

—Ten cuidado con ése.

Rufus resopló.

—Hasta que dices algo sensato. Pero no te preocupes. Si todo lo demás falla, siempre me puedo robar sus llaves —se hizo a un lado para que Lin pudiera subir al trineo—. Ya te tienes que preparar.

—No —Lin batalló con el nudo en su garganta—. No quiero.

—Sí —dijo Rufus—. Claro que quieres.

Ella echó los brazos alrededor de él y lo abrazó fuerte. Él le palmeó la espalda.

—¿Sabes que ya están discutiendo a quién le va a tocar hacer tu estatua?

Lin dio un paso atrás, parpadeando entre sus lágrimas.

—Pero pensé que habíamos quedado en que…

—Marvin y Nit están corriendo la voz a todo el que quiera escuchar. Serás un gran éxito esta noche en el Pájaro en Llamas —sonrió Rufus—. Pero me niego a llevarte flores. Quizás unas galletas de nuez con pimienta o algo, si veo en el espejo de la Memoria que atrapaste un trol.

Se agachó para enderezar el rollo ya perfecto de las riendas.

—Ay, Rufus —Lin no pudo evitar un solitario sollozo—. Ya sé lo de la tarjeta. Pronto se va a poner en blanco. ¿Ibas a dejar que me fuera sin decirme?

Cuando Rufus levantó la cabeza, el pelaje de su cara estaba empapado.

—No quería que te pusieras tan triste, eso es todo.

—¿Y qué tal si no cambio? —Lin metió los dedos en su pelaje—. Nos ponemos de acuerdo en una hora. Yo no te voy a oír, pero te puedo contar cosas. ¿Y quién sabe? A lo mejor cuando seas Custodio de la Flama encuentras la manera de comunicarte conmigo.

Rufus no respondió, pero se apoyó en la mano de Lin.

—Por favor —susurró Lin—. No soporto decirnos adiós. No si es para siempre.

Él hizo ese extraño sonido en el fondo de la garganta, y cuando la volvió a abrazar, se aferró a su suéter, como si eso pudiera mantenerla allí.

—Está bien. Los sábados a las siete.

—Adiós, Rufocanus, Mascotín y Silvestre de gran talento.

—Adiós, Lindelina, cara de acertijo y héroe de tu propia canción.

El trineo giró sus patines y empezó a subir la pendiente. Lin llevaba la Llave Girarrosa en una mano, con cuidado de que las espinas no le pincharan la piel. En la otra mano apretaba las riendas tan fuerte que le dolían los nudillos. A cada momento, quería bajarse de un salto y regresarse corriendo para abajo. Una sola vez volteó para gritar:

—¡No voy a cambiar! ¡Te lo prometo!

En el campanario, Clarisela seguía cantando, un coro entero de voces pasaban de la armonía a la discordia y de regreso. Una luz emanaba de las costuras de su vestido y de su boca y de las puntas de sus dedos. La Hibernalis sacudió ligeramente su esfera de nieve, y Lin empezó a preguntarse cuándo empezaría la nevada. Se le había olvidado preguntar.

Detrás del Colmillo de Plata, los cielos se iluminaron cuando el filito de la estrella se encendió y su halo empezó a girar más rápido. Un solo rayo de luz salió de la Vagabunda y dio en la cúpula del Observatorio, que se encendió de dorado. Finas hebras de plata y azul y verde se desprendieron del rayo, cayeron como nieve sobre los rostros volteados hacia arriba de los platelinos, y se apagaron antes de tocar el suelo, como cohetes.

El reloj mostraba las doce con nueve minutos, y la Llave Girarrosa empezó a vibrar contra la piel de Lin. Ella se sacó las botas con los pies y jaló las riendas del trineo de caravana.

—Ya es momento —susurró.

Los patines de hierro forjado se enroscaron en espiral. Imágenes pasaron veloces a través de Lin, montañas de cobalto y roca negra y rostros oscuros, y estaciones y años lejanos y marchitos, hasta formar un flujo borroso, y a Lin le pareció que el trineo no tenía miedo.

—Gracias —palmeó la madera pulida—. Y si logras regresar, cuida a Rufus. Las aventuras son lo que más le gusta.

Bajaron veloces por la colina, y antes de alcanzar la figura solitaria de abajo, el suelo de pronto se empezó a alejar.

Rufus contempló el trineo que se hacía más y más pequeño hasta que sólo fue una manchita en el cielo. Ya el rayo de luz se estaba debilitando, cada vez más tenue, conforme iba desapareciendo la Vagabunda. Cuando la luz se apagó y lo negro de la noche volvió a cerrarse, dijo en voz baja:

—Todo el mundo cambia tarde o temprano. Hasta tú, mi pequeñita.

## CAPÍTULO Cuarenta y Uno

Cuando despertó, Lin Rosenquist oyó una voz que le susurraba al oído, y lo primero que pensó fue que le estaba diciendo secretos que por ningún motivo debía revelar.

Pero luego abrió los ojos y vio los tablones bajo su mejilla y la luz ceniza que se colaba por las rendijas, y supo que era el río rozando con los pilotes bajo la casa de la señora Ichalar. Ya despuntaba el alba.

Se puso de pie. En la mano traía no una llave sino una ramita de rosal con tres espinas curvas y filosas. Las raíces del rosal aún bajaban por la pared del fondo, pero ahora se veían más frágiles, cafés y secas, y aunque Lin se acercó a ellas y murmuró *"Rosa torquata"*, las raíces no se movieron y la ramita no cambió. La pared se había reparado, y de las grietas y la extraña bocallave y la escarcha sobrenatural, no había el menor rastro.

Levantó el dedo. Tenía un pequeño agujero donde se había pinchado con la llave girarrosa ayer, pero todas las demás cortadas que había sufrido no le habían dejado ninguna marca en la piel. Temblando, se cerró bien el suéter.

Los animales disecados se veían agotados en los blanquecinos posos de la noche. En el barandal, pasó los dedos por la elegante línea de un cráneo animal con dientes amarillentos y cuencas rasgadas. Ahora le pareció reconocer que era de un zorro.

La llave del sótano estaba metida en la cerradura donde la había dejado, y el viento seguía traqueteando el buzón. Lin subió la escalera, pisó con cuidado los escalones helados y se saltó los que rechinaban.

En el recibidor del ático la esperaba un tazón de arroz con leche con salsa de frambuesa. Lo devoró como fiera antes de abrir la puerta de su cuarto.

Alguien había entrado, porque las cortinas, las viejas cortinas de algodón de la abuela Alma de la Casa de los Guindos, estaban cerradas y dejaban fuera la mañana. Pero no veía ninguna señal de pánico, nada de cajones vaciados ni papeles revueltos en su escritorio. Nadie había tocado su clóset, y su mapa de Villavieja estaba intacto en el marco de la ventana. Sólo que su cama estaba tendida con sábanas limpias.

Se quitó el suéter y lo colgó en el poste de la cama, y se metió bajo el grueso edredón de plumas, indecisa entre sentirse aliviada o decepcionada de que no se hubieran preocupado por ella. Cuando recostó la cabeza en la almohada, el sueño ya estaba nublando sus pensamientos. Bosques congelados y espinas de daga y estrellas fugaces se disolvieron en plateado alrededor de una silueta familiar. Estaba parado de espaldas, con los bigotes bien abiertos, alto y fiero con el pelaje de la nuca crispado, aunque ella sabía que era suave por dentro, y estaba esperando.

Y aunque en su ventana golpeaba la lluvia, sus sueños fueron todos de nieve.

No despertó hasta que la bandeja sonó en su escritorio y el

olor a panqués recién horneados llenó el cuarto. Por el resplandor detrás de las cortinas, se dio cuenta de que ya era tarde.

—Pensé que era mejor que hoy no fueras a la escuela —dijo su madre. Estaba de pie junto a la ventana, mirando hacia afuera—. Te veías muy cansada ayer, y no quería que te fueras a resfriar.

Lin se sentó en la cama y miró con ceño fruncido los panqués y la taza grande de té. Se equivocaba. Sí se habían preocupado, y mucho. No sabía si estaba en problemas pero dijo:

—¿Qué pasa afuera?

—Ven a ver.

Lin salió de la cama, abrió las cortinas y encontró a Villavieja muy cambiada. Había una ligera capa de nieve sobre los techos empinados y los ventanales chuecos, arropando al fatigado adoquín y cubriendo las canaletas, y el puente del río estaba arreglado para un baile de invierno con conos blancos sobre sus pilares rojos.

Harald Rosenquist también se había quedado dormido, al parecer. Estaba de pie a media calle, con la bata de Anna sobre su pijama y pantuflas, y miraba hacia el cielo gris y lanudo. Copos de nieve caían en espiral y aterrizaban en sus anteojos.

Lin se rio.

—Apuesto a que se va a pasar todo el día metido en sus libros de meteorología.

—Apuesto a que sí —dijo su madre, riendo también—. Bueno, baja cuando acabes. Se me ocurrió que podemos hablarles a Lomaverano a ver si Niklas quiere venir de visita.

Lin se le quedó viendo. Eso era lo más maravilloso que había oído en mucho tiempo, al menos en este mundo. Su madre le dejó el plato y la taza en su mesa de noche, tomó la bandeja y se dispuso a salir.

—¿Mamá?

Anna Rosenquist volteó desde la puerta.

—¿Sí?

—Gracias. Por los panqués. Son mis favoritos.

—De nada —su madre sonrió y cerró la puerta. Pasó un momentito antes de que empezara a bajar la escalera.

Lin abrió la ventana, dejando entrar el aire fresco. El rosal dormía bajo un velo nevado, y la cruz tallada estaba vestida de escarcha, y le pareció que se veían en paz. Le dio una mordida a un panqué aún caliente y descolgó su suéter del poste de la cama para ponérselo. Si su padre podía recibir la primera nevada en pijama, ella también.

Por dulce costumbre, Lin metió la mano en su bolsillo izquierdo, y allí lo encontró.

—Ah, muy astuto —murmuró—. Un punto para Rufus de Rosenquist.

En su palma, tenía el cordón de la jareta de su suéter, aún húmedo de la nieve, aún atado con un nudo doble. La señal de los cazatroles para decir: "Aquí estoy".

Lin lo volvió a guardar en su bolsillo, sonriendo para sí. Pasara lo que pasara no estaría sola.

## La Canción del Margrave

El Margrave iba por bosques de espesura invernal.

Cruzó un portal por el corazón de una criatura.

El niño les dio su corazón para devorar.

Príncipe Invernal perdido en la hora Vagabunda.

Cuando avance la noche el rosal se marchitará.

Silenciado y atrapado en el frío secreto quedará.

# La canción del Margrave

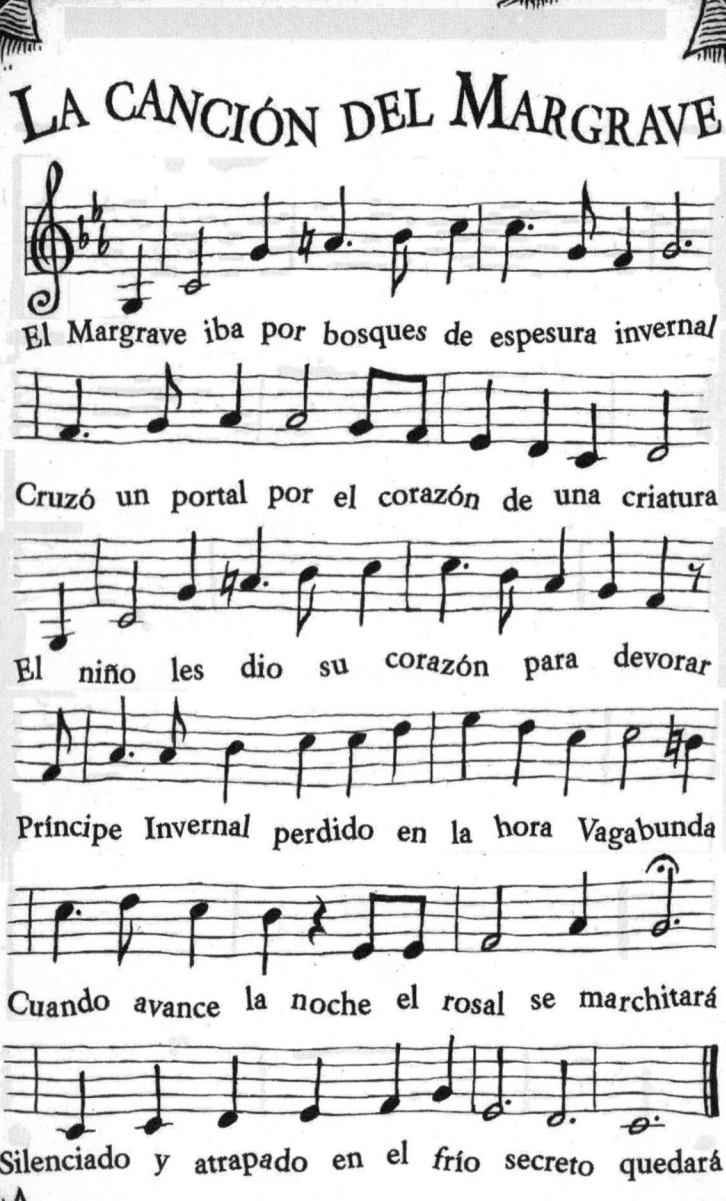

El Margrave iba por bosques de espesura invernal

Cruzó un portal por el corazón de una criatura

El niño les dio su corazón para devorar

Príncipe Invernal perdido en la hora Vagabunda

Cuando avance la noche el rosal se marchitará

Silenciado y atrapado en el frío secreto quedará

## AGRADECIMIENTOS

*Debo mi más profunda gratitud:*

A mi hermana, Line Almhjell, para quien armé el álbum de recortes que fue la primera versión de *La llave*, una página por día. Tú eres el héroe de esta canción, *søsterfnugg*.

A mi hermano, Eivind Almhjell, quien compuso la música de "La canción del Margrave", y cuestionó y festejó borrador tras borrador tras borrador.

A mi marido y mi amor, Peter Brown, quien me mantuvo volando más allá de razón y moneda, todo el camino hasta la segunda estrella.

A mi agente, Jane Putch, por las cosas increíbles que has hecho por mí, y por arriesgarte con alguien del otro lado del mundo.

A Lauri Hornik y *todos* en Dial que ayudaron a hacer de *La llave* una realidad tan hermosa. Ha sido un verdadero honor trabajar con ustedes.

A mi editora, Jane Hunt, por enseñarme cómo hacer que brillara mi historia.

A Ian Schoenherr por sus exquisitos mapas e ilustraciones.

A Laini Taylor, por todo. Los bolsillos son tuyos, siempre.

A Thomas Ingebrigsten, que de alguna manera intuyó el potencial de este libro y con su acostumbrada impaciencia y estilo me lanzó de cabeza al mundo.

A Kristian Johnsen, André Wallin Sagvolden, Jonny Berg, Kjeld Helland-Hansen, Shanti Gylseth y Jim DiBartolo por todo su entusiasmo, inspiración y ayuda. Y a Michael Benskin, por siempre esperar lo bueno.

A Heidi Reinholdt e Ina Vassbotten Steinman por su invaluable apoyo lingüístico y moral.

A mi madre, Unni, por el océano. A mi difunto padre, Harald, por las montañas y el olmo. Y a los dos por el amor.

A mis dulces hijos Magnus y Martine, por los besos pegajosos y por existir.

A todos los de casa y los visitantes de Moonglen Manor al paso de los años, por los guisados de queso y las historias.

Y por último, pero con tanto amor: a Maika, Mario, Lass, Claus, Josef, Gwen, Pillerill, Puskas, Pims, Balthasar y todos mis otros pequeñitos. Nos vemos en la Plaza.

Esta obra se imprimió y encuadernó
en el mes de mayo de 2017,
en los talleres de Impregráfica Digital, S.A. de C.V.
Calle España 385, Col. San Nicolás Tolentino,
C.P. 09850, Iztapalapa, Ciudad de México.